arturo

Dany R. Wood

Über den Autor

Dany R. Wood, Jahrgang 1978, im Saarland geboren und aufgewachsen, studierte in Köln und Sydney und lebt heute in München. Vor seiner Karriere als Autor absolvierte er verschiedene Jobs, um sich über Wasser zu halten, wie z. B.: Zeitschriftenausträger, Sachbearbeiter für orthopädische Einlagen und Bäderkuren bei einer Krankenkasse sowie PowerPoint-Schubser bei verschiedenen Unternehmen. In seiner Freizeit reist er gerne durch die Welt, hat eine Schwäche für Spaghetti-Eis und singt unter der Dusche - sehr zum Leidwesen seiner Nachbarn aufgrund dünner Wände.

Seit 2013 sind sechzehn Bücher im Arturo Verlag erschienen, die in den schönsten Ländern dieser Welt spielen: Australien, Südafrika, Thailand, Spanien, Schweden, Sylt und dem vom Tourismus noch weitgehend unentdeckten Fleckchen Erde - dem Saarland.

Die eiskalte Strohwitwe von Sylt

Dany R. Wood

Bibliografische Information der Deutschen Nationalbibliothek:
Die Deutsche Nationalbibliothek verzeichnet diese Publikation in der Deutschen Nationalbibliografie; detaillierte bibliografische Daten sind im Internet über http://dnb.dnb.de abrufbar.

1. Auflage, Juni 2025

Lektorat: Christiane Saathoff, www.lektorat-saathoff.de
Covergestaltung: Catrin Sommer, www.rausch-gold.com
Verlag: Arturo Verlag, München, www.arturo-verlag.de
Druck und Bindung: Print Group, Szczecin
ISBN: 978-3910688049

<u>Gut zu wissen:</u>
Die nachfolgenden Personen und Handlungen sind in meiner blühenden Phantasie entstanden. Ähnlichkeiten mit lebenden Personen sind rein zufällig und niemals in der Art und Weise gewollt.

Liebe Oma Käthe!

Vor ein paar Jahren bist du lediglich „nur“ die Schwiegermutter vom Oberkommissar Jupp Backes im Saarland gewesen. Doch seitdem du regelmäßig nach Sylt pendelst, bist du aus dem Schatten deines Schwiegersohns herausgetreten. Gleich dein erster Fall „Der tote Kurschatten von Sylt“ schaffte es auf mehrere Bestsellerlisten wie zum Beispiel die BILD-Bestsellerliste. Mit deinen jugendlichen 81 Jahren hast du mal wieder bewiesen, dass man nie zu alt für einen Neuanfang ist. Ganz gleich, ob beruflich oder privat – du erfindest dich immer wieder neu und sorgst für jede Menge Abwechslung. Ich hoffe, dass du uns noch lange mit deinem Humor erhalten bleiben wirst, und wünsche dir viel Glück, Zufriedenheit und natürlich Gesundheit. Ach so, und nicht zu vergessen: Ein paar Morde auf Sylt, damit wir dich weiter bei den Ermittlungen begleiten dürfen, wären auch nicht schlecht.

Dein Dany

PS: Sorry, jetzt habe ich doch dein Alter verraten, aber im Buch wird es nicht mehr explizit erwähnt. Versprochen!

Kapitel 1

»Eine von uns beiden muss nun gehen«, sagte Käthe, verschränkte die Arme vor der Brust und schaute ihren Lebensgefährten Hinnerk auffordernd an. Sie wollte eine Entscheidung, genau jetzt und hier auf der Terrasse am gedeckten Frühstückstisch. Augenblicklich!

»Das kannst du nicht von mir verlangen. Sie ist meine Schwester«, widersprach Hinnerk. Er nippte an seiner Tasse heißen Kaffees und ließ seinen Blick in die Ferne Richtung Horizont schweifen. Von seinem Garten aus konnte man zu der nur ein paar Hundert Meter entfernten Nordsee schauen, lediglich die Dünenlandschaft verwehrte die Aussicht auf den Sandstrand. Dieser Anblick beruhigte ihn für gewöhnlich, doch diesmal wollte es nicht so recht klappen. Um sich noch mehr abzulenken, fokussierte er seine Aufmerksamkeit auf ein paar kreischende Möwen, aber Käthe keifte munter weiter.

»Von wegen Schwester. Sie führt sich auf wie eine Königin, die komplett die Bodenhaftung verloren hat. Die Queen war garantiert unkomplizierter, wenn sie sich mal in den vier Wänden von ihrem Charles und seiner Camilla einquartiert hat. Die Elizabeth hat bestimmt niemals so genervt.«

»Käthe, bitte übertreib nicht. Elfriede ... «

»Päh! Das ist doch auch einer ihrer speziellen Sonderwünsche: Man darf nicht Elfriede zu ihr sagen«, fuhr sie ihrem Freund ins Wort. »Sie will Ellen von uns genannt werden, schon vergessen?« Käthe schüttelte den Kopf und rollte dabei mit den Augen.

»Können wir bitte das Thema wechseln? Genießen wir doch lieber die wunderschöne Aussicht. Schau mal, dahinten schiebt sich die Sonne hinter den Wolken hervor. In der Zeitung steht, dass es heute 20 Grad warm werden soll.«

»Das ist mal wieder typisch für dich«, regte Käthe sich auf. »Bei jeglicher Art von Konflikten einfach über das dämliche Wetter reden, aber so funktioniert das bei mir nicht. In meiner Familie habe ich immer ganz offen über Unstimmigkeiten und Probleme gesprochen - etwas unter den Teppich zu kehren, bringt nämlich nix. Das habe ich mit meinen Kindern, Schwiegerkindern und Enkeln so gehalten und bis heute bin ich deshalb mit keinem von ihnen zerstritten, auch wenn gewisse Themen zu heftigen Debatten geführt haben.« Oma Käthe, wie sie von ihren Liebsten genannt wurde, trommelte mit den Fingerkuppen auf dem Tisch herum. Ungeduldig wartete sie darauf, dass Hinnerk endlich ein Machtwort zur Wohnsituation sprechen würde.

»Na ja, dein Schwiegersohn würde dich am liebsten aus seinem Haus im Saarland rausschmeißen, damit du ganz schnell mit deinem Krempel zu mir nach Kampen ziehst. Er hat mir letztens noch am Telefon gesagt, dass die frische Brise auf Sylt für deine Bronchien viel gesünder sei als die stinkende Landluft in deiner Heimat.«

»Ach, der Jupp redet eine Menge dummes Zeug. Er ist kein Lungenfacharzt, sondern nur ein kleiner Dorfbulle, der seit Jahren darauf wartet, dass ich meine beiden Zimmer in seiner oberen Etage räume, damit er ausreichend Platz für seine bescheuerte Modelleisenbahn hat. Aber nein, diesen Gefallen werde ich ihm nicht tun. Es bleibt fürs Erste bei unserer Fernbeziehung, das haben wir doch schon ein paar Mal durchgekaut. Außerdem finde ich es unmöglich von dir, dass du plötzlich von deiner Familie auf meine umschwenkst. Ich will, dass deine Elfriede, oder meinetwegen Ellen, auszieht. Sofort!«

Hinnerk machte eine entschuldigende Geste. »Versteh

doch bitte, dass ich das nicht tun kann. Sie ist meine kleine Schwester und das erste Mal nach über zwanzig Jahren wieder in Deutschland.«

»Diese kleine Schwester ist über sechzig Jahre alt«, stichelte Käthe und schlug im selben Atemzug vor, dass Ellen genauso gut bei Hinnerks Sohn und dessen Frau wohnen könne. »Da kann die liebe Tante auch gleich auf die Zwillinge aufpassen, damit Nils und Diana mal ein wenig Zeit für sich haben.«

»Das ist doch Blödsinn, Ellen kennt sich überhaupt nicht mit Babys aus. Mensch, Käthe, du wirst dich ja wohl ein bisschen zusammenreißen können. Ellen bleibt nur noch eine Woche, dann fliegt sie zurück nach New York und wir haben das Haus wieder ganz für uns.«

Käthe verzog das Gesicht, als ob sie in eine saure Zitrone gebissen hätte. »Ich fühle mich einfach nicht wohl in ihrer Gegenwart. Ihr überkandideltes Getue ist unerträglich. So habe ich mir unsere gemeinsame Zeit nicht vorgestellt. Du, ich kann mich auch gleich in den nächsten Zug nach Saarbrücken setzen. Mit Jupps ständigem Gemotze komme ich immer noch besser klar als mit dem Gezicke von Elfriede.«

»Ellen«, korrigierte Hinnerk sie schmunzelnd.

»Ach, du weißt doch, wen ich meine. Ich finde sie so oberflächlich, ich bekomme einfach keinen Draht zu ihr. Dazu dieser bemühte amerikanische Akzent, das ist so affig, kein bisschen authentisch. Das alles macht sie ja nur, damit sie Aufmerksamkeit bekommt.«

»Sie lebt eben seit über vierzig Jahren in den USA, da redet man nun mal ganz automatisch so«, verteidigte Hinnerk seine Schwester. »Außerdem darfst du nicht vergessen, dass Ellen Schauspielerin ist und in New York lebt, da darf man das alles nicht so ernst nehmen. Ich glaube, eine gewisse Oberflächlichkeit bringen der Beruf und der Wohnort mit sich mit.« Er trank einen weiteren Schluck von seinem Kaffee und grinste schelmisch. »Ich kenne sie viel länger als du. Sie ist halt eine Künstlerin, die sich manchmal etwas zu wichtig nimmt.«

»Du sagst es«, ereiferte sich Käthe. »Was kommt denn als Nächstes? Sollen wir künftig einen Hofknicks machen, wenn wir ihr das Essen servieren? Oder ihr das Badewasser einlassen, damit die gnädige Dame in Seelenruhe ihre Lieder in der Wanne trällern kann? Das geht mir übrigens auch tierisch auf die Nerven, dieses Gesinge, einfach unerträglich.«

»Jetzt übertreib bitte nicht. Ja, meine Schwester ist ein wenig speziell, aber jeder von uns hat seine Macken, jeder wird im Alter schrullig, auch du und ich. Ellen ist eine ausgebildete Musical-Darstellerin, da muss sie täglich ihre Stimme trainieren, damit nichts einrostet. Das ist wie bei einer Turnerin, die täglich ihre Übungen auf ihrer Bodenmatte machen muss.« So langsam wurde Hinnerk das Gespräch über seine Schwester unangenehm, daher begann er, seinen Golden Retriever Oskar zu streicheln, der schläfrig unter dem Terrassentisch lag und sich von der hitzigen Diskussion nicht stören ließ.

»Ach, Hinnerk! Du nimmst deine Schwester schon wieder in Schutz«, schimpfte Käthe. »Bei Purzelbäumen statt Gesangseinlagen würde sie wenigstens ihre Klappe halten.« Sie hatte das Gefühl, dass er sie einfach nicht verstehen wollte.

»Du bist zu Ellen auch nicht besonders nett«, brummte er.

»Aha! Kannst du mir ein Beispiel nennen? Ich gebe mir nämlich die allergrößte Mühe, mich mit deiner Schwester zu vertragen.«

Hinnerk kraulte noch immer das hellbraun-goldige Fell seines Oskars und sah kaum auf, während er antwortete: »Na ja, du hast Ellen gestern sehr deutlich gesagt, dass du Musicals nicht ausstehen kannst und niemals einen Cent dafür ausgeben würdest, anderen beim Singen, Tanzen und Schauspielern zuzusehen.«

»Moment! Das habe ich erst gesagt, nachdem sie mir vorgeworfen hat, dass ich mir dich geangelt hätte, um meinen Lebensabend an der Küste zu verbringen, statt in meinem saarländischen Kuhkaff zu versauern. Sogar, dass ich dich gar nicht richtig lieben würde, hat sie behauptet, sondern nur scharf auf deine Rente wäre, um sie mit beiden Händen auszugeben. Das ist eine absolute Frechheit.« Entrüstet tippte sich Käthe gegen die Stirn.

»Ja, natürlich ist das Quatsch. Du weißt ja längst, dass ich mir als pensionierter Kriminalhauptkommissar nur ein Segelboot an der Nordsee leisten kann, um hier ein bisschen herumzutuckern. Eine Jacht in der Karibik ist nicht drin.« Er grinste sie augenzwinkernd an.

Käthe seufzte. »Klar, das hatte ich mir schon gedacht, aber Geld ist mir völlig egal und dass du hier auf der Insel lebst, ist schön, aber auch das spielt für mich keine Rolle.«

»Du hättest dich also genauso unsterblich in mich verliebt, wenn ich in Recklinghausen oder Hintertupfing wohnen würde?«, fragte Hinnerk und stoppte die Streicheleinheiten auf Oskars Fell, dabei sah er Käthe neugierig an.

»Selbstverständlich!«

Im selben Moment bellte der Golden Retriever unter dem Tisch, als wollte er Käthe Lügen strafen, und die beiden mussten herzhaft lachen.

Hinnerk griff liebevoll nach Käthes Hand. »Ich danke dem lieben Gott täglich, dass ich dich kennengelernt habe.«

»Du solltest lieber dem Kundenberater meiner Krankenkasse danken, der mir damals eine Kur hier um die Ecke genehmigt hat, statt mich nach Bayern oder NRW zu schicken. Sonst hätte ich wohl niemals einen waschechten Insulaner mit grauem Bart, Bäuchlein und Kapitänsmütze getroffen.« Käthe seufzte verträumt. »Nicht wahr, mein großer Käpt'n Iglo?« Bei diesen Worten zog sie ihm seine schwarze Skippermütze, die er so liebte, tief ins Gesicht, wodurch die Ähnlichkeit mit der bekannten Werbefigur noch größer wurde.

»Stimmt. Da würdest du dich jetzt nicht mit mir, sondern vielleicht mit einem Ruhrgebietler streiten, weil dessen zickige Schwester dich auf die Palme bringt.« Er strahlte sie mit einem breiten Grinsen an.

»Tja, so eine rotzehrliche Ruhrpottlerin, die ihr Herz auf der Zunge trägt, wäre mir ehrlich gesagt lieber als eine aufgesetzte Möchtegern-Amerikanerin, die so tut, als ob sie etwas Besseres wäre.«

Als wäre das eine Aufforderung gewesen, öffnete sich im ersten Stock schwungvoll das Badezimmerfenster und die schrille Stimme von Elfriede beziehungsweise Ellen ertönte: »Good moooorning!« Voller Energie beugte sie ihren Oberkörper weit über die Fensterbank, um mit geschlossenen Augen die gute Nordseeluft tief ein- und wieder auszuatmen. »Oh my God, wie ich diesen salzigen Duft liebe, das ist überhaupt kein Vergleich zur 5th Avenue bei mir in Manhattan, wo es nur nach Abgasen stinkt.« Sie öffnete die Augen und sah nach unten auf die Terrasse. »Hat mein Bruderherz genauso gut geschlafen wie ich? Bei dieser himmlischen Ruhe kann ich tatsächlich wie ein süßes Baby schlummern. I love it!«

Käthe spürte, wie sie bei diesen Worten innerlich versteinerte. Wenn sie Ellens affektiert dahingehauchte Lieblingsfloskeln »Oh my God« und »I love it« bloß hörte, bekam sie schon miese Laune.

»Habt ihr Lachs zum Frühstück da?«, rief die soeben Erwachte aus dem Fenster.

»Tut mir leid, wir haben nur Brot, Marmelade, Wurst und Käse hier«, zählte Hinnerk auf.

»Oh nein. Würdest du mir bitte Lachs besorgen?« Die Schauspielerin zog eine Schnute, so gut ihr das mit den aufgespritzten Lippen möglich war, und setzte eine todtraurige Miene auf.

»Nein, wir sind kein Hotel«, lehnte er ab.

»Bruderherz! Du weißt, dass ich Lachs liebe, das war schon immer so, bitte, bitte, ich liebe Lachsbrötchen«, quengelte Ellen.

Käthes Mundwinkel bogen sich weit nach unten. Es war zum Fremdschämen, wie Ellen sich verhielt. Dieses Schauspiel, wie eine erwachsene Frau auf kleines Mädchen machte, um ihr dämliches Fischbrötchen zu bekommen, wollte sie sich nicht länger anschauen. »Ich bin dann mal weg«, sagte sie und stand energisch auf.

»Wo willst du denn auf einmal hin?«, fragte Hinnerk verblüfft.

»Zum Bahnhof«, antwortete sie schnippisch.

»Oh my God, du willst uns wirklich schon verlassen?«, rief Ellen von oben. »Das ist aber schade.« Ein gekünsteltes Grinsen spielte um ihre straffen Lippen.

Käthe lächelte einfach frech zurück. »Ich muss bloß etwas sehr Dringendes erledigen«, erwiderte sie knapp.

»Wunderbar, dann bring doch bitte Sesambrötchen mit, die mag ich am allerliebsten. I love Sesam. Und I love Lachs«, trällerte Ellen, rieb sich dabei den Bauch und gab ein schmatzendes Geräusch zum Besten.

»Und I love Schwägerinnen, denen ich das Gepäck zum Bahnsteig rollen kann, um ihnen anschließend mit einem Taschentuch hinterher zu winken«, flüsterte Käthe Hinnerk zu.

»Bitte jetzt keinen Streit anzetteln«, raunte er zurück, zugleich nahm er wohlwollend zur Kenntnis, dass Käthe das Wort »Schwägerin« und nicht »Feindin« benutzt hatte, obwohl sie gar nicht verheiratet waren. »Sie ist doch nur noch ein paar Tage hier, mein Besuch soll sich schließlich wohlfühlen.«

»Keine Sorge. Ich verfolge einen ganz anderen Plan«, versicherte Käthe.

»Was hast du vor?« Hinnerk sah sie mit vor Schreck geweiteten Augen an.

»Bahnhof oder Bäcker - ich überlege noch«, erwiderte sie kryptisch und verließ eilig die Terrasse. Oskar blickte erschrocken auf und bellte laut.

Zur gleichen Zeit begann Ellen mal wieder voller Inbrunst, den allseits bekannten Song »Mamma Mia« herauszuträllern. Natürlich aus rein beruflichen Gründen, wie sie jedes Mal betonte. Als früheres Ensemblemitglied kannte sie den Text aus dem gleichnamigen Musical in- und auswendig. Sehr zum Leidwesen von Hinnerks Nachbarn - Sylt war schließlich nicht der Broadway und mit den vier ABBA-Mitgliedern hatte Ellen auch rein gar nichts gemeinsam. Höchstens den ähnlich klingenden Namen mit der Sängerin Anni-Frid, aber das hatte sich Elfriede ja selbst kaputt gemacht mit ihrer »Ellen«-Macke.

Kurze Zeit später klingelte die genervte Käthe an einem alten Backsteinhaus, das sich in naher Nachbarschaft von Hinnerks Eigenheim befand. Erst als die eigenwilligen Sangeskünste der Schwägerin im Hintergrund verebbten, öffnete die Hausbesitzerin ihr endlich, als ob sie gewartet hätte, bis die Luft »ABBA-rein« war.

»Guten Morgen, Frau Hahnbeck, gilt Ihr Angebot noch?«, kam Käthe direkt auf den Punkt.

»Moin, Frau Bohneberger, wovon sprechen Sie?« Die Frau im blauen Jogginganzug, die nur wenig älter war als Ellen, schaute Käthe perplex an, während sie konzentriert das Gleichgewicht an ihren Krücken ausbalancierte.

»Sie haben mich doch vor ein paar Tagen gefragt, ob ich für Sie einspringen könnte, um Ihren Job als Haushälterin bei einer gewissen Familie Lindholm zu übernehmen.«

»Ja, und Sie haben sofort unmissverständlich abgesagt, weil Sie als Rentnerin nicht den Dreck von anderen Leuten wegmachen wollen.«

»Korrekt. Aber Meinungen ändern sich.«

Die Nachbarin legte den Kopf schräg. »Woher kommt Ihr Sinneswandel? Brauchen Sie etwa dringend Geld?«

Käthe grinste kurz. »Nein, nein, das ist nicht der Grund. Ich dachte mir einfach, Mensch, die Frau Hahnbeck ist jetzt mit so einem Handicap unterwegs und kann nicht arbeiten, da muss man ihr doch unter die Arme greifen, wenn die Beine gerade nicht so wollen.«

»Das ist aber wirklich nett von Ihnen!«, sagte Frau Hahnbeck nun strahlend. »Es ist ja auch nur noch für maximal zwei Wochen, dann sollte ich wieder komplett einsatzfähig sein. Die Krankengymnastik hilft mir sehr gut, ich mache jeden Tag Fortschritte. Ein Bänderriss ist halt doch nicht zu unterschätzen.«

»Perfekt«, sagte Käthe erfreut. Über den wahren Grund, dass sie nur nach einer kleinen Ablenkung suchte, bis Nervensäge Ellen wieder über den Großen Teich verschwunden wäre, verlor sie kein Wort.

»Ich hoffe, Sie halten es länger aus als meine bisherigen Krankheitsvertretungen«, ergänzte die ausgebremste Haushaltshilfe besorgt. »Die eine hat schon nach fünf Tagen hingeschmissen und die andere ist nach dem Probearbeiten gar nicht mehr erschienen. Es ist heutzutage verdammt schwer, gutes Fachpersonal zu finden.«

»Warum müssen Sie sich eigentlich darum kümmern und nicht Ihr Arbeitgeber?«

Frau Hahnbeck winkte ab. »Ich wollte das lieber selbst in die Hand nehmen, deshalb habe ich nur in meinem Bekanntenkreis herumgefragt. Wissen Sie, die Familie Lindholm zahlt wirklich sehr gut, und ich bin dort schon seit über vierzig Jahren beschäftigt, da will ich nicht gegen eine Jüngere ausgetauscht werden.«

Das verstand Käthe nur zu gut, daher beruhigte sie die Seniorin sofort, dass sie sich darüber mal keine Sorgen machen solle. Mit ihren knapp über achtzig Jahren habe sie selbst ganz andere Hobbys, dazu gehöre nicht das Organisieren des Haushalts von Fremden. Dass der kurzfristige Job als Fluchtmöglichkeit vor der nervigen Schwägerin wie ein Geschenk des Himmels war, behielt sie dennoch weiterhin für sich.

»Es gibt doch hoffentlich keinen Ärger mit Hinnerk, dass er Sie jetzt zum Arbeiten schickt?«, erkundigte sich die Nachbarin neugierig. »Wir sind nämlich alle so froh, dass er endlich wieder eine neue Partnerin hat, weil nach dem Tod seiner Frau hat er lange gelitten und sich komplett zurückgezogen.«

»Blödsinn, ich habe bloß ein ausgeprägtes Helfersyndrom. Wenn ich Sie also nach Ihrem Bänderriss irgendwie unterstützen kann, mache ich das doch gern«, versicherte Käthe und lächelte besonders freundlich, damit ihr Schwindel nicht aufflog.

»Ein Putzsyndrom wäre fast besser«, erwiderte Frau Hahnbeck. »Als Haushälterin müssen Sie schon viel Staub wegmachen, die Familie Lindholm lebt nämlich in einer sehr großen Villa. Da gibt es eine Menge zu tun, aber machen Sie sich keine Sorgen, für die Fußböden kommt regelmäßig eine polnische Putzfrau, die dann auch wischt. Die schweren Orientteppiche von den Fliesen zu hieven, wäre für meine Bandscheibe der sichere Tod.«

»Na, besser geht es doch nicht«, gab Käthe unternehmungslustig zurück. »Mit einem Staubwedel kann ich sehr professionell umgehen. Kann ich sofort anfangen? Ich bin gerade so motiviert, ich könnte Bäume ausreißen.«

Frau Hahnbeck nickte freundlich, stakste etwas unbeholfen einen Schritt in den Flur zurück und nahm ihren Autoschlüssel von der Kommode. Dann hinkte sie zu Käthe. »Ach, bevor ich es vergesse. Sie müssen wissen, die ganz junge Frau Lindholm ist eine kleine Diva. Ich glaube, ihretwegen haben meine anderen beiden Vertretungen das Handtuch beziehungsweise Staubtuch geworfen.«

»Keine Sorge, Frau Hahnbeck. Mit Diven kenne ich mich bestens aus, und solange sie keinen amerikanischen Akzent haben, komme ich mit ihnen sehr gut zurecht.«

Frau Hahnbeck schaute sie besorgt an. »Meine Diva hat einen südamerikanischen Akzent. Sind Sie trotzdem noch an der Tätigkeit interessiert?«

Käthe stockte einen Moment, dann erklärte sie süffisant: »Südländisches Temperament erinnert mich an Urlaub und diese Leichtigkeit, das Leben nicht immer so bierernst zu nehmen.«

Frau Hahnbeck schaute skeptisch, setzte ihre Krücken über die Türschwelle und schloss die Haustür. Während sie neben Käthe zu ihrem klapprigen Fiat Punto humpelte, stellte sie sicherheitshalber noch einmal klar, dass es sich bei der Tätigkeit um Arbeit und keinesfalls Ferien handele.

Nickend nahm Käthe auf dem Beifahrersitz Platz und beobachtete, wie die Gehandicapte konzentriert den kranken Fuß an die Pedale sortierte. Sie blickte ihrer beruflichen Herausforderung mit gemischten Gefühlen entgegen. Seit

Ewigkeiten hatte sie kein Vorstellungsgespräch mehr gehabt. Als eine erfahrene Businessfrau, die ihr Leben lang als Selbstständige gearbeitet hatte, war sie es gewohnt, Bewerbern Fragen zu stellen, nicht umgekehrt. Doch hier kam Käthe ihr Lebensmotto zugute: Sie fühlte sich nie zu alt, um neue Abenteuer zu wagen. Erst recht nicht, wenn zu Hause eine anstrengende Schwägerin ihre Zelte aufgeschlagen hatte, die Bruderherz Hinnerk komplett um den Finger wickelte.

Kapitel 2

Nach rund zehn Minuten Fahrzeit erreichte das Haushalts-Duo das Anwesen der Familie Lindholm in dem kleinen Ort List, ganz im Norden der Insel. Käthe rauchte inzwischen der Kopf, da die lädierte Frau Hahnbeck ihr auf dem Weg in aller Ausführlichkeit ihre Aufgaben aufgezählt hatte: Badarmaturen blank polieren, Mittagessen kochen, Wäsche waschen, Staub wischen, und, und, und.

»So, da sind wir endlich. Willkommen an Ihrem neuen Arbeitsplatz.« Die Haushälterin aus Leidenschaft hielt vor dem schmiedeeisernen Tor und ließ den Motor laufen.

»Wow«, staunte Käthe. Sie war schier überwältigt von der imposanten Villa Lindholm. Das hufeisenförmige Gebäude stand auf einem Hügel, der einen atemberaubenden Blick auf die Gewässer bot, die Sylt umgaben: die Nordsee und das Wattenmeer. Der weiße Anstrich unter dem typischen Reetdach mit den zahlreichen Dachgauben und Sprossenfenstern verlieh dem Haus seinen ganz besonderen Charme.

»Das war früher mal ein Gestüt, aber die Ställe wurden komplett umgebaut«, bemerkte die fußkranke Haushälterin.

»Womit sind die Lindholms denn so reich geworden?«

Frau Hahnbeck schaute ihre Sitznachbarin mit großen Augen an. »Ich muss Ihnen wohl noch ein paar Einweisungen geben, nicht, dass Sie sich in die Nesseln setzen. Sie kennen doch sicherlich Lindholm Cosmetics?«

»Nein, spontan fällt mir nur Manhattan Cosmetics ein und natürlich Beiersdorf, wegen der guten alten Nivea-Creme und ... «

»Oh mein Gott! Der Name Beiersdorf ist ein absolutes Tabu in diesem Haus, die sind die größte Konkurrenz für die

Lindholms, und sagen Sie bloß niemals das N-Wort!«, unterbrach die Haushälterin Käthe entsetzt.

»Glauben Sie, ich bin blöd? Natürlich verwende ich das N-Wort nicht, ich bin ja keine Rassistin«, entgegnete Käthe energisch.

»Nicht doch. N wie Nivea meine ich, das darf niemals gesagt werden. Die alte Frau Lindholm rastet dann komplett aus.«

Käthe runzelte die Stirn, während sie ihren Blick über die gepflegten kugelförmigen Buchsbäume schweifen ließ, die wie eine Empfangsgarde die Einfahrt bis zur Haustür säumten. »Erzählen Sie mir bitte mehr über diese Familie.«

Frau Hahnbeck schaltete den Motor ab und begann, ein paar Fakten aufzuzählen, dabei zeigte sie mit dem ausgestreckten Finger hinter der Windschutzscheibe auf die Gebäudeteile. »Also, passen Sie auf: Im Haupthaus da vorne lebt die alte Herta Lindholm, sie ist stolze vierundneunzig Jahre alt, aber geistig und körperlich total fit. Als Seniorchefin hat sie das Sagen in der Familie - und sogar noch in der Firma.«

»Verstehe, sie ist sozusagen die Oberfeldwebelin, die gern den Ton angibt«, murmelte Käthe. »Da werde ich sicherlich noch mordsmäßig Spaß mit ihr haben. Was muss ich über die anderen Bewohner wissen?«

»Im linken Flügel lebt ihr Sohn Georg Lindholm, der Netteste und Charmanteste in der Familie. Von ihm bekomme ich hin und wieder eine Packung Pralinen zugesteckt. Er hat ein gutes Herz.« Frau Hahnbecks Augen glänzten bei diesen Worten, doch dann fügte sie traurig hinzu: »Leider steht er so richtig unter dem Pantoffel seiner Mutter, er hat sich komplett aus der Firma zurückgezogen.«

»Ach, ein Muttersöhnchen also? Lassen Sie mich raten, er ist außerdem ein ewiger Junggeselle?«

»Nein, Herr Lindholm ist seit Urzeiten glücklich verheiratet mit Sigrid.« Die Haushälterin runzelte die Stirn. »Bei ihr fiel mir nur in letzter Zeit auf, dass sie öfters schon am Nachmittag zur Flasche Wein greift. Tja, wenigstens ist sie mit einem gewissen Pegel umgänglicher als nüchtern. Ich habe nie eine richtige Verbindung zu ihr gefunden.«

»So glücklich verheiratet scheint sie dann ja doch nicht zu sein«, scherzte Käthe. »Wer ständig zum Alkohol greift, will oft Probleme vergessen. Gibt es noch weitere Familienmitglieder?«

»Ja, im rechten Flügel wohnt der einzige Sohn von Georg und Sigrid Lindholm: Christoph, der heutige Geschäftsführer von Lindholm Cosmetics. Er ist mit Fernanda verheiratet, einer brasilianischen Diva, die glaubt, sie sei etwas Besseres, nur weil sie jetzt Teil einer Millionärsfamilie ist.« Frau Hahnbeck rollte genervt mit den Augen.

»Na ja, wenn man mit den Schwiegereltern und der dominanten Großmutter unter einem Dach lebt, muss man wohl Nerven wie Drahtseile haben«, entgegnete Käthe. »Gibt es denn Kinder, die ein bisschen Leben in die Bude bringen?«

Die Brasilianerin und ihr Mann seien erst seit zwei Jahren verheiratet, berichtete die Haushälterin, da gebe es bisher keinen Nachwuchs, dafür aber zwei Stiefkinder aus Christophs erster Ehe. »Ach, der Christoph ist so ein lieber und gut aussehender Mann. Ich kenn ihn ja noch als keinen Knirps, weil ich schon ewig für die Lindholms arbeite. Dass seine erste Ehe in die Brüche gegangen ist, hat mir das Herz gebrochen. Seine Ex-Frau war so eine sympathische, warmherzige Frau, ganz anders als dieses zickige brasilianische Biest. Mit der hat er sich den Teufel ins Haus geholt.« Sie schnaubte entrüstet.

»Wie alt sind denn die Kinder?«, erkundigte sich Käthe laut schluckend und äußerte die Befürchtung, sich neben der

Hausarbeit auch noch um das Kontrollieren der Hausaufgaben kümmern zu müssen.

Frau Hahnbeck grinste. »Keine Sorge, Jannis ist gerade achtzehn geworden und bereitet sich auf sein Abitur vor, ich glaube, da können Sie keine Nachhilfe mehr geben, oder kennen Sie sich mit Algebra aus?«

Käthe winkte ab. »Ich war grottenschlecht in der Schule - ganz besonders in Mathe.«

»Die drei Jahre jüngere Schwester von Jannis lebt bei ihrer Mutter in Hörnum, im Süden. Jule hat ein sehr gutes Verhältnis zu ihrem Großvater Georg und ist daher öfters hier.«

»Aha, zu ihrem Vater demnach nicht?«, erkundigte sich Käthe neugierig.

Frau Hahnbeck stöhnte. »Wenn Sie mich fragen, wohnt Christoph gar nicht mehr hier, sondern in Hamburg, wo die Firma Lindholm Cosmetics ihren Sitz hat. Er kommt höchstens an den Wochenenden nach Sylt, aber das wird auch immer seltener, da er häufig auf Geschäftsreise ist. Der arme Kerl ackert wirklich viel - fast so wie ich.« Sie schmunzelte.

»Ach, und seine brasilianische Ehefrau hockt trotzdem hier in der Pampa und nicht bei ihm in der Stadt?«

Frau Hahnbeck zuckte mit den Achseln. »Ich mische mich nicht in die Beziehung meines Arbeitgebers ein, und das sollten Sie, Frau Bohneberger, bitte auch nicht tun. Das gehört sich als treusorgende und verlässliche Haushälterin so.« Mahnend erhob sie den Zeigefinger und fügte hinzu: »Übrigens sind Sie natürlich zu absoluter Verschwiegenheit verpflichtet. Versprechen Sie mir das!«

»So verschwiegen wie Sie, die gerade alle Interna ausgeplaudert hat?« Käthe warf ihr vom Beifahrersitz aus einen spöttischen Blick zu.

»Das habe ich doch nur getan, damit Sie in kein Fettnäpfchen treten und einen Überblick über die Familie Lindholm haben. Da können Sie mir wohl kaum vorwerfen, dass ich Geheimnisse über meinen Arbeitgeber herumtratsche. Also, das finde ich jetzt schon ungeheuerlich!«

Beschwichtigend hob Käthe die Hände. »Beruhigen Sie sich, Frau Hahnbeck. Ich werde mein Bestes tun, um Sie bestmöglich zu vertreten, das kann ich Ihnen versprechen!«

Die Haushälterin atmete erleichtert auf, startete den Motor und kurbelte das Seitenfenster herunter. Dann streckte sie ihren Arm aus und tippte einen vierstelligen PIN-Code auf die Tastatur in einem kleinen Kästchen. Sofort öffnete sich das Eisentor und der Kleinwagen rollte über die knirschenden Kieselsteinchen bis zu der gewaltigen Eingangstür. Als die beiden Damen aus dem Fiat ausstiegen, wurde die Haustür aufgerissen und eine junge attraktive Schwarzhaarige schrie ihnen entgegen: »Wo zum Geist ist meine rote Kleid mit weiße Punkte?«

»Guten Morgen, Frau Lindholm, darf ich vorstellen? Das ist meine Vertretung«, sagte die fußlahme Haushälterin und zeigte mit der Krücke auf Käthe, die sofort wusste, dass es sich bei der Aufgebrachten nur um Fernanda handeln konnte.

»Wo zum Geist ist meine Kleid?«, wiederholte sie erneut mit einem starken portugiesischen Akzent, diesmal an Käthe gerichtet.

»Es heißt Teufel, nicht Geist«, korrigierte Käthe die Brasilianerin nachsichtig und sagte besonders deutlich: »Also: Wo zum Teufel ist mein Kleid?«

»Was?« Fernanda schaute sie entgeistert an. »Sie vermissen auch Kleid? Wie kann sein?«

»Nein, ich wollte damit nur sagen, die deutsche Sprache ist nicht leicht. Insbesondere Redewendungen können einen zur Verzweiflung bringen, da kann ich Ihnen gern helfen.«

Kaum hatte sie das gesagt, fielen Frau Hahnbeck vor

Schreck die Krücken aus den Händen. Mühsam bückte sie sich nach den Gehhilfen und gab Käthe ein Zeichen, augenblicklich mit ihr um das Auto herum zu gehen.

»Wieso verbessern Sie Frau Lindholm?«, flüsterte sie Käthe scharf ins Ohr. »Dazu sind Sie nicht befugt. Sie sollen sich um den Haushalt kümmern, nicht um ihre Deutschkenntnisse.«

Käthe zeigte ihr einen Vogel. »Jetzt ist mal Schluss mit diesem unterwürfigen Verhalten, wir leben doch nicht mehr im 19. Jahrhundert, wir sind keine Dienstboten.« Um das neue Arbeitsethos gleich in die Tat umzusetzen, ging sie schnurstracks auf die Südamerikanerin zu und reichte ihr die Hand. »Freut mich, ich bin die Käthe. Mit wem habe ich das Vergnügen?«

Mit offenem Mund verfolgte Frau Hahnbeck das Schauspiel, vor lauter Schnappatmung musste sie sich sogar an der Beifahrertür festhalten.

»Ich bin Fernanda.« Ein Lächeln huschte der hübschen Südländerin über das Gesicht, dann schüttelte sie Käthes Hand. »Du jetzt wissen, wo ist meine Kleid?«, wiederholte sie erneut. »Ich brauche Kleid, hipp, hipp«, forderte sie in energischem Ton.

»Das kann ich dir leider nicht sagen, ich werde hier nämlich als Haushälterin tätig sein, nicht als Hellseherin, da musst du wohl selbst noch einmal nachschauen. Und es heißt hopp, hopp, aber ich weiß: deutsche Sprache - schwere Sprache.«

Frau Hahnbeck löste sich von der Autotür und humpelte einen Schritt auf Käthe zu. »Tut mir leid, ich glaube, es war doch keine gute Idee, dass ich Sie hier als meine Vertretung vorgeschlagen habe«, raunte sie ihr zu. »So funktioniert das Arbeiten in der Villa Lindholm nicht. Sie können diese feinen Leute nicht einfach duzen, geschweige denn ständig korrigieren!«

»Könnten Sie bitte mal mit Ihrem devoten Verhalten aufhören?«, erwiderte Käthe gereizt. »Ob ich das Kleid von ›Frau Lindholm‹ suche oder von ›Fernanda‹, ist doch scheißegal. Hauptsache, wir finden es! Außerdem ist die Gute so jung, dass ich glatt ihre Oma sein könnte. Die ist ja höchstens Mitte zwanzig.«

»Du dann auch müssen bügeln«, verlangte Fernanda, doch Käthe zeigte ihr einen Vogel.

Bügeln hasste sie wie die Pest. »Vergiss es, Fräulein. Müssen tue ich gar nichts und bügeln erst recht nicht. Du kannst selbst das Bügeleisen schwingen, um deine Knitterfalten rauszubekommen, ich habe damit nix am Hut. Verstanden?«

Sofort mischte sich Frau Hahnbeck in gewohnt unterwürfigem Verhalten ein und versprach, dass sie die Wäsche bügeln werde, denn zum Glück habe sie ja nichts an den Händen. Außerdem schwor sie hoch und heilig, sich höchstpersönlich um das vermisste Kleid zu kümmern. Sie vermutete, dass eine ihrer beiden Vertretungen das Kleidungsstück irrtümlich in den Kleiderschrank der Schwiegermutter Sigrid Lindholm einsortiert haben könnte.

Ihre letzten Worte hatten einen lautstarken Schwall an portugiesischen Flüchen und Verwünschungen zur Folge.

»Oha, da mag wohl jemand seine Schwiegermutter nicht«, bemerkte Käthe, aber Fernanda ging nicht darauf ein. Stattdessen machte sie auf dem Absatz kehrt und stöckelte in ihren High Heels zu einem roten Porsche, stieg ein und knallte die Fahrertür zu. Dann brauste sie mit aufheulendem Motor und durchdrehenden Reifen davon, dass die Kieselsteinchen nur so wegspritzten. Dass die Aufgebrachte das Tor noch rechtzeitig per Fernbedienung öffnen konnte, erschien Käthe wie ein kleines Wunder. Sie sah sich schon beim Reanimieren statt beim Bügeln, Erste Hilfe statt Haushalt.

»Habe ich da gerade in ein Wespennest gestochen?«, fragte sie an Frau Hahnbeck gewandt, die sich mit käsebleichem Gesicht gegen die Motorhaube lehnte.

»Frau Renate, Frau Renate, ist Ihnen nicht gut?« Ein Mann in rotem Pullunder und Cordhose stürmte besorgt aus dem Haus. »Brauchen Sie ein Glas Wasser?«

»Nein, nein, Herr Lindholm, alles in bester Ordnung.« Unverzüglich hoben sich die Mundwinkel der Haushälterin und sie stellte Käthe als die neue Vertretung vor.

»Sehr erfreut, Frau Käthe«, sagte der Mittsechziger, bei dem es sich nur um den freundlichen Georg handeln konnte.

»Ohne Frau, bitte! Das möchte ich nicht.« Käthe schüttelte ihm die Hand.

»Entschuldigen Sie bitte, ich habe Sie auf den ersten Blick tatsächlich als biologische Frau gesehen. Sie müssen wissen, dass ich da sehr weltoffen und tolerant bin. Darf ich fragen, ob ich Sie dann als Herr Käthe oder ganz neutral ansprechen soll? Welches Pronomen bevorzugen Sie?«

Das war zu viel. Renate Hahnbeck warf ihre Krücken weg und verkündete: »Ich bin wieder kerngesund! Das hier nimmt gerade Ausmaße an, die ich guten Gewissens nicht vertreten kann.«

Käthe zeigte sich amüsiert und klärte das Missverständnis auf, dann schlug sie vor: »Wir sollten uns einfach alle duzen, diese förmlichen Anreden braucht es doch gar nicht, wenn ich bloß euren Dreck wegmachen soll.«

Die gehandicapte Haushälterin öffnete erneut den Mund und wedelte sich frische Luft zu, sie wirkte kein bisschen, als wäre sie wieder kerngesund, ganz im Gegenteil.

Käthe klatschte daher tatendurstig in die Hände und erklärte: »So, Renate, Georg! Dann lasst uns mal reingehen, damit ich die Bude hier auf Vordermann bringen kann. Ich bin schließlich nicht zum Vergnügen hier, gell.«

»B-b-bude?«, stammelte Renate. »Das haben Sie eben nicht ernsthaft gesagt. Das ist eine Villa.« Sie war mit den Nerven völlig am Ende.

Georg Lindholm zeigte sich dagegen erfreut. »Bravo! Endlich kommt hier mal ein bisschen frischer Wind in unser trautes Heim.« Er war sofort damit einverstanden, dass sich von nun an alle mit ihren Vornamen ansprechen würden.

Nur Renate konnte diese Freude ganz und gar nicht teilen. Sie erschien vollkommen kraftlos und musste von den beiden untergehakt werden, während sie mit Minischrittchen ins Haus schlich.

So hatte sich die lädierte Haushälterin die Übergabe ihrer Tätigkeiten an die Krankheitsvertretung nun wirklich nicht vorgestellt. Erst recht nicht, als Käthe auch noch beschloss, dass sie das heutige Mittagessen beim Griechen bestellen werde. Ihre Entscheidung begründete sie damit, dass sie die Gerätschaften in der Küche erst einmal kennenlernen müsse, um nicht etwa den Herd in die Luft zu sprengen, weil sie einen Fehler in der Bedienung machte.

»Der Gyrosteller ist wirklich ein Gaumenschmaus«, stimmte Georg Lindholm zu, er war mit der Idee sofort einverstanden und strahlte Käthe mit funkelnden Augen an.

Renate allerdings lehnte ab. Ihr war der Appetit gehörig vergangen. Genauso wie die Vorstellung, dass sie mit Nachbarin Käthe eine Person gefunden hatte, die sie würdevoll vertreten könnte. Wer beim Lieferservice bestellte, sich weigerte zu bügeln und den Vorgesetzten das Du anbot, war eine Haushälterin, wie sie es sich nicht mal in ihren schlimmsten Träumen geben konnte. Diese Käthe war ein absoluter Albtraum!

Kapitel 3

Die Stimmung um die Mittagszeit hätte in der Villa Lindholm nicht besser sein können. Es war mittlerweile gegen 13 Uhr und Renate Hahnbeck lag schnarchend auf der Kücheneckbank, um ein Nickerchen zu machen, nachdem sie mit Sigrid und Georg Lindholm Brüderschaft getrunken hatte. Schuld an dem neuen entspannten Arbeitsklima war jedoch nicht Käthe, sondern die Flasche Ouzo.

»Ich glaube, unsere liebe Renate verträgt einfach nix«, mutmaßte Georg und deckte sie fürsorglich zu.

»Das waren doch gerade mal zwei oder drei Gläschen. Merkwürdig, dass sie da gleich aus den Latschen kippt«, bemerkte Käthe, die sich allerdings auch nur ein Schnäpschen zur besseren Verdauung gegönnt hatte.

»Also, ich spüre gar keinen Alkohol«, verkündete Sigrid. In einem Handspiegel überprüfte sie ihren Lippenstift und fuhr sich mehrfach durch ihr kastanienbraunes schulterlanges Haar, dann sah sie Käthe an. »Ich muss gleich zum Tennis, aber ich freue mich wirklich, dass du dich um den Haushalt bei uns kümmerst. Wenn es nach mir ginge, können wir öfters Griechisch bestellen.«

»Freut mich sehr, dass es euch geschmeckt hat. In Sachen Essensbestellung war ich schon immer die Allerbeste.«

»Kochst du denn gar nicht?«, erkundigte sich Sigrid.

Käthe winkte ab. »Zu Hause übernimmt das Hinnerk, mein Lebensgefährte, und wenn ich in meiner eigentlichen Heimat im Saarland bin, kocht meine Tochter für mich mit, von daher sind meine Kochkünste etwas eingerostet. Aber eine Dose Gulaschsuppe bekomme ich schon noch auf«, scherzte sie.

»Dann bestellen wir morgen einfach beim Italiener, wir sind von Frau Renate nämlich kulinarisch immer sehr verwöhnt worden. Sie ist eine ausgezeichnete Köchin«, lobte Georg die Schlummernde. »Sag mal, Käthe, hast du denn noch weitere Fragen an uns?«

Sie schüttelte den Kopf. »Nein, es ist alles klar. Ich fange morgens um 7 Uhr mit dem Vorbereiten des Frühstücks an und um 13 Uhr ist Feierabend, nachdem ich das Geschirr vom Mittagessen in die Spülmaschine geräumt habe. Nochmals vielen Dank, dass ich nicht die Acht-Stunden-Schicht wie Renate machen muss, sondern nach sechs Stunden heimgehen, beziehungsweise mir die Arbeit einteilen kann. Die Bezahlung läuft dann ja auf Stundenbasis, das kommt mir nur gelegen.«

»Sehr gern, das ist überhaupt kein Problem, Hauptsache, du bist flexibel. So, ich muss jetzt wirklich los, der Tennisplatz ist schließlich bereits gemietet.« Sigrid nahm ihre Sporttasche in die Hand, bedankte sich noch einmal dafür, dass Käthe spontan für die erkrankte Mitarbeiterin einspringe, gab ihrem Georg einen Kuss auf die Wange und huschte nach draußen zu ihrem knallgelben Mercedes Cabriolet, das direkt vor dem Küchenfenster parkte.

»Wir lassen Frau Renate noch eine Weile schlafen, oder?«, fragte Georg mit Blick auf seine schnarchende Haushälterin.

»Ja, sie soll ihren Rausch tüchtig ausschlafen. Ich habe ja leider keinen Führerschein, ich fahre nur E-Bike.«

»Soll ich uns einen Espresso machen? Oder einen Cappuccino, Latte macchiato? Was möchten Sie, Pardon, du natürlich«, korrigierte er sich. »Ich finde es spitze, dass du so locker drauf bist, ich bin es nämlich auch.« Er zwinkerte ihr zu.

»Wäre es nicht eher meine Aufgabe, dir Kaffee zu servieren?«

Georg lachte und versicherte, dass er sehr wohl den Kaffeevollautomaten bedienen könne und Käthe ja erst morgen früh offiziell anfangen würde. Er stand auf, ging zu der Kaffeemaschine, um geübt daran herumzuwerkeln, und plauderte dabei munter weiter: »Du bringst hier alles durcheinander, aber ich finde ja, jede Veränderung ist eine Chance. Zumindest war das mein Leitspruch, als ich noch Marketingleiter in unserer Firma war. Jetzt genieße ich meine Zeit als Rentner jeden Tag! Es war und ist die beste Entscheidung meines Lebens gewesen, mich aus dem Geschäft zurückzuziehen, denn nun muss sich mein Sohn um alles kümmern.«

Käthe nickte freundlich. »Apropos durcheinander. Deine Schwiegertochter habe ich auch schon kennengelernt, sie scheint mir ein kleiner Wirbelwind zu sein, oder?«

Georg stöhnte. »Oh ja, Fernanda ist eine sehr temperamentvolle Persönlichkeit. Wir alle mussten uns erst mal daran gewöhnen, dass Christoph eine Frau heiratet, die halb so alt ist wie er und die Energie einer ganzen Rasselbande hat.«

»Liebe ist keine Frage des Alters«, wiegelte die aufgeschlossene Käthe ab.

»Stimmt. Liebe ist Liebe - egal wie groß der Altersunterschied ist, welche Hautfarbe oder welches Geschlecht man hat. Hauptsache ist, dass sich zwei Menschen gefunden haben und glücklich miteinander sind, alles andere spielt keine Rolle.« Er kam zu Käthe zurück und stellte eine Tasse Cappuccino vor sie auf den Küchentisch.

»Die liebe Fernanda scheint mir jedenfalls eine kleine Diva zu sein, zumindest nach dem zu urteilen, was ich so über sie gehört habe«, ergänzte Käthe. »Ich hoffe, ich werde mit ihr klarkommen, ich bin nämlich gleich zu Beginn wegen ihres dämlichen Kleides mit ihr aneinandergerasselt.«

»Lass uns von was anderem reden. Familie kann man sich

halt nicht aussuchen.« Georg setzte sich und rührte seinen Espresso um. »Fühlst du dich denn wohl hier im hohen Norden?«

»Ja, schon, allerdings ist gerade die Schwester von meinem Hinnerk bei uns auf Besuch, die ist sehr speziell, so eine Musicaltante aus New York. Hat mal in diesem ABBA-Stück am Broadway mitgespielt.«

»Ich liebe Musicals. Bei ›Waterloo‹ kann ich einfach nicht ruhig auf meinem Stuhl sitzen bleiben.«

Käthe hob die Brauen. »Echt? Nee, ich kann damit so gar nichts anfangen, aber zum Glück sind die Geschmäcker verschieden.«

Georg gab ihr lachend recht, doch als er zu der offen stehenden Küchentür blickte, verstummte er schlagartig.

»Was ist hier denn bitteschön passiert? Sind wir jetzt bei den Hottentotten oder bei den Lindholms?« Eine kleine, zierliche alte Dame war erschienen und sandte eiskalte Blicke zu dem Kaffeekränzchen aus.

»Hallo, Mutti«, sagte Georg kleinlaut und fing sofort an, die Aluschalen vom Lieferservice zur Seite zu räumen.

»Ach, Sie sind also die Frau Mama. Ich habe schon einiges von Ihnen gehört. Ich bin die Neue.« Käthe erhob sich und ging auf die über Neunzigjährige zu. »Herta, nicht wahr? Sehr erfreut, ich bin die Käthe.« Sie streckte ihr die Hand entgegen.

»Wer sind Sie? Was wollen Sie?«, fragte die Hausherrin bissig und musterte Käthe von oben bis unten.

Sohnemann Georg beeilte sich, ihr die Neuigkeiten zu erklären. »Ach, Mutti, wir duzen uns jetzt alle. Ich hoffe, das ist okay für dich.«

»Habt ihr nicht mehr alle Tassen im Schrank? So weit kommt es noch, dass ich mich vom Personal blöd von der Seite ansprechen lasse. Ich bin Frau Lindholm.« Zornig stampfte sie mit dem Fuß auf.

Käthe räusperte sich. Es war kaum zu übersehen, wie die Kälte in den Raum einzog, seit das Oberhaupt der Lindholms erschienen war.

»Mutti, magst du einen Kaffee mit uns trinken, damit du unsere Käthe, Pardon, ich meine natürlich Frau Käthe, besser kennenlernst?«, schlug Georg vor.

»Nein, danke! Es braucht kein Kennenlernen. Sie können in meinem Reich jetzt die Bilderrahmen abstauben, außerdem erwarte ich, dass Sie mir pünktlich um 15 Uhr meinen Tee servieren. Schwarz - ohne Milch. Und nun entschuldigen Sie mich, hier stinkt es bestialisch, es muss dringend gelüftet werden.«

»Wir hatten Gyrosteller mit viel Zwiebel und Zaziki«, verriet Georg.

»Ekelhaft!«, reagierte Frau Lindholm entsetzt. »Ich habe zum Glück wie jeden Mittwoch in meinem Fischrestaurant gespeist. Nur Sodom und Gomorra, wenn ich mal für drei Stunden außer Haus bin. Georg, warum schläft Frau Renate hier auf der Eckbank?« Sie schaute ihren Sohn bitterböse an.

»Ich glaube, sie verträgt keinen Ouzo«, warf Käthe ein.

»Soll ich sie wecken, Mutti?«

»Natürlich! Seit wann schläft das Personal auf unseren Möbelstücken? Mensch, Georg, du kannst wirklich kein bisschen führen!« Kopfschüttelnd drehte sie sich um und befahl in strengem Kasernenton: »Frau Käthe, räumen Sie den Saustall auf, und sorgen Sie dafür, dass unsere Frau Renate nach Hause kommt, wir sind schließlich kein Hotel.« Mit diesen Worten verließ sie den Raum.

Käthe war baff. Zum einen wegen der Tatsache, dass die alte Frau Lindholm solch ein Drachen war, zum anderen, weil

Georg wie ausgewechselt wirkte, sobald seine Mutter mit ihm sprach. Ein Muttersöhnchen, wie es im Buche stand, mehr fiel ihr dazu nicht ein. Sie blickte auf ihre Armbanduhr und entschied, erst einmal Feierabend zu machen. Bilderrahmen abstauben konnte auch morgen noch geschehen und ihren Tee sollte sich die Alte gern selbst machen. Also weckte sie Frau Renate und nach zwei Gläsern Wasser und einem doppelten Espresso war die Lädierte wieder so weit startklar, dass sie sich hinters Steuer setzen konnte.

Als sie vom Anwesen fuhren, überkam Käthe ein mulmiges Bauchgefühl. War es wirklich die richtige Entscheidung gewesen, ihrer Nachbarin aus der Patsche zu helfen? Irgendwie ahnte sie jetzt schon, dass sich der Zickenkrieg, dem sie eigentlich hatte entkommen wollen, nur ein paar Kilometer weiter weg verlagern würde. Statt mit der Schwägerin würde sie sich von nun an in der Villa zanken, und dabei dachte sie keinesfalls an Fernanda, sondern an Herta Lindholm, die gefürchtete Patriarchin. Mit einer blutjungen Brasilianerin würde sie schon fertig werden, aber beim Umgang mit der alten, vornehmen norddeutschen Dame würden sicher noch die Fetzen fliegen. Und die Tassen!

Kapitel 4

Gegen 19 Uhr stand Käthe im Garten von Hinnerks Haus und schaute Richtung Meer. Dabei ließ sie jedoch nicht ihre Gedanken bis zum Horizont schweifen und sah der Sonne beim Untergehen zu, sondern presste ihr iPhone fest ans Ohr und tigerte auf der Rasenfläche von links nach rechts, während sie versuchte, ihre Tochter Inge aus dem Saarland zu beruhigen: »Tut mir leid, ich hatte heute den ganzen Tag mein Handy ausgeschaltet, um ungestört zu sein. Das war alles ein großes Missverständnis.«

»Was ist bloß bei euch los? Hinnerk hat bei mir angerufen und mir erzählt, dass du zum Bäcker oder zum Bahnhof wolltest und dann auf einmal stundenlang wie vom Erdboden verschluckt warst. Hattet ihr Streit?«, fragte Inge besorgt und anklagend zugleich.

»Nur Meinungsverschiedenheiten, und nun beruhig dich bitte, ich bin ja wieder bei ihm.«

»Wo hast du denn gesteckt?«

Käthe stöhnte genervt. »Ich habe jetzt einen Nebenjob und da habe ich während der Arbeit das Handy ausgeschaltet. So einfach ist das.«

»Oh Gott, Mama! Brauchst du etwa dringend Geld, weil du mit deiner mickrigen Rente nicht im sauteuren Sylt über die Runden kommst? Sollen wir dir was überweisen? Gab es mit Hinnerk Ärger, weil er Miete von dir will, da du ja immer mal ein paar Wochen bei ihm da oben verbringst? Wasser, Strom, Heizung, das alles kostet ja was, gell.«

»Quatsch.« Käthe bereute es augenblicklich, ihre Tochter über die neue Tätigkeit informiert zu haben. War ja klar, dass da bei ihr gleich wieder die Hirnzellen ratterten und sie sich Sorgen machte.

»Du gehst doch jetzt hoffentlich nicht etwa Zeitungen austragen oder ...«, Inge stockte und fügte leise hinzu: »... Pfandflaschen einsammeln?«

»Ich kümmere mich um den Haushalt einer wohlhabenden Familie, weil deren Haushälterin krank ist. Ich helfe einfach aus - nur für ein paar Tage, maximal zwei Wochen. Es gibt also keinen Grund, sich Gedanken um meine Finanzen zu machen. Sonst noch Fragen?«, gab Käthe ungehalten zurück. Sie wollte das Gespräch so schnell wie möglich beenden. Die Telefonate mit Tochter Inge kosteten sie immer eine Menge Energie und Nerven.

»Hör mal, Käthe, so läuft das nicht«, meldete sich auf einmal Schwiegersohn Jupp zu Wort. Offenbar hatte er den Hörer von seiner Frau übernommen und dank des Lautsprechers bis hierhin alles mitgehört. »Die Inge hat mich schon bekniet, dass wir mit Sirene und Blaulicht nach Sylt gedüst kommen sollen, um dich zu suchen. Du hast uns einen riesigen Schrecken eingejagt. Den halben Tag nicht erreichbar sein - ich bitte dich, so was zukünftig zu unterlassen. Hast du mich verstanden?«

»Bekomme ich jetzt etwa eine Unterlassungsklage, weil ich mich mal nicht bei euch abgemeldet habe?«, polterte Käthe zurück. »Nur fürs zum Protokoll - ich bin die Älteste von uns allen und ich muss niemandem Rechenschaft ablegen, hast du mich auch verstanden?«

»Hinnerk sagte, ihr hattet euch beim Frühstück gezofft und du wolltest eventuell zum Bahnhof. Da frag ich mich als dein besorgter Angehöriger ja schon: Mensch, die Oma wird sich doch nicht vor einen Zug geworfen haben?«, rechtfertigte sich Jupp.

»Du spinnst! Ich bin nullkommanull suizidgefährdet.«

»Solche Kurzschlussreaktionen sind nach einem Krach mit dem Allerliebsten aber schon denkbar. Vielleicht sind bei Hinnerk die Schmetterlinge im Bauch ja nur noch tote Schmeißfliegen, er hat mit dir Schluss gemacht und du bist durchgedreht. So was kommt leider vor.«

Käthe unterbrach unvermittelt ihr nervöses Herumgehen. Was zu viel war, war zu viel. »Stopp! Das ist mir jetzt echt zu blöd. Ihr macht aus einer Mücke einen Elefanten. Schönen Abend noch, und meldet euch bloß nicht bei mir, denn darauf werde ich nicht reagieren. Ich komme auf euch zu, wenn es bei mir passt. Ende der Durchsage.«

Stinksauer legte Käthe auf. Es ärgerte sie, dass sie mit ihrem Hinweis, sie werde zum Bahnhof gehen, für so viel Aufregung in ihrem Umfeld gesorgt hatte. Fast noch mehr ärgerte sie sich jedoch über Hinnerk, weil der ihre Familie kontaktiert hatte. Mit ihm würde sie also ebenfalls ein Hühnchen rupfen müssen.

»Kommst du bitte rein? Das Abendessen ist gleich fertig«, rief da ihr Lebensgefährte. Er stand mit der Hand am Türgriff und winkte ihr fröhlich zu.

»Wir müssen reden! Sofort!«, forderte Käthe, während sie auf ihn zumarschierte.

»Schon wieder? Wenn es um meine Schwester geht, da ist doch alles gesagt. Sie fliegt nächste Woche zurück nach Hause, und ich habe ihr noch einmal deutlich klargemacht, dass sie sich mit dir vertragen soll.«

»Es geht ausnahmsweise mal um meine Familie. Ich will nicht, dass du hinter meinem Rücken meine Tochter und meinen Schwiegersohn anrufst. Die beiden haben damit gedroht, mit dem Streifenwagen und lautem Tatütata nach Sylt zu kommen, nur um mich zu suchen.«

»Was? Das ist ja schrecklich.« Hinnerk zündete sich kopfschüttelnd seine Pfeife an.

Käthe baute sich vor ihm auf und verschränkte die Arme vor der Brust. »Also können wir uns darauf einigen, dass du die Füße stillhältst, wenn ich mal nicht erreichbar bin?«

»Dein Handy war von morgens bis zum späten Nachmittag ausgeschaltet«, gab Hinnerk entschuldigend zurück. »Es ging immer nur deine Mailbox ran. Da ist es doch klar, dass ich mir Gedanken mache, wo du steckst, weil du so abrupt während des Frühstücks weggelaufen bist.«

»Ich war stinkig und wollte meine Ruhe haben, aber okay, ich hätte dir eine WhatsApp senden können«, ruderte Käthe etwas zurück. Hinnerks Einwand war nicht ganz unberechtigt.

»Vertragen wir uns wieder?«, fragte Hinnerk, blies ein wenig Pfeifenrauch in die Luft und lächelte erwartungsvoll.

»Na, wenn du schon die Friedenspfeife rauchst, kann ich wohl schlecht Nein sagen«, erwiderte Käthe.

Sie lachten und umarmten sich, dann drehten sie sich Richtung Wasser und genossen nun doch den Anblick der sinkenden Sonne.

»Willst du jetzt wirklich bei den Lindholms arbeiten?«, erkundigte sich Hinnerk nach einer kurzen Pause. »Du könntest doch wieder kündigen?«

»Nein, das kann ich Renate nicht antun. Sie verlässt sich auf mich. Außerdem ist sie der festen Überzeugung, dass sie dank der Fortschritte bei der Krankengymnastik ganz schnell wieder arbeitsfähig sein wird. Ich kann ja nicht ständig meine Meinung ändern.«

»Und das alles nur, weil du dich über Ellen geärgert hast?« Er streichelte ihr liebevoll über den Rücken.

»Ach, ein paar neue Bekannte auf Sylt zu haben, kann nicht schaden. Die Renate ist eine ganz Liebe, da helfe ich gern aus. Vielleicht wird sie ja meine neue Freundin, wer weiß, wer weiß?«

»Sie hat übrigens ein paar Gemeinsamkeiten mit Ellen«, bemerkte Hinnerk schmunzelnd.

»Oh nein, sie liebt Musicals und singt lautstark bei ABBA mit?«

»Falsch! Beide haben kein Glück, was die Männerwelt betrifft.«

»Renate war verheiratet?« Käthe blickte ihn neugierig an.

»Nein, die ist eine ewige Junggesellin. Ellen ist mittlerweile dreimal geschieden. Oder war es sogar viermal?« Grübelnd runzelte er die Stirn, die Pfeife im rechten Mundwinkel.

Käthe spitzte die Ohren. Erst jetzt fiel ihr auf, wie wunderbar friedlich es bei Hinnerk war. »Wo steckt sie eigentlich? Es ist so ruhig im Haus.«

»Ich habe sie bei Nils, Diana und den Zwillingen abgesetzt und dann nur für uns beide gekocht, damit wir unsere Versöhnung feiern können. Ein edler Wein steht auch schon kühl. Na, wie findest du das?«

»Versöhnungen sind das Schönste nach einem Streit«, erklärte Käthe strahlend. »Leider kann ich aber nicht so viel trinken, weil morgen um 7 Uhr ist Arbeitsbeginn bei den Lindholms. Was gibt es eigentlich Leckeres?«

»Lachs-Sahne-Gratin mit Reis«

»Lachs?«, fragte Käthe verwundert. Sie wusste, dass Ellen alles liebte, was mit Lachs zu tun hatte, daher fand sie diese Auswahl für ein romantisches Dinner zur Versöhnung etwas unangebracht.

»Wir können ja ein bisschen für Ellen übrig lassen, um ihr eine kleine Freude zu machen«, wich Hinnerk aus.

Käthe schluckte. Sie wollte nicht wieder ein Fass aufmachen, daher nickte sie nur. Am Nachmittag hatte sie bereits ausgiebig über die verfahrene Situation mit Ellen nachgedacht, da Renate Hahnbeck sie nach dem Besuch bei den Lindholms am Strand rausgelassen hatte und Käthe bei einem Spaziergang am Meer in sich gegangen war. Es war eben nie einfach, wenn man eine neue Beziehung einging und damit die Familie des Liebsten automatisch als Sahnehäubchen mit dazubekam. Ob man sich mit denen verstand oder nicht, war ein reines Glücksspiel. Insofern war sie heilfroh, dass sie mit Hinnerks Sohn Nils und dessen Familie ausgezeichnet zurechtkam, die waren für sie letztlich auch viel wichtiger als eine mehrfach geschiedene Musicaltante aus New York, die nur auf Besuch war. Daher hielt sich Käthe an den Vorsatz: Augen zu und durch, während sie die Tage bis zu Ellens Abreise zählte.

Sie gab sich einen Ruck. »Du kannst sie auch jetzt schon bei Nils abholen und wir essen zusammen.«

»Dein Ernst?«

»Natürlich! Es würde mich brennend interessieren, ob sie nun drei- oder viermal geschieden war. Ich will deine Schwester endlich besser kennenlernen. Unsere Gespräche waren bisher nicht besonders tiefgründig.«

Hinnerk war sprachlos, damit hätte er nicht gerechnet. Dennoch lehnte er ab, da Ellen beim Versöhnungsabend komplett fehl am Platz war.

Käthes Verhalten erstaunte ihn immer wieder, aber vielleicht war das auch der Grund, warum er sich in sie verliebt hatte. Sie war stets für eine Überraschung gut. Ganz gleich, ob sie sich mit Ellen zoffte oder sich eine Aushilfstätigkeit als Haushälterin suchte. Mit ihr wurde es nie langweilig!

Kapitel 5

Thore Hansen war wie jeden Morgen bereits gegen 7 Uhr im Norden der Insel zum Joggen unterwegs. Wie gewohnt parkte er sein Auto am Weststrand und brach dann zu einer großen Runde bis zum Leuchtturm List-Ost auf. Hin und zurück gute zehn Kilometer. Der Marketing-Manager liebte es, vor seinem stressigen Arbeitstag, den er fast ausschließlich im Homeoffice verbrachte, den Kopf beim Laufen am Strand freizubekommen. Immer an seiner Seite: Labrador Charly, der sich hier mit seinem Herrchen wunderbar auspowern konnte. Die zwei waren ein eingespieltes Duo - ein perfektes Laufteam.

An diesem Morgen bog Charly allerdings auf einmal in die Dünen ab und blieb dort verschwunden.

Thore rief mehrfach nach seinem Vierbeiner, doch die Antwort war nur ein Bellen aus der Ferne. Also beschloss der Sportler, ebenfalls das Naturschutzgebiet zu betreten und seinen Gefährten zu suchen.

Kurz darauf entdeckte er, weshalb Charly so aufgeregt kläffte. Aus dem hügeligen Dünensand ragten zwei nackte Frauenbeine hervor. Die Füße steckten in schwarzen High Heels, mehr war von der dazugehörigen Person nicht zu erkennen.

Sofort wählte Thore den Notruf und leinte seinen Hund an. Es war vollkommen klar, dass es sich hierbei nur um eine Tote handeln konnte, und er wollte unbedingt verhindern, dass sein Hund mit dem Beschnuppern der Beine Spuren verwischte. Anschließend setzte er einen weiteren Notruf an seine Kollegin ab: »SOS, das Meeting um 9 Uhr muss ausfallen, auch wenn gerade richtig viel los ist im Büro. Charly und ich haben soeben eine Frauenleiche entdeckt!«

Richtig viel los war auch bei Hinnerk und Käthe, weil die frischgebackene Haushaltshilfe den Wecker nicht gehört und somit verschlafen hatte.

»Willst du denn noch einen schnellen Kaffee?«, fragte Hinnerk, der versprochen hatte, sie an ihrem ersten Arbeitstag zu den Lindholms zu kutschieren.

Käthe schüttelte hektisch den Kopf. »Dafür habe ich keine Zeit - ich bin schon eine Stunde zu spät. Hoffentlich krieg ich nicht gleich die Kündigung. Renate wird wieder Schnappatmung bekommen, wenn ich so unpünktlich bin und sie so miserabel vertrete.« Sie langte nach ihrer Handtasche und drängte sich an ihrem Freund vorbei durch die Haustür.

Dieser folgte ihr, ließ die Tür ins Schloss fallen und ging zu seinem Auto. »Und was lernen wir daraus?«

»Mehrere Wecker stellen?«, nuschelte Käthe.

»Falsch. Wir hatten gestern Abend zwei Flaschen Wein, aber wenn man am nächsten Tag arbeiten muss, ist das definitiv zu viel.« Gähnend setzte er sich hinters Lenkrad, denn so ganz fit war er auch noch nicht nach dem Versöhnungsabend.

»Mein Vater hat immer gesagt, wer saufen kann, der kann auch schaffen«, verkündete Käthe, während sie sich auf den Beifahrersitz fallen ließ. Kaum hatte sie die Tür zugeschlagen, trat Hinnerk auf das Gaspedal.

Als sie in die Hauptstraße von Kampen einbogen, mussten sie feststellen, dass sie nicht die Einzigen waren, die es an diesem Morgen ganz besonders eilig hatten. Ein Rettungswagen und ein Streifenwagen brausten in einem Affenzahn an ihnen vorbei.

»Hoffentlich sind die nicht auch zu den Lindholms unterwegs«, bemerkte Käthe und wühlte in ihrer Tasche herum.

Hinnerk schaute sie fragend an.

»Na, die uralte Frau Lindholm könnte ja wegen meiner

Unpünktlichkeit einen Herzinfarkt oder Vorhofflimmern bekommen haben.«

Im selben Moment wurden sie von einem weiteren Fahrzeug überholt. Ein schwarzer BMW mit einem Blaulicht auf dem Dach.

»Ah, Nils ist im Einsatz. Der fährt nur raus, wenn was wirklich Schlimmes passiert ist«, brummte Hinnerk und beschleunigte ebenfalls automatisch.

»Du bist kein Kriminalkommissar mehr«, ermahnte Käthe den Ex-Polizisten. »Das ist der Job von deinem Sohn, also halte dich bitte da raus und achte auf die Geschwindigkeit - hier sind 50 erlaubt, keine 70! Oder willst du wieder den Führerschein verlieren?«

»Kriminalhauptkommissar«, murmelte Hinnerk. »Aber ich bin nicht so kleinlich bezüglich der Dienstgrade. Ich will nur mal kurz schauen, wo Nils hin will.« Er wusste, dass er sich zu oft in die Arbeit seines Sohnes einmischte, wodurch es immer wieder zu Konflikten kam. Dagegen waren die Reibereien mit Schwester Ellen der reinste Kindergeburtstag - zumindest in seinen Augen. Trotzdem konnte er einfach nicht aus seiner Haut. Er musste wissen, was hier los war.

»Du musst rechts abbiegen - da oben auf dem Hügel wohnen die Lindholms.« Käthe streckte anklagend ihren Finger zur Beifahrerscheibe.

»Das hier ist nur eine kleine Abkürzung«, log Hinnerk und folgte seinem Sohn in die andere Richtung, wo die Straße zu einem Parkplatz mitten in den Dünen führte.

Ein gutes Stück davon entfernt blieb er am Seitenrand stehen und beobachtete, wie Kriminalkommissar Nils Rasmussen sich mit einem Mann unterhielt. Erst als das Gespräch beendet war, stieg Hinnerk aus und schlenderte auf das Absperrband zu. Käthe blieb im Auto sitzen, ihr Schimpfen war nur noch dumpf aus dem Wageninneren zu hören. Sie fürchtete eine Abmahnung wegen ihres Zuspätkommens sowie mordsmäßigen Ärger mit Neu-Freundin Renate Hahnbeck.

»Was machst du denn hier?«, begrüßte Nils seinen Vater kühl.

»Moin! Ich war zufällig in der Gegend. Was ist passiert?«

Nils stemmte die Hände in die Hüften. »Das gibt es doch nicht. Du hast mich verfolgt, gib's zu!«

»Red keinen Quatsch. Käthe arbeitet seit heute als Haushälterin in der Villa Lindholm, da liegt die Ecke hier auf dem Weg dorthin. Ich wollte Käthe nur zeigen, dass man von dem Parkplatz da drüben einen wundervollen Blick auf den Leuchtturm von List hat.« Er zeigte auf das rot-weiße Bauwerk hinter den Dünen.

»Eine dämlichere Ausrede ist dir wohl nicht eingefallen. Lass deine Freundin aus diesen Spielchen raus und kapier endlich, dass du im Ruhestand bist. Ich habe deinen Posten bei der Kripo übernommen, schon vergessen?«

»Haben die Zwillinge wieder die ganze Nacht geschrien und in die Windeln gekackt oder warum hast du so miese Laune?«, konterte Hinnerk ungerührt.

Nils trat näher an ihn heran und versicherte kühl, dass er ausgezeichnet geschlafen habe, dann fügte er hinzu: »Lass mich einfach hier meinen Job machen. Geh mit deiner Freundin Boot fahren oder Muscheln sammeln.«

»Das geht leider nicht, ich sagte bereits, Käthe arbeitet seit heute als Haushälterin bei den Lindholms, weil die liebe Renate krankgeschrieben ist. Sag mal, hier liegt also ein Fall für die Kripo vor?« Interessiert reckte er seinen Kopf, um einen Blick auf das Opfer zu erhaschen.

»Ein Jogger hat eine tote Frau gefunden. Willst du noch mehr wissen?«, reagierte Nils genervt.

»Ermordet?«

»Sie war mit dem Kopf voran bis zur Hüfte im Sand verbuddelt. Ich gehe mal davon aus, dass sie das nicht selbst getan hat. Hast du noch weitere Fragen, Herr Kriminalhauptkommissar außer Dienst?«, zischte er seinen Vater an.

»Weiß man schon, wer die Tote ist?«, ließ Hinnerk nicht locker.

»Tut mir leid, Papa. Das geht nun wirklich zu weit. Fahr mal lieber deine Käthe zu ihrer Arbeitsstelle bei den Lindholms und mach dir einen schönen Tag.«

»Komm schon, ich bin verschwiegen, mir kannst du es doch sagen«, hakte er flüsternd nach. »Ich bin dein Vater.«

»Tut mir leid, ich habe keine Zeit. Ich muss jetzt meine Arbeit machen. Schönen Tag noch, Papa«.

Wütend drehte Nils sich um und schlüpfte unter dem Absperrband hindurch. Wie konnte es sein, dass sein Vater ausgerechnet in diesem Moment hier aufkreuzen musste? War die Insel nicht groß genug?

Seufzend näherte er sich dem Fundort. Die Rettungssanitäter hatten das Opfer zusammen mit dem Notarzt mittlerweile aus dem Dünengrab befreit, da die winzige Hoffnung bestanden hatte, sie könnte noch leben. Allein anhand der langen nackten Beine hatte man auf keine Vitalfunktionen schließen können. Nun lag sie da, ausgestreckt zwischen den Gräsern, im dunkelgrünen Etuikleid - komplett eingesandet. Ihr langes schwarzes Haar klebte strähnig auf ihrem bläulich angelaufenen Gesicht. Um ihren Hals hing eine Goldkette mit einem Diamanten, dessen rote Farbe unter den Sandkörnern kaum erkennbar war.

»Sie sind wirklich sicher, dass es sich bei der Toten um Fernanda Lindholm handelt?«, fragte Nils an einen der Streifenpolizisten gewandt.

Dieser nickte und reichte ihm eine rote Handtasche. »Die lag nur ein paar Meter entfernt. Es waren ihre Geldbörse inklusive Personalausweis, ein Handy sowie ein Porsche-Autoschlüssel darin.«

»Okay. Wo bleiben denn die Kollegen von der Spurensicherung?« Nils schnaufte ungeduldig und blickte auf seine Uhr. Es nervte ihn, dass die Kollegen von der KTU erst vom Festland angefordert werden mussten und hier noch nicht ihre Arbeit verrichten konnten. Durch das Ausbuddeln der Leiche waren vermutlich einige wichtige Spuren vernichtet worden, allerdings wäre es unterlassene Hilfeleistung gewesen, eine Person kopfüber im Sand stecken zu lassen.

Er wandte sich an den Jogger Thore Hansen: »Ist Ihnen irgendwas Verdächtiges aufgefallen?«

»Mir war sofort klar, dass die Frau tot ist«, erwiderte dieser wie aus der Pistole geschossen.

Nils räusperte sich verlegen. »Ach, was Sie nicht sagen. Was hat Sie da so sicher gemacht? Versucht man nicht erst mal, eine solche Person vom Sand zu befreien, damit sie wieder Luft bekommt?«

Thore Hansen schwieg.

»Um wie viel Uhr haben Sie die Leiche gefunden?« Nils zückte seinen Notizblock so routiniert, wie sein Vater es ihm beigebracht hatte. Er fühlte sich gut, weil er endlich seine wahren Fähigkeiten unter Beweis stellen konnte. Ohne von Ex-Kriminalhauptkommissar Hinnerk Rasmussen dabei beobachtet zu werden.

»Gegen halb acht.«

»Gibt es Zeugen?«

»Ja, ich bin der Zeuge, weil ich die Leiche gefunden habe.«

»Nein, ich meine, ob Sie jemanden haben, der bezeugen kann, wo Sie sich gegen halb acht aufgehalten haben?«

»Ja, mein Hund Charly.« Der Jogger sah auf den Labrador, der brav neben seinen Füßen lag.

Nils lächelte. »Tut mir leid, ein Vierbeiner zählt nicht.«

»Herr Kommissar, ich kann Ihnen gerade nicht folgen, was wollen Sie von mir wissen?«

»Oftmals rufen Täter die Polizei selbst. Also, kannten Sie das Opfer?«

Thore Hansen verneinte.

»Hatten Sie eine sexuelle Beziehung zu dem Opfer?«, fuhr Nils fachmännisch fort.

Dem Jogger klappte die Kinnlade nach unten. »Das glaube ich jetzt nicht. Ich bin glücklich verheiratet.«

»Das spielt keine Rolle. Ich möchte wissen, ob Sie mit dem Opfer in einer Liebesbeziehung standen.«

Missmutig verzog der Leichenfinder den Mund. »Ich muss wirklich mal los, ich habe schon ein wichtiges Meeting wegen ihr da verpasst.« Er zeigte auf die sandige Fernanda.

Doch Nils stoppte ihn mit einem eindeutigen Handzeichen. »Sie gehen nirgendwohin - außer vielleicht in Untersuchungshaft.«

»Spinnen Sie? Ich habe diese tote Frau nur gefunden ...«, begann der Marketingmanager, wurde jedoch sofort vom Kriminalkommissar unterbrochen.

»... und waren gleich sicher, dass sie tot ist. Das ist schon sehr verdächtig.«

»Ich will auf der Stelle meinen Anwalt sprechen!«

Nils lächelte. Er war vollkommen in seinem Element. Sein Papa würde mächtig stolz auf ihn sein, so viel war sicher. Dieser Fall war sein Fall und er würde ihn ganz allein aufklären - ohne den Übervater, der sich ständig einmischte.

Nur ein paar Hundert Meter entfernt tätschelte Käthe ihrem

Hinnerk die Schulter. »Du musst endlich loslassen. Es ist doch logisch, dass er dich nicht am Tatort haben will. Stell dir mal vor, wir würden bei Ellen plötzlich auf der Musicalbühne stehen und ›Dancing Queen‹ zum Besten geben. Da würde sie uns auch einen Vogel zeigen.«

»Ach, das ist doch nicht dasselbe. Mein Job war mein Leben!«, beschwerte sich Hinnerk.

»Aber das Leben besteht nicht nur aus Arbeit«, hielt Käthe dagegen.

»Das sagst ausgerechnet du, die heute einen neuen Job beginnt.«

Käthe schaute auf ihre Armbanduhr und schlug die Hände über dem Kopf zusammen. »Ich bin viel zu spät dran, die alte Lindholm wird mich übers Knie legen, so wie die drauf ist.«

Hinnerk lachte. »Körperliche Gewalt gegen Angestellte ist nicht zu dulden.« Er legte den Sicherheitsgurt an und gab Gas. »Wenn du einen Bodyguard brauchst, bin ich selbstverständlich für dich da.«

Käthe lachte und zwickte ihm grinsend in die Backe. »Ja, ja, du bist mein großer Beschützer, mein Käpt'n Iglo. Aber ich glaube, gegen eine alte Schachtel von über neunzig Jahren kann ich mich schon selbst wehren.«

»Denk dran, Gewalt ist keine Lösung.«

»Man kann sich auch verbal durchsetzen, ich bin schließlich nicht auf den Kopf gefallen, nicht wahr?«

Hinnerk lachte, da gab er ihr zu einhundert Prozent recht. Sein Dasein als Pensionär erschien ihm gar nicht so übel, da es abwechslungsreich sein konnte. Jetzt war er eben Taxifahrer statt Kriminalkommissar, während der Sohnemann das Sagen in seinem alten Polizeirevier hatte. Diese Fußstapfen waren riesengroß. Vielleicht zu groß für Nils Rasmussen?

Kapitel 6

Etwa zwei Stunden später war Käthe ganz in ihrem Haushälterinnenjob angekommen. Mit einem Staubwedel bewaffnet, bearbeitete sie die hochwertigen Blumenvasen, so wie es die alte Frau Lindholm von ihr verlangt hatte. Als der Türgong durch den Flur hallte, lief sie eilig in ihrem schwarzen Kostüm mit der weißen Schürze zum Eingang, um dem Besucher Einlass zu gewähren.

Als sie die Tür öffnete, schaute sie in ein bekanntes Gesicht.

»Nils?«, sagte sie völlig entgeistert.

»Moin, Käthe. Wie siehst du denn aus?«, erwiderte er verwundert.

»Ich arbeite jetzt hier. Hat dein Vater dir nichts davon erzählt?«

»Doch, doch, aber ich wusste nicht, dass du in so einem Dienstmädchen-Outfit tätig bist.«

»Darauf hat die Chefin bestanden. Ich fühle mich wirklich etwas verkleidet«, gab Käthe zähneknirschend kund und prüfte, ob das weiße Häubchen auf ihrem Kopf noch an Ort und Stelle saß. »Was kann ich für dich tun?«

Nils räusperte sich. »Ich möchte gern mit den Angehörigen von Fernanda Lindholm sprechen.«

»Hat sie was angestellt?«, wollte Käthe amüsiert wissen.

»Sie wurde ermordet«, gab Nils trocken zurück.

Vor Schreck ließ Käthe den Staubwedel fallen. »Ist sie die Tote vom Strand?«

Nils bejahte und erklärte ihr, dass die Gerichtsmedizinerin zweifelsfrei festgestellt habe, dass Fernanda eines gewaltsamen Todes gestorben sei.

»Das ist ja schrecklich.« Käthe schlug sich die Hand vor den Mund. »Gestern bin ich noch mit ihr aneinandergerasselt, weil ich mich geweigert habe, für sie zu bügeln, und heute ist sie tot.«

Der Kriminalkommissar hob interessiert eine Augenbraue. »Soso, wo warst du denn gestern Abend ab 22 Uhr bis Mitternacht, Käthe?«

»Hä? Warum willst du das wissen?«

»Weil es sich dabei um den geschätzten Todeszeitpunkt handelt. Da du laut eigener Aussage mit dem Opfer aneinandergeraten bist, muss ich dir diese Frage stellen.«

»Weiß dein Vater, dass du mich verdächtigst?«

»Tut mir leid, ich kann keine Rücksicht darauf nehmen, dass du seine Freundin bist. Hast du ein Alibi?«

Stammelnd begann Käthe zu erklären, dass sie am vergangenen Abend zwei Flaschen ›Schwarze Mädchentraube‹ mit Hinnerk geleert habe, was Nils' Tante Ellen sogar bezeugen könne, da sie am späten Abend noch dazugekommen sei. »Wir waren alle erst um 0:30 Uhr im Bett. Rotwein vertrage ich nicht so gut«, schloss Käthe ihren Bericht und massierte sich die Schläfen.

Nils kritzelte fleißig auf seinem kleinen Block mit, dann schaute er auf. »Okay, du scheinst wirklich ein astreines Alibi zu haben.« Er grinste. »Tut mir leid, das ist alles Routine. Ich muss halt jeden Hinweis überprüfen und ein Streit mit dem Opfer gehört dazu - auch wenn es dabei ums Bügeln ging.«

Käthe zeigte sich verständnisvoll. Sie war froh, dass Nils seinen Job so gewissenhaft ausführte, denn zu oft hatte sich Hinnerk schon bei ihr beklagt, dass er seinen Sohn nicht für den geeigneten Nachfolger auf seinem Posten bei der Kripo Sylt halte. »Dein Vater wird stolz sein, dass du mich verdächtigt hast«, lobte sie ihn und klopfte ihm auf die Schulter. »Hast du denn bereits Verdächtige?«

»Leider nein. Der Mann, der die Leiche gefunden hat, hat durch die Aussage seiner Ehefrau ebenfalls ein astreines Alibi. Tja, Augen auf bei der Berufswahl.« Er stöhnte. »Hoffen wir mal, dass die Familie von Frau Lindholm mir ein paar Hinweise geben kann.«

Als hätte er sie damit herbeigerufen, erschien Herta Lindholm im Foyer und musterte Nils Rasmussen von oben bis unten. »Guten Tag, der Herr. Wir kaufen nichts an der Haustür. Wie sind Sie überhaupt auf unser Grundstück gekommen?«

»Das Eingangstor stand sperrangelweit offen«, entschuldigte sich der junge Kommissar, da sei er vorgefahren und habe einfach an der Tür geklingelt.

»Frau Käthe! Es ist mir sehr wichtig, dass Sie darauf achten, die Zufahrt zu unserem Anwesen verschlossen zu halten. Meine Schwiegertochter vergisst ständig, das Tor per Fernbedienung zu schließen, wenn sie vom Hof fährt.« Dann wandte sie sich an den Besucher: »Also, was wollen Sie? Wenn Sie ein Staubsaugervertreter sind, sage ich Ihnen gleich, dass ich kein Interesse habe. Frau Käthe hat die besten Geräte, die der Markt hergibt. Auch habe ich kein Interesse, ein Zeitschriftenabo abzuschließen, und den Wachturm lese ich grundsätzlich nicht. Frau Käthe, begleiten Sie den Mann zum Ausgang und öffnen Sie nicht jedem Hausierer die Tür. Ein solches Basiswissen gehört für mich zur Grundvoraussetzung für eine Einstellung, aber«, sie schnaubte, »mein Georg trifft ja gern mal unüberlegte Entscheidungen, wenn es ums Personal geht.«

»Hier liegt ein Missverständnis vor. Ich komme nicht von den Zeugen Jehovas, sondern von der Kripo Sylt. Mein Name ist Kommissar Rasmussen«, ging Nils dazwischen.

»Kripo?« Herta Lindholm hob die rechte Augenbraue. »Die Steuerfahndung oder die Ausländerbehörde hätte ich erwartet, aber was will denn ein Beamter von der Kriminalpolizei bei uns?«

»Es geht um Ihre Schwiegertochter.« Nils senkte für einen Moment demütig den Blick. »Es tut mir wirklich sehr leid, Ihnen mitteilen zu müssen, dass sie heute Morgen tot aufgefunden wurde.«

»Ach, na, das wundert mich nicht. War ja nur eine Frage der Zeit, dass ihre ständige Trunkenheit ein böses Ende nimmt. Ist sie im Vollrausch gegen einen Baum gefahren?«

»Nein, die Verstorbene wurde im Sand vergraben.«

»Sie ist mit dem Wagen in eine Sandburg gerast? Wie bescheuert kann man denn sein.« Herta rollte genervt mit den Augen.

»Entschuldigung«, meldete sich Käthe zurückhaltend zu Wort. »Ich mische mich wirklich nicht gern in dieses Gespräch ein, aber nicht Ihre Schwiegertochter Sigrid ist tot, sondern Fernanda. Also die Ehefrau Ihres Enkels.« Ständig betrunken war laut Renates Erzählungen schließlich nur ein weibliches Familienmitglied, und das war nicht die junge hübsche Fernanda.

Nils schaute zwischen den beiden Damen hin und her und entschuldigte sich, dass er diese dumme Verwechslung verursacht habe. Es war dann wohl eher die Schwiegerenkelin, nicht die Schwiegertochter. Verwirrt kratzte er sich am Nacken.

»Na, was hat das junge Ding angestellt?«, reagierte Herta Lindholm barsch. »Erzählen Sie mir bloß nicht, dass sie sich eine Höhle am Strand gegraben hat und verschüttet wurde.«

»Sie wurde ermordet. Erwürgt und dann vergraben«, erläuterte der junge Kriminalkommissar.

»Scheußlich! Wer macht so was?«, wollte Frau Lindholm wissen.

»Na, genau deshalb ist der Herr Kommissar doch hier«, versuchte Käthe zu vermitteln, bevor es zu weiteren Missverständnissen käme.

»Ich bin vierundneunzig Jahre alt, ich habe damit nichts zu tun«, verkündete die alte Dame streng. »Frau Käthe, es darf nichts an die Presse rausgehen!«

»Ich bin Ihre Haushälterin, nicht Ihre Pressesprecherin«, stellte Käthe klar.

»Unfug. Ich will keine Paparazzi am Zaun haben, die Fotos von mir machen wollen oder Interviews verlangen. Passen Sie gut auf, dass das Tor geschlossen ist.«

Käthe nickte und versprach, auch diesen Auftrag ab sofort mit zu erledigen.

»Wo waren Sie eigentlich gestern Abend ab 22 Uhr, Frau Lindholm?«, meldete sich Nils wieder zu Wort.

»Ich bin Ihnen keine Rechenschaft schuldig.«

Lächelnd zog Nils sein Ass aus der Tasche: die Dienstmarke. »Also, wo waren Sie?«

»Ohne meinen Anwalt muss ich Ihnen überhaupt nichts sagen. Leider kostet mich der Kerl nur eine Menge Geld, daher wiederhole ich: Ich habe mit dem Mord an Fernanda nichts zu tun.«

»Sie meinen demnach, nur weil Sie aus dem Alter raus sind, in dem man Sandburgen baut, verbuddeln Sie auch keine jungen Frauen?« Geschickt zückte Nils wieder seinen Notizblock.

Frau Lindholm verschränkte die Arme vor ihrem Kostüm aus feinem, schwarz-weiß-kariertem Wollstoff. »Weder töte noch vergrabe ich unliebsame Menschen. Ich zahle ihnen höchstens Geld, damit sie verschwinden. Freiwillig. Noch Fragen?«, reagierte sie schnippisch.

»Was ist denn hier los? Gibt es ein Problem?«, ertönte plötzlich die Stimme von Georg Lindholm, der mit einer Tageszeitung unter dem Arm aus seinem Wohnteil des Mehrgenerationenhauses ins Foyer kam.

»Das Problem heißt Fernanda«, verkündete Herta, dann wies sie auf Nils. »Der Herr kommt von der Kriminalpolizei.«

»Was hat sie denn wieder angestellt? Mann, Mann, Mann.« Georg rieb sich nachdenklich das Kinn.

»Leider muss ich Ihnen mitteilen, dass Ihre Frau ermordet wurde«, begann Nils aufs Neue.

Vor Schreck fiel Georg die Zeitung zu Boden und Käthe klärte hastig auf, wessen Tod in Wahrheit zu beklagen sei.

»Das ist ja furchtbar!« Geschockt ließ er sich auf einen Stuhl sinken. »Ich muss Christoph informieren.«

»Handelt es sich dabei um den Ehemann?«, erkundigte sich Nils zögerlich. Er hatte Angst vor einem weiteren Fauxpas.

»Du unterstehst dich, Christoph zu kontaktieren«, fuhr Herta Lindholm dazwischen. »Er ist in Tokio, um wichtige Verhandlungen für unsere Firma zu führen, da kann er so eine Todesnachricht nicht gebrauchen.«

»Natürlich, Mutti, die Firma steht an erster Stelle«, bestätigte Georg kleinlaut.

Käthe war baff. In was für eine gefühlskalte Familie war sie da nur hineingeraten? Am liebsten hätte sie alle mal ordentlich durchgerüttelt, damit sie zu Sinnen kämen, doch selbstverständlich hielt sie die Etikette ein und verharrte brav im Hintergrund. Außerdem wollte sie Nils' Befragung nicht stören.

»Hatte Fernanda Feinde?«, fuhr der Beamte routiniert fort.

»Nicht, dass ich wüsste«, antwortete die Patriarchin kühl.

»Viel hatte ich mit dieser Person allerdings auch nicht zu tun. Sie wohnte hier, weil sie die Ehefrau meines Enkels ist - mehr nicht.«

»Interessant, Sie hatten demnach nicht das beste Verhältnis«, resümierte Nils.

»Fernanda war eine temperamentvolle junge Frau, die mit meiner Mutter nicht viele Gemeinsamkeiten hatte«, meldete sich Georg zu Wort.

»Danke, Georg, ich kann für mich selbst sprechen«, fuhr sie ihm über den Mund. »Du solltest dem Herrn Kommissar lieber mitteilen, wo du gestern gewesen bist, sonst glaubt er noch, dass wir etwas mit ihrem Tod zu tun haben. Das ist natürlich vollkommen absurd.«

Stumm verfolgte Käthe das Schauspiel, in dem Herta Lindholm einmal mehr deutlich machte, wie sehr sie alle Anwesenden unter ihrer Fuchtel hatte. Selbst die polizeiliche Befragung riss sie an sich.

»Ich habe mit meiner Frau Fernsehen geschaut und bin so gegen 23 Uhr ins Bett gegangen, zu dem Zeitpunkt war sie aber schon auf dem Sofa eingeschlafen, das passiert ihr fast immer«, brachte Georg zu Protokoll.

»Alkohol macht nun mal schläfrig und lässt die Hirnzellen absterben«, lästerte der alte Drachen.

Nils überging die Bemerkung und erkundigte sich, ob es in der Vergangenheit irgendwelche Auffälligkeiten gegeben habe. »Wurde Fernanda Lindholm vielleicht bedroht?«

Herta Lindholm zuckte die Schultern.

»Sie hatte einen Stalker«, verkündete Georg.

»Lächerlich!« Herta tippte sich gegen die Stirn. »Georg, wenn du damit unseren Gärtner meinst, muss ich laut lachen. Er war ein absolut loyaler Angestellter, der keiner Fliege etwas zuleide tun kann - höchstens den Pflanzen.«

Georg schaute seine Mutter an und nickte. »Natürlich, Mutti, aber Fernanda fühlte sich von ihm belästigt, das weißt du genau.«

»Wenn man wie ein Flittchen im Miniröckchen, mit hochhackigen Schuhen und einem tief ausgeschnittenen Oberteil hier im Garten auf und ab stöckelt, darf man sich nicht wundern, dass bei Herrn Brandstetter die Hormone überreagieren. Da war sie doch wirklich selber schuld.«

»Es gibt also noch einen weiteren Angestellten außer mir?« Käthe blickte erfreut in die Runde. Dann würde sie vielleicht nicht mehr allein in diesem goldenen Käfig herumkommandiert werden.

»Ich musste ihm kündigen«, berichtete Georg betrübt und erklärte, dass Fernanda den Gärtner auf frischer Tat ertappt habe, wie er ein rotes Spitzenunterhöschen aus ihrer Wäschekommode gemopst und daran geschnüffelt habe.

»Wann war das?«, erkundigte sich Nils.

»Vor ein paar Wochen, seitdem kümmere ich mich selbst um den Garten. Seit ich Rentner bin, habe ich jede Menge Zeit, außerdem macht mir das Rasenmähen richtig Spaß.«

»Wo kann ich Herrn Brandstetter erreichen?«

Georg teilte ihm die Adresse mit und Nils notierte eifrig, dann steckte er seinen Notizblock weg und verabschiedete sich, um sich nun ganz in die Ermittlungen zu stürzen. Ein Gärtner, der zugleich ein Stalker war, war natürlich wie ein Hauptverdächtiger, der ihm hier geradezu auf dem Silbertablett serviert wurde.

Nachdem die Tür hinter ihm ins Schloss gefallen war, wagte sich Käthe wieder einen Schritt vor und fragte frei heraus, ob Georg und Herta Lindholm nicht traurig seien, dass Fernanda verstorben sei - vor allem unter so tragischen Umständen.

»Also, ich muss diesen Schock erst mal verdauen. Es ist so unwirklich, dass sie nicht mehr am Leben ist«, meldete Georg. Er fuhr sich mit der Hand über die Augen und schnäuzte sich anschließend lautstark in sein Taschentuch.

»Georg, wir sind die Lindholms. Wir zeigen keine Gefühle. Das haben wir noch nie getan, denn wer Gefühle zeigt, ist angreifbar, verstanden?«, wetterte das Oberhaupt.

Georg presste die Lippen aufeinander und nickte stumm, während Herta Lindholm auffordernd in die Hände klatschte.

»Was glotzen Sie hier in die Gegend, Frau Käthe? Hopp, hopp, Sie werden nicht fürs Rumstehen bezahlt. Und schließen Sie bitte Ihren Mund. Dankeschön.«

Käthe, die nun wirklich nie auf den Mund gefallen war, war einfach perplex. Eine solche Eiseskälte angesichts des furchtbaren Todes eines Familienmitglieds war schon starker Tobak. Es ging Herta Lindholm auf gut Deutsch am Arsch vorbei, was mit der jungen Frau passiert war, und Georg musste sich zusammenreißen und weiter Männchen machen, damit die Mutti nicht böse wurde, wenn er doch mal eine Emotion zeigte. Wie wohl Sigrid auf den Tod der Schwiegertochter reagieren würde? Oder Fernandas Mann, der in Tokio saß und noch gar nichts davon wusste, dass er plötzlich Witwer war?

»Soll ich als Haushälterin vielleicht Christoph informieren?«, schlug Käthe diensteifrig vor. »Gehört das auch zu den Aufgaben wie das Bewachen des Tors zur Einfahrt?«

»Unterstehen Sie sich!«, polterte Herta Lindholm los. »Halten Sie sich gefälligst aus den Familieninterna heraus, das geht Sie nun wirklich nichts an.«

Käthe machte einen kleinen Knicks und verschwand mit ihrem Staubwedel um die Ecke, um damit eine Stehlampe zu bearbeiten. Dabei spitzte sie die Ohren und bekam mit, wie Herta zu ihrem Sohn sagte: »Reiß dich gefälligst zusammen!

Ruf halt deinen Therapeuten an, wenn du mit der Situation nicht klarkommst, aber ich wünsche kein Drama. Hast du mich verstanden?«

»Jawohl, Mutti. Kein Drama. Versprochen.«

Kapitel 7

Käthe saß am Küchentisch in der Villa Lindholm und biss in das letzte Stück ihrer Pizza Hawaii. Aufgrund der tragischen Umstände war ihr gehörig die Lust vergangen, am Herd zu stehen und den Kochlöffel zu schwingen. Deshalb hatte sie stattdessen den Lieferdienst angerufen. Diesmal einen italienischen.

Sigrid Lindholm war bereits zum Wein übergegangen und schwenkte den Rotweinkelch in der Hand, dabei gab sie sich den Erinnerungen hin. »Weißt du, Käthe, ich habe Fernanda nie leiden können. Darf ich so was sagen?«

»Hm, man sagt zwar, dass man nicht schlecht über Tote reden soll, aber daran muss man sich ja nicht halten, gell. Was hat dich denn an ihr gestört?«

»Alles!« Sigrid nahm einen kräftigen Schluck und schloss die Augen. »Ihre ganze Art, wie sie sich uns gegenüber verhalten hat, das war einfach respektlos!«

»Was genau meinst du damit? Die Geschichte mit dem Gärtner habe ich schon von deinem Gatten erfahren, und ich kann absolut verstehen, dass er nach der Nummer fristlos gekündigt wurde. Wenn ich mir vorstelle, dass ich zum Beispiel meine Schwägerin dabei erwische, wie sie sich an meiner Unterwäscheschublade bedient und an meinen Höschen schnüffelt ... Ich würde sie auch hochkant rauswerfen.«

Sigrid öffnete irritiert die Augen. »Wieso ausgerechnet deine Schwägerin?«

»War nur ein Beispiel. Wir haben halt keinen Gärtner und keine Putzfrau. Sag mal, Sigrid, bist du gar nicht traurig, dass dein Sohn nun verwitwet ist?«

Sie seufzte und blickte auf ihr Glas, als würde sich darin die Antwort auf diese Frage befinden. »Wenn ich ehrlich bin,

Nein«, flüsterte sie. »Natürlich ist es furchtbar, dass Fernanda ermordet wurde, und ich hätte mir einen anderen Abgang für sie aus unserer Familie gewünscht, aber trauern werde ich nicht. Oh mein Gott, Käthe, du denkst bestimmt, dass ich eine Rabenschwiegermutter bin, oder?«

Käthe winkte ab. »Ich bin da völlig wertfrei. Jeder Mensch tickt anders und jede Familie hat ihre schwarzen Schafe, das ist bei mir genauso.«

»Ach, interessant. Was stimmt denn bei euch nicht?«, erkundigte sich Sigrid mit einem breiten Grinsen. »In deinem Alter noch arbeiten zu müssen, lässt darauf schließen, dass du für den Ruhestand nicht ordentlich vorgesorgt hast, oder?«

Käthe entgegnete sofort, dass sie damit selbstverständlich nicht sich gemeint habe, und überlegte im Stillen, ob sie Elfriede-Ellen als das schwarze Schaf anführen sollte, entschied sich dann jedoch, eine andere Taktik zu fahren. Sie wollte die Wahrheit sagen in der Hoffnung, dass Sigrid sich dadurch ihr gegenüber noch mehr öffnen würde. Um den Prozess zu beschleunigen, schenkte Käthe ihr Wein nach, denn ab einem gewissen Pegel lockerte sich die Zunge von ganz allein.

»Ich hatte auch mal eine Firma«, berichtete sie dann. »Also, nicht wie ihr ein Kosmetikunternehmen, sondern eine Wurstfabrik. Vor einigen Jahren hat mein Sohn das Unternehmen übernommen und den Betrieb leider komplett in den Ruin gewirtschaftet. Tja, darauf folgte die Insolvenz und ich habe mein Haus verloren, weil ich so dumm war, eine Bürgschaft für ihn zu übernehmen.«

Augenblicklich griff Sigrid nach Käthes Hand. »Oh, wie schrecklich. Das tut mir furchtbar leid. Es muss schlimm sein, wenn man plötzlich vor dem Nichts steht.«

»Das Allerschlimmste war, dass ich deshalb zu meiner Tochter und ihrem Mann ziehen musste. Ich habe mich so richtig als Versagerin gefühlt, und es hat lange gedauert, bis ich wirklich offen darüber sprechen konnte.« Sie lächelte. »Tja, jetzt ist mein Familiengeheimnis raus. Was ist euer Geheimnis?«

»Unser Geheimnis?« Nachdenklich schwenkte Sigrid ihr Glas und überlegte, bevor sie laut stöhnte und erklärte: »Fernanda war zu jung für unseren Sohn, sie hätte seine Tochter sein können. Christoph ist bereits Mitte vierzig und sie Anfang zwanzig. Ich glaube, er war einfach blind vor Liebe, er muss ihren heißen Kurven verfallen sein. Klar, Fernanda war ausgesprochen hübsch, hat sich sexy angezogen und wusste, wie sie sich und ihre Reize in Szene setzen musste. Ich glaube, sie hat meinen Sohn eingelullt, weil sie scharf auf sein Geld war.«

»Warst du neidisch auf sie?«, wagte Käthe einen Vorstoß.

Sigrid lachte ironisch. »Nein, ganz und gar nicht.«

»Also bist du einfach eine Schwiegermutter, die ihre Schwiegertochter nicht leiden kann.«

»Nein, so jemand bin ich nicht. Ich habe mich blendend mit der Ex-Frau meines Sohnes verstanden. Fernanda war für mich hingegen immer ein Störfaktor, jemand, der hier nicht hingehörte, nicht zu uns.«

»Ja, von Renate habe ich bereits gehört, dass seine Ex-Frau sehr nett gewesen soll«, bemerkte Käthe. »Wann hat er sich denn von seiner ersten Frau scheiden lassen?«

»Vor zwei oder drei Jahren, ich kann gerade nicht so klar denken. Kurz nach dem Urteil hat er dann diese Schlampe geheiratet. Verzeih meine abfällige Ausdrucksweise«, entschuldigte sie sich im selben Atemzug und kicherte albern hinter vorgehaltener Hand.

Der Rotwein war ihr offenbar komplett zu Kopf gestiegen

und Käthe hatte exakt das erreicht, was sie wollte: Betrunkene sagten die Wahrheit - genau wie Kinder.

»Ich habe von Renate gehört, dass euer Sohn eigentlich in Hamburg lebt. Warum hat Fernanda dann hier bei euch auf der Insel gewohnt?«

Sigrid zuckte mit den Schultern. »Da musst du Christoph fragen. Ich glaube, es gefiel ihm nicht, dass sie oft im Hamburger Nachtleben unterwegs war - ohne ihn. Er ist ja ständig auf Geschäftsreise, deshalb hat er bald entschieden, dass sie bei uns leben sollte.«

»Ach, und das hat Fernanda widerspruchslos akzeptiert?«, staunte Käthe. »Ich hätte erwartet, dass sie auf die Barrikaden geht und sich nicht einfach von ihrem Ehemann zu den Schwiegereltern abschieben lässt.«

»Mein Sohn ist sehr dominant und durchsetzungsfähig. Da kommt er ganz nach seiner Großmutter.« Sigrid grinste und genehmigte sich noch ein Schlückchen von dem Roten.

»Verstehe. Wie oft war euer Sohn denn hier, um seine Frau zu sehen?«

»Ein- bis zweimal im Monat, er ist halt wirklich extrem beschäftigt, die Firma steht bei ihm an erster Stelle. Auch den Führungswillen hat er von meiner Schwiegermutter geerbt.«

»Dann war Fernanda also eine ständige Strohwitwe?«

»Ja, eine eiskalte Strohwitwe.« Sigrid lachte spöttisch. »Ich bin in der ganzen Zeit nicht mit ihr warm geworden, aber das lag vielleicht auch daran, dass ich ihr keine Chance gegeben habe. Ich bin nie gänzlich darüber hinweggekommen, dass sie jetzt meine Schwiegertochter ist und nicht mehr Conny. Hach, die war wirklich der Inbegriff einer Traumschwiegertochter«, schwärmte sie und kippte den letzten Schluck Wein hinunter.

Genau in diesem Moment kam ein schlanker, pickeliger junger Mann in die Küche. Er schleuderte seine Tasche in die

Ecke und fragte: »Was gibt's zu futtern? Ich hab einen Mordshunger, und bevor du fragst: Die Schule war scheiße wie immer.«

»Das ist Jannis, mein Enkel«, sagte Sigrid glucksend und erhob sich von ihrem Stuhl. »Ich muss mich mal ein bisschen hinlegen, ich brauche meinen Mittagsschlaf. Käthe hat Pizza bestellt. Sie ist die Vertretung für Frau Renate. Sei nett zu ihr.« Sie gab ihrem pubertierenden Enkel einen Kuss auf den Kopf und verließ den Raum, um es sich auf dem Sofa bequem zu machen.

Käthe stellte unterdessen einen Teller mit Pizza in die Mikrowelle und schaute dem Teenager dabei zu, wie er an seinem Handy herumspielte.

»Hast du schon gehört, was passiert ist?«, fragte sie.

»Ja, Sigrid hat's doch gerade gesagt. Sie sind die neue Haushälterin«, erwiderte er, ohne aufzuschauen.

»Nein, das meine ich nicht. Ich rede davon, was mit deiner Stiefmutter passiert ist.«

Jetzt hob er den Blick. »Stiefmutter? Nennen Sie Fernanda niemals so, sie war keine Mutter für mich.«

Damit war klar, dass hier der nächste Kandidat saß, der nicht gut auf die Tote zu sprechen war. Doch statt ihm Rotwein zu reichen, gab Käthe ihm ein Glas Cola und hoffte, dass der Koffein- und Zuckerschub den jungen Kerl ebenso zum Reden bringen würde wie seine Großmutter der Wein.

»Tut mir leid, ich kenne euer Verhältnis nicht. Ich bin übrigens die Käthe«, erklärte sie munter.

»Mein Opa hat mich in der Schule angerufen und mir gesagt, dass sie tot ist.«

»Wie geht es dir damit?«

Jannis zuckte die Achseln. »Dumm gelaufen für sie, oder?«

Käthe sah ihn kopfschüttelnd an. »Ist das die neue Scheißegal-Einstellung von jungen Leuten, wenn jemand stirbt?«

»Ich bin achtzehn, also erwachsen«, verkündete er schlecht gelaunt. »Ich habe andere Probleme, als mir über Fernandas Tod den Kopf zu zerbrechen. Das Abitur steht in diesem Schuljahr an und meine Noten sind im Keller. Außerdem konnte ich sie eh nicht leiden.«

»Da warst du wohl nicht der Einzige hier im Haus, oder?«

»Bingo! Sigrid und die Chefin konnten sie nicht leiden, und mein Opa war zuletzt auch nicht mehr gut auf sie zu sprechen. Wollen Sie sonst noch was wissen?«

»Du nennst Sigrid beim Vornamen und zu Georg sagst du Opa?«, hakte die aufmerksame Käthe nach.

»Ja, Sigrid hasst es, Oma genannt zu werden, und zur Chefin Uroma zu sagen, ist so richtig albern. Bei der musste ich schon als kleiner Knirps strammstehen, statt mit ihr auf dem Spielplatz Spaß zu haben.«

»Mich kannst du ruhig Oma Käthe nennen, ich habe kein Problem damit, ich habe nämlich vier Enkel und auch schon Urenkel.« Sie hoffte, Jannis mit dieser Einladung um den Finger zu wickeln, um mehr über die komplizierten Familienverhältnisse herausfinden zu können.

Das »Bing« der Mikrowelle unterbrach ihre Unterhaltung.

»Die Pizza ist fertig«, verkündete Jannis und ergänzte missmutig: »Labern Sie mich jetzt bitte nicht weiter voll. Warum interessieren Sie sich überhaupt für Fernanda? Sie kannten sie doch gar nicht.«

Mit diesem Seitenhieb hatte Käthe nicht gerechnet. Jannis Lindholm war ein cleveres Bürschlein, das sie anscheinend längst durchschaut hatte.

»Ich bin einfach nur überrascht, dass niemand in diesem Haus um Fernanda trauert«, erwiderte sie. »Ich will halt verstehen, woher diese Kälte kommt, wenn ich schon in diesem Haushalt beschäftigt bin. Weißt du, Jannis, ich habe es nicht nötig, bei Fremden zu arbeiten, deshalb möchte ich mich hier wohlfühlen, kannst du das nachvollziehen?«

»Red mit mir nicht wie mit einem kleinen Jungen. In meiner Familie wird nicht über Gefühle gesprochen und wir zeigen auch keine.«

»Warum?«, fragte Käthe, während sie Jannis seinen Teller mit der aufgewärmten Pizza vor die Nase stellte. »In meinen Augen man darf sehr wohl Emotionen zeigen, wenn jemand gestorben ist. Auch Jungs dürfen weinen.«

»Fernanda ist selbst schuld, dass ich ihr keine Träne nachweine, und jetzt lassen Sie mich in Ruhe - Oma Käthe.« Die beiden letzten Wörter betonte er besonders grimmig.

Käthe setzte sich mucksmäuschenstill an den Tisch und beobachtete, wie der hungrige Abiturient gierig die scharfe Pizza Diavola in sich hineinstopfte. Dabei stellte sie fest, dass der junge Mann glasige Augen bekam. War er vielleicht doch betroffener von Fernandas Tod, als er zugeben wollte, oder waren die pikanten Peperoni-Salamischeiben daran schuld, dass ihm ein Tränchen über die Wange kullerte?

Kapitel 8

Kriminalkommissar Nils Rasmussen saß an seinem Schreibtisch im Sylter Polizeirevier, das sich im Hauptort Westerland befand. Er hatte die Arme vor der Brust verschränkt und wippte auf seinem Drehstuhl, während er sein Gegenüber skeptisch anschaute. »Also, noch mal, Herr Brandstetter, in welcher Beziehung standen Sie zu Fernanda Lindholm?«

»Das habe ich doch schon erzählt.« Der Fünfzigjährige tupfte sich mit einem Taschentuch über die schwitzige Stirn. Wie er so dasaß, mit seinem Bierbauch, der unter dem viel zu engen T-Shirt hervorquoll, dem grauen zotteligen Bart und dem fettigen Haar machte er eine ziemlich ungepflegte Erscheinung.

»Ich höre so was gern mehrmals, also schießen Sie los.« Nils schaltete erneut das Tonband an, so wie es sein Vater auch immer getan hatte, wenn er einen Tatverdächtigen in die Mangel genommen hatte.

»Ich habe bei den Lindholms als Gärtner gearbeitet, seit über zwanzig Jahren. Aber als Frau Lindholm vor ein paar Monaten von ihrem Mann ins Exil nach Sylt geschickt wurde, veränderte sich alles.«

»Exil? Wie meinen Sie das? Sie ist Brasilianerin, da musste sie doch nicht fliehen?«

»Genaueres kann ich Ihnen nicht sagen, ich habe nur mal ein Telefonat mitbekommen, in dem es darum ging, dass Fernanda Zucht und Ordnung beigebracht werden soll. Ich glaube, sie war Christoph Lindholm zu flippig.«

»Interessant«, bemerkte Nils und kaute auf seinem Kugelschreiber. »Ihnen war Fernanda Lindholm allerdings nicht zu flippig, schließlich wurden Sie dabei erwischt, wie Sie ihr Höschen entwendet und daran gerochen haben. Was sagen Sie dazu?«

»Ich bin kein Perverser, Herr Kommissar. Ich bin nur ein Mann und diese Latina war nun mal ein Vollweib ganz nach meinem Geschmack.«

»Waren Sie in Frau Lindholm verliebt?«

Der Gärtner wischte sich mit dem Handrücken über die Stirn. »Ich habe für sie geschwärmt, ja, das ist doch nicht verboten.«

»Sie hat Ihre Zuneigung aber nicht erwidert, korrekt?«, bohrte Nils weiter.

Herr Brandstetter schaute auf den grauen PVC-Boden und schüttelte den Kopf.

»Wann genau wurden Sie von Georg Lindholm fristlos gekündigt?«

»Vor zwei Wochen. An dem Tag bin ich in ein tiefes Loch gefallen, aus dem ich nicht wieder rausgekommen bin. Ich war noch nie in meinem Leben arbeitslos.« Er strich sich über das Kinn. »Ich habe auch noch nie einen Bart getragen.«

Nils blickte auf die dicke Plauze des Befragten und konnte sich des Gedankens nicht erwehren, dass der Kummerspeck mit großer Wahrscheinlichkeit nicht in den letzten Tagen entstanden war. »Trotzdem haben Sie das Opfer weiterhin kontaktiert?«, fragte er.

»Jawohl, ich wollte, dass Sie mir eine zweite Chance gibt. Ich habe mich tausendmal dafür entschuldigt, dass ich mich an ihrer Wäsche vergriffen habe.«

»Wie hat Frau Lindholm reagiert?«

»Sie hat mich eiskalt abblitzen lassen und mich nur ausgelacht.«

Nils beugte sich vor, um dem Verdächtigen direkt in die

Augen zu schauen. »Daraufhin haben Sie Frau Lindholm nicht mehr kontaktiert?«

Der Angesprochene wich seinem Blick aus und erklärte lapidar, dass er sich nicht mehr daran erinnern könne.

»Ich kann mich aber erinnern! Meine Kollegen haben letzte Woche eine Anzeige wegen Stalkings gegen Sie aufgenommen, von Fernanda Lindholm. In meinem schlauen Computer steht, dass Sie regelrecht Telefonterror bei ihr betrieben haben. Sie hat zu Protokoll gegeben, dass sie bis zu dreißigmal am Tag von Ihnen angerufen worden sei und E-Mails erhalten habe. Wie erklären Sie sich das?«

»Fernanda hatte mich bei WhatsApp blockiert«, beschwerte sich der Gärtner. »Da habe ich halt andere Wege der Kommunikation gesucht.«

»Andere Wege nennen Sie das? Frau Lindholm fühlte sich von Ihnen verfolgt. Sie hat meinen Kollegen gesagt, dass sie Ihnen plötzlich ständig begegnete - beim Einkaufen, beim Sport, am Strand, überall. Wieso?«

»Ich wollte mich halt entschuldigen! Ich brauche doch meinen Job, ich habe Unterhalt für drei Kinder zu zahlen. Herr Rasmussen, ich bin auf die Beschäftigung bei den Lindholms angewiesen, deshalb wollte ich sie lediglich darum bitten, dass sie mit ihrem Schwiegervater spricht, damit er mich wieder einstellt.«

Nils verengte die Augen. »Tja, und diese Version soll ich Ihnen glauben? Frau Lindholm kann ich ja leider nicht mehr befragen. Wann erfolgte Ihr letzter Versuch, das Opfer um Gnade zu bitten?«

»Gestern Abend«, antwortete er leise.

»Dann erzählen Sie mir bitte noch einmal ganz genau, was an dem Abend passiert ist.«

»Sie hat auf meine SMS vom frühen Morgen geantwortet, dass wir uns für ein klärendes Gespräch treffen könnten.«

»Ach, interessant. Für welche Uhrzeit?«

»23 Uhr auf dem Parkplatz am Weststrand. Mehr hat sie nicht geschrieben.«

»Wie romantisch«, spottete Nils. »Da wollten Sie sich dann zusammen die Sterne am Nachthimmel anschauen?«

Herrn Brandstetter huschte ein Lächeln über das Gesicht. Zum Beweis streckte er sein Handy mit der betreffenden Nachricht über den Tisch.

Nils griff sofort zu. »Das Handy bleibt hier für weitere Untersuchungen.«

»Das können Sie nicht machen, ich muss für meine Kinder jederzeit erreichbar sein«, protestierte der Stalker.

»Ihre Kinder können Sie in der U-Haft besuchen, wenn der zuständige Staatsanwalt oder der Haftrichter die Erlaubnis dafür geben.«

»Ich kann Ihnen nicht ganz folgen, Sie glauben doch nicht etwa, dass ich Fernanda ermordet habe?«

»Die Leiche wurde genau dort gefunden, wo Sie sich treffen wollten, in der Nähe vom Weststrand-Parkplatz in List. Keine fünf Autominuten von der Villa Lindholm entfernt.«

»Ich war das nicht! Das müssen Sie mir wirklich glauben«, reagierte er energisch und wischte sich nervös die Schweißperlen von der Stirn.

»War es nicht vielmehr so, dass es im letzten Gespräch mit Fernanda zu einem Streit gekommen ist? Sie haben im Affekt Ihre Traumfrau erwürgt und die Leiche anschließend bis zur Hüfte kopfüber im Sand verbuddelt?«, provozierte Nils ihn weiter.

»Nein, nein, so etwas würde ich niemals tun!«

»Hat Sie am Parkplatz jemand zu der späten Stunde gesehen?«

»Auch nicht! Nur ich war da, Fernandas Porsche stand allein auf dem Parkplatz. Ich glaube, da hat mich jemand in eine Falle gelockt. Ich habe Fernanda selbst ja gar nicht gesehen.«

Nils krauste die Stirn. »Kam es Ihnen nicht merkwürdig vor, dass sie sich um 23 Uhr auf einem Wanderparkplatz mit Ihnen treffen wollte?«

»Nein, ich war froh, dass sie überhaupt mit mir sprechen wollte, aber jetzt weiß ich, dass der wahre Täter mich damit in eine Falle gelockt hat, weil er wollte, dass ich am Tatort auftauche. Und nun soll ich für diesen schrecklichen Mord ...« Der Gärtner brach ab und wischte sich mit dem verschwitzten Taschentuch ein paar Tränen weg. »Sie war doch noch so blutjung und verdammt sexy, sie hatte ihr ganzes Leben vor sich. Wer tut so was, Herr Kommissar?«

Nils lehnte sich zurück und grinste. »Sie sind echt ein guter Schauspieler, Herr Brandstetter, aber darauf falle ich nicht herein. Es bringt Ihnen rein gar nichts, hier den trauernden Stalker zu spielen, ich glaube Ihnen nämlich kein Wort.« Jetzt beugte er sich wieder vor und fixierte den Verdächtigen mit seinem Blick: »Ich nehme Sie fest, da Sie unter dem dringenden Tatverdacht stehen, Frau Fernanda Lindholm gestern Abend ermordet zu haben.«

Der Gärtner sackte in sich zusammen.

Genau in diesem Moment platzte Hinnerk Rasmussen in die Dienstelle, worauf die Mundwinkel des Tatverdächtigen sich wieder hoben. Eifrig wandte er sich an den altgedienten Ex-Kommissar: »Sie müssen mir helfen, Ihr Sohn glaubt, dass ich eine junge Frau getötet habe. Das stimmt aber nicht!«

»Papa! Was zur Hölle machst du hier?«, maulte Nils ihn unfreundlich an.

»Moin. Ich war gerade in der Gegend und wollte mal nachhören, ob es in dem Fall schon etwas Neues gibt.«

»Das ist mein Fall, das geht dich nichts an.« Nils stand auf und zückte die Handschellen.

»Sie müssen mir helfen, bitte, bitte, bitte«, flehte der Festgenommene, doch da klickten bereits die Metallbügel um seine Handgelenke.

Hinnerk stand damit im wahrsten Sinne des Wortes zwischen den Stühlen. Da sein Sohn ihm einen bitterbösen Blick zuwarf, biss er sich auf die Zunge und sagte nichts. Das Winseln des Tatverdächtigen ging jedoch nicht spurlos an ihm vorbei. Er wusste nur zu gut, wie stümperhaft sein Sohn seinen Job ausübte.

»Sie haben mir doch damals auch geholfen, als ich meine Frau als vermisst gemeldet habe«, schrie der Gärtner, während Nils ihn zur Tür zerrte, um ihn den Streifenpolizisten zu übergeben.

»Soweit ich mich erinnere, hat Ihre Frau Sie verlassen. Da war die Vermisstenanzeige völlig überflüssig«, gab Nils kühl zurück.

»Ihr Sohn irrt sich, ich bin kein Verbrecher! Okay, ein Ehebrecher, aber dafür muss ich doch nicht in den Knast«, plärrte er, als Nils den Aufmüpfigen in den Flur drängte, um dort mit den Kollegen die nächsten Schritte zu besprechen.

Hinnerk sah ihnen nach und kraulte sich den grauen Bart, bis sein Blick auf das Tonbandgerät fiel. Sollte er wirklich?

Einen Moment haderte er mit sich, dann spulte er das Band zurück, um sich die Aufzeichnung anzuhören. Als pensionierter Kriminalhauptkommissar konnte er einfach nicht aus seiner Haut. Es interessierte ihn zu sehr, was der Verdächtige ausgesagt und wie sich sein Sohn bei der Befragung geschlagen hatte. Dafür nahm er sogar in Kauf, dass er sich die Finger verbrennen könnte, weil er Nils wieder ins Gehege kam, aber wenn es darum ging, einen zu Unrecht Verdächtigten vor lebenslanger Haft zu bewahren, war ihm jedes Mittel recht. Ihm persönlich ging es nur um die Sache - und um Recht und Ordnung. Bei seinem Junior hatte er dagegen oft das Gefühl, dass er die Fälle schnell abhaken wollte, damit er mehr Zeit für sich, seine Frau und die gemeinsamen Babys hatte. Dafür hatte Hinnerk kein Verständnis, für ihn kam der Job immer an erster Stelle. Zumindest war das damals so gewesen, als er noch mitten im Berufsleben stand - und auch als Pensionär hatte sich das nicht geändert. Nervös und mit feuchtem Zeigefinger drückte er auf den Wiedergabeknopf, wohlwissend, dass er damit nicht im Sinne des Gesetzes handelte. Der Fall war schließlich nicht sein Fall. Noch nicht.

Kapitel 9

Gegen 19 Uhr gingen Käthe und Hinnerk Händchen haltend am Strand von Kampen entlang, nur ein paar Hundert Meter von ihrem Zuhause entfernt. Käthe liebte es, wenn die frische Meeresbrise ihr Haar zerzauste und die salzige Luft durch ihre Lungen strömte. Dass sie ausgerechnet hier, wo andere Urlaub machte, leben konnte, war das Sahnehäubchen für ihren Lebensabend. Obwohl »leben« wohl etwas übertrieben war, da sie mit Hinnerk offiziell weiterhin eine Fernbeziehung führte. Sie scheute sich, den letzten Schritt zu gehen und komplett bei ihm einzuziehen, schließlich kannte sie Sylt bisher nur in den Sommermonaten. Ob sie sich auch in der kalten Jahreszeit hier wohlfühlen würde, wenn der Wind ihr um die Ohren peitsche? Oder sie die Gassirunde mit Oskar in Gummistiefeln machen musste, statt wie jetzt in hochgekrempelten Hosen, weil sie zur Erfrischung barfuß in die kühle Nordsee tapsen wollte? Nach einem anstrengenden Tag wie diesem war so ein Spaziergang jedenfalls genau das Richtige - für sie beide. Und für Hinnerks Hund natürlich, der sich andauernd im Sand wälzte und freudig ins Wasser rannte, um sich wieder abzuspülen.

»Du bist so still, alles in Ordnung bei dir?«, fragte Käthe nach einer Weile.

»Ach, bin ich das?«

»Absolut. Du wirkst gedankenverloren, als ob dich etwas bedrückt.«

Hinnerk warf ein Stöckchen für Oskar und druckste ein wenig herum, ehe er mit der Sprache herausrückte: »Ich habe mir überlegt, ob du und Ellen vielleicht so ein Frauending machen könntet, damit ihr ein bisschen enger zusammenrückt.«

Käthe blieb abrupt stehen und löste ihre Hand aus seiner. »Nein, ich werde auf keinen Fall mit deiner Schwester zum Männerstriptease gehen. Sorry, mit jeder anderen Person sehr gern, aber nicht mit ihr!«

Lachend winkte Hinnerk ab und erklärte, dass er eher an Wellness gedacht habe.

»Ach, du glaubst, wenn wir zwei mit einer Gurkenmaske auf unseren Massageliegen alle viere von uns strecken, gibt es keinen Grund mehr für mich, ihr eine Ladung Quark oder ihren geliebten Lachs ins Gesicht zu klatschen, weil sie mich mal wieder tierisch nervt?«

»Du könntest auch zum Friseur gehen«, schlug er vor.

»Hinnerk, du begibst dich gerade auf ganz dünnes Eis. Tut mir wirklich leid, dass ich keine Flasche 3-Wetter-Taft aufgesprüht habe und meine Haare deshalb vogelwild im Wind flattern.« Käthe fühlte sich von seinem Vorschlag persönlich angegriffen.

»Ach, vergiss es. Ich kann dir halt nichts vormachen. Überhaupt kann ich einfach nicht gut lügen. Es ist nur so, dass ... also ... « Er warf das Stöckchen noch einmal in so hohem Bogen weg, als sollte Oskar das Gespräch lieber nicht mithören.

»Spar's dir. Ich werde keinen Kurzhaarschnitt tragen, damit sehe ich aus wie eine russische Kampflesbe. Kinnlang steht mir am besten«, verkündete Käthe beleidigt.

»Nein, darum geht es doch gar nicht, es geht um den Mord an Fernanda Lindholm.«

»Was hat diese Frau mit meinen Haaren zu tun?« Käthe konnte ihm nicht folgen.

Hinnerk stöhnte, dann ließ er endlich die Katze aus dem Sack, nachdem er seinen Golden Retriever noch einmal mit dem Stöckchen beschäftigt hatte. »Ich habe etwas ganz Dummes getan, deshalb fühle ich mich hundsmiserabel. Ich habe ein total schlechtes Gewissen.«

»Scheiße! Du bist fremdgegangen«, war Käthes erster Gedanke.

»So ein Blödsinn, wie kommst du denn darauf?«

»Na, weil ich doch merke, dass mit dir etwas nicht stimmt. Ich habe feine Antennen für so was. Also, was ist los? Du weißt, ich bin eine absolute Verfechterin der klaren Kommunikation. In einer Beziehung muss man über alles offen reden können. Dinge unter den Teppich kehren habe ich viel zu lange mit meinem verstorbenen Mann praktiziert, so was will ich nicht mehr. Also, wer ist die Schlampe, die du lieber magst als mich? Kenne ich das Miststück?«

Hinnerk schüttelte vehement den Kopf und versicherte ihr, dass sie sich komplett auf dem Holzweg befinde. »Es geht um Nils«, stellte er klar. »Ich war heute bei ihm in der Dienststelle und habe heimlich seine Tonbandaufzeichnung abgehört, und zwar die vom Verhör mit dem Gärtner, der dringend tatverdächtig ist. Er könnte Fernanda Lindholm getötet haben.«

Käthe sah ihn schräg von der Seite an. »Warst du früher bei der Stasi oder bei der Kripo beschäftigt?«

»Ja, streu noch Salz in die Wunde. Ich war einfach neugierig, außerdem weiß ich doch, wie Nils ermittelt - so komplett anders als ich, wenn du weißt, was ich meine.«

»Du musst loslassen, Hinnerk«, sagte Käthe und strich ihm liebevoll über die Wange. »Ich habe mich damals auch schwer damit getan, die Firma in die Hände meines Sohnes zu geben.«

»Kurz darauf warst du pleite, komplett mittellos und hast Unterschlupf bei deinem Schwiegersohn gefunden.«

»Ähm, ja, das war ein blödes Beispiel«, räumte Käthe ein.

»Was ich eigentlich sagen will: Nils hat das Zepter von dir übernommen und er hat nun mal einen anderen Stil, seine Fälle aufzuklären. Wichtig ist doch, dass der Täter am Ende hinter Schloss und Riegel sitzt. Wie ihm das gelingt, ist wurschtegal, Hauptsache, der richtige Mörder wird für sein Handeln bestraft. Nicht wahr?«

Hinnerk hob verzweifelt die Hände. »Genau das ist ja das Dilemma. Ich bin mir nicht sicher, ob er den wahren Täter in die U-Haft geschickt hat.«

»Was lässt dich denn zweifeln?«

»Ich kenne den Verdächtigen, Sylt ist nun mal ein großes Dorf. Er war ein ständiger Fremdgänger, deshalb hat ihn damals auch seine Frau verlassen. Er hatte sie als vermisst gemeldet und ich war in die Suche nach ihr involviert. Dabei war die Betrogene bloß untergetaucht. Ich sage dir, der hat wie ein kleiner Junge vor mir geflennt, weil seine Gattin ihm endgültig den Laufpass gegeben hatte.«

»Der Gärtner erscheint dir also unschuldig, weil er gut flennen kann?« Käthe blickte ihn erstaunt an.

»Natürlich nicht. Ich hatte damals nur kurzzeitig angenommen, dass er seine Frau getötet haben könnte, weil wir sie nirgends finden konnten. Ich dachte, er tischt uns eine große Lüge auf.«

»Aber er hat die Wahrheit gesagt, deshalb glaubst du ihm auch jetzt?«

Hinnerk nickte.

»Warum teilst du dieses Wissen nicht mit Nils?« Käthe sah zu Boden, um die bereits vorhandenen Fußabdrücke im feuchten Sand möglichst zu umgehen, weil sie das eklig fand.

»Na, dann weiß er doch, dass ich seine Tonbandaufzeichnung abgehört habe, es gibt wieder einen heftigen Streit und ich werde bis zu meinem Lebensende Dienststellenverbot haben. Das möchte ich nun wirklich nicht riskieren. Kannst du jetzt verstehen, in welcher Bredouille ich stecke?«

»Lass es mich kurz zusammenfassen: Du glaubst, dass der Mörder oder die Mörderin noch auf freiem Fuß ist, weil du den Gärtner kennst und ihm diesmal kein Verbrechen unterstellen willst?«

»Korrekt.«

Käthe steckte die Hände in die Hosentaschen und konzentrierte sich wieder auf den Weg zwischen den fremden Fußabdrücken, während sie fortfuhr: »Nils wird doch niemanden festnehmen können, ohne Indizien zu haben. Der Gärtner muss irgendetwas mit der Angelegenheit zu tun haben. Ich habe heute selbst mitbekommen, dass er von Georg Lindholm als Stalker bezeichnet wurde, weil er an Fernandas Wäsche geschnüffelt und ihr Höschen geklaut hat. Ein bisschen Dreck am Stecken hat er wohl schon.«

Nun berichtete Hinnerk, was er genau auf dem Tonband gehört hatte, und erklärte, dass er daher glaube, man habe den Gärtner in eine Falle gelockt. »Angeblich wurde er von der Toten per SMS gebeten, spätabends am Tatort zur Aussprache zu erscheinen. Wer würde denn ein Treffen an so einem Ort und um diese Uhrzeit vorschlagen, wenn er denjenigen gerade erst wegen Stalkings angezeigt hat. Niemand, oder?«

Käthe gab ihm recht, dass dies ein sehr merkwürdiges Verhalten sei. »Vielleicht war die SMS tatsächlich eine Falle, um dem Gärtner die Schuld in die Schuhe zu schieben, dabei war Fernanda längst tot?«

»Ganz genau, das meinte ich. Bleibt natürlich die Frage, wer stattdessen ein Interesse daran gehabt haben könnte, sie zu töten, wenn es der Gärtner nicht war. Vielleicht hatte sie ja ein heimliches Sextreffen auf dem Parkplatz bei den Dünen. Ich habe da schon einige Paare in flagranti beim Liebesspiel erwischt, unter uns Insulanern ist dieser Treffpunkt bekannt.«

»Ja, das ist eine mögliche Theorie«, erwiderte Käthe grüblerisch. »In der Villa hätte Fernanda jedenfalls kein geheimes Sexdate haben können. Da ist alles eingezäunt und mit Überwachungskameras ausgestattet.«

»Überwachungskamera ist ein gutes Stichwort«, hakte Hinnerk sofort ein. »Da du ja dort arbeitest, musst du dir unbedingt die Aufnahmen von gestern anschauen und prüfen, ob da etwas Verdächtiges zu finden ist.«

»Ich glaube, solche Aufzeichnungen brauchen wir gar nicht. Wenn du mich fragst, ist die komplette Familie Lindholm verdächtig.«

Hinnerk blieb erschrocken stehen und schleuderte geistesgegenwärtig Oskars Stöckchen in die Ferne, um jegliche Mithörer zu verbannen. Dann forderte er Käthe auf, ihren Verdacht zu begründen.

Das tat sie gern, während sie langsam weiterging und mit den Füßen in den auslaufenden Wellen spielte. »Keiner von den Lindholms trauert um Fernanda, ich habe eher das Gefühl, die sind alle froh, dass sie tot ist. Die alte Lindholm konnte die Auserwählte ihres Enkels nicht ausstehen, ebenso wenig wie die Schwiegermutter Sigrid, und Fernandas Stiefsohn Jannis war wohl auch nicht gut auf die neue Frau vom Vater zu sprechen. Georg Lindholm scheint mir der Einzige zu sein, der noch ein bisschen Herz hat, aber er muss sich dem strengen Regiment seiner herrischen Mutter fügen und darf daher ebenfalls keine Gefühle zeigen. Eine wirklich schreckliche Familie.«

»Da kann einem das Opfer fast leidtun«, bekräftigte Hinnerk.

»Vielleicht hat sie ja Selbstmord begangen, um aus ihrer Ehehölle zu fliehen?«

»Nein, das ist ausgeschlossen. Sie wurde definitiv erwürgt und anschließend verbuddelt - das weiß ich aus sicherer Quelle«, gab er räuspernd kund.

»Dann war es möglicherweise doch eine heimliche Affäre. Fernandas Mann war angeblich ständig auf Dienstreise und hat sich kein bisschen um seine junge Frau gekümmert. Stattdessen hat er sie in den goldenen Käfig auf Sylt gesetzt, wo sie unter Beobachtung war, und glaub mir, Herta Lindholm ist ein echtes Raubtier.«

»Eine Löwenmama?«

»Eher ein Säbelzahntiger, der gierig die Zähne fletscht, damit er Menschen, die er nicht leiden kann, umgehend zerfleischen kann. Aber mit ihren über neunzig Jahren wird sie wohl nicht die Kraft dafür gehabt haben, Fernanda allein im Sand zu vergraben, auch wenn die schlank und leicht wie eine Antilope war.«

»Du glaubst, Herta Lindholm wollte die Frau ihres Enkels aus dem Weg räumen?«

Käthe hob die Schultern. »Theoretisch ja, praktisch wird sie es wohl nicht geschafft haben, auch wenn sie für ihr Alter ganz schön rüstig ist.«

»Vielleicht hatte sie einen Helfer?«, mutmaßte Hinnerk.

»Ja, eventuell ihr Sohn, der frisst ihr förmlich aus der Hand. Ich könnte mir vorstellen, dass er die Drecksarbeit für die Frau Mutter erledigt hat, damit sie stolz auf ihn ist.«

»Käthe, du musst dir unbedingt die Aufnahmen der Überwachungskamera anschauen, dann wissen wir ganz genau, wer die Villa zu welchem Zeitpunkt verlassen hat. Wenn der wahre Mörder zwischen 22 Uhr und Mitternacht zurück zum Anwesen gefahren ist, haben wir einen neuen Tatverdächtigen.«

Die frischgebackene Putzhilfe nickte zögerlich. »Das heißt, ich bin ab jetzt nicht nur Haushälterin, sondern auch Privatdetektivin?«

»Ja, meine kleine Miss Marple.« Hinnerk schaute sie schmunzelnd an.

»Das ist kein Kompliment! Du willst mich doch nicht etwa mit der pummeligen alten Junggesellin aus den Filmen vergleichen.«

Erschrocken ruderte Hinnerk zurück und gab ihr ein Küsschen auf die Wange, um seinen Fauxpas endgültig auszubügeln. »Du wirst eine spitzenmäßige Ermittlerin sein, weil du am Wohnsitz des Opfers tätig bist - besser geht es doch nicht. Weiß du, wie man so was nennt?«

»Unterbezahlt?«, tippte Käthe mit frechem Grinsen.

»Eine verdeckte Ermittlerin.«

Sie lachten und umarmten sich, doch das laute Bellen des Golden Retrievers riss sie aus der romantischen Stimmung.

»Oskar! Oskar! Bei Fuß, sofort!«, rief Hinnerk, aber sein treuer Gefährte hörte nicht. Stattdessen blieb er wie angewurzelt vor einer Gruppe Urlauber stehen, die sich zwischen den Strandkörben versammelt hatte. Ein Dutzend Seniorinnen und Senioren, überwiegend in beigefarbene Dreiviertelhosen sowie Hawaii-Hemden gekleidet, standen wie die Orgelpfeifen im Halbkreis, während sie der Frau mit dem gekünstelten amerikanischen Akzent in ihrer Mitte aufmerksam zuhörten.

»I love Music. I love Musical«, verkündete diese gerade. »Ihr müsst die Geschichte in euren Herzen spüren, sonst kommen die Emotionen nicht rüber. Okay? Ach ja, vielleicht können die Gentlemen das nächste Mal eine Lederjacke tragen und die Ladys bitte Petticoat statt Caprihosen. Sonst noch Fragen?«

»A geh, Sie, Miss Elly! I konn kän Englisch«, sagte ein

schnauzbärtiger Mann mit hochgezogenen Tennissocken in Klettverschluss-Sandalen in tiefstem Bayrisch.

»I konn ma mei Wolfgang auch so goar ned als den Travolta John vorstellen«, bestätigte eine korpulente Frau mit Strohhut und überdimensionaler Sonnenbrille, die den Eindruck erweckte, die Trägerin könnte blind sein.

»Schätzchen, du bist ja auch nicht Olivia Newton-John«, erklärte die Vorsteherin der Truppe mit hochgezogener Augenbraue. »Nie im Leben bist du das!«

»Naa, dis is mei Resi und Ned die Olivia! Sie, Miss Elly, können mir ned so ein lustiges Bauernstück einstudieren? Weil dieses Grieß, des is ned moi Welt.«

»Oh my God. Grease, es heißt Grease«, korrigierte Ellen und rammte wütend ihren Fuß in den Sand. »Sagen Sie bloß, Sie kennen das weltberühmte Musical nicht, das 1972 am Broadway uraufgeführt wurde, dort, wo ich seit vielen Jahren das Privileg genieße, die besten Rollen zu spielen? Wenn mein Regisseur dieses Kasperletheater hier sehen würde, würde er sich sofort von der nächsten Klippe stürzen. Okay, Sylt ist nicht der Broadway, aber ich habe mir für immer und ewig geschworen: I love my Broadway!«

»Sie, Miss Elly, i kenn nur Grießbrei und Grießnockerlsuppen. Diesen Mei-Brotwäh kenn i ned und mog i ned.«

Ellen war sprachlos. Hinnerk nutzte den Moment und tippte ihr sanft von hinten auf die Schulter. Überrascht drehte sich seine Schwester um.

»Was tust du hier?«, fragte er und schaute zwischen dem bayrischen Ehepaar und ihr hin und her.

»Du hast doch gesagt, ich soll mir eine Freizeitbeschäftigung suchen«, erwiderte die Künstlerin. »Ja, ich weiß, es sieht auf den ersten Blick nach einem durchgeknallten Wanderverein aus, als wäre das Finanzamt München auf einem Betriebsausflug, aber nein, das ist die Theater-AG vom Hotel Silbermöwe, die ich seit heute leite.« Sie beugte sich ein wenig zu Hinnerk und fügte leiser hinzu: »Ich versuche, mit diesen Trampeln ein Stück einzustudieren. Eine fully, fully Katastrophe.« Dann wandte sie sich wieder von ihm ab und sprintete zu Käthe, die etwas abseits stand, griff nach ihrer Hand und zog sie vor die Seniorengruppe.

»Komm, Käthe, sei mal meine Olivia und sing mir einfach nach: You're the one that I want, ooh, ooh, ooh, you're the one that I want, ooh, ooh, ooh«, trällerte sie im Travolta-Ton, als hätte sie nie etwas anderes getan.

Käthe fühlte sich völlig überrumpelt und vorgeführt. Entrüstet zeigte sie Ellen einen Vogel. »Du hast wohl einen Knall, ich mach mich doch hier nicht zum Affen vor all den Leuten.« Wütend stapfte sie davon und wirbelte eine Menge Sand dabei auf. Sie war stinksauer.

»Siehst du, Hinnerk, deine Freundin mag mich nicht - ich kann tun, was ich will«, sagte Ellen beleidigt, und ehe er etwas darauf erwidern konnte, sang sie den Refrain von Neuem, in dem es darum ging, dass »sie« die Einzige sei, die sie wolle. Das ganze lautstark und in Richtung Käthe, begleitet von theatralischer Mimik und Gestik, wie es nur eine ausgebildete Musicaldarstellerin beherrschte.

Doch Käthe blieb stur und kehrte nicht zu ihr zurück.

»You're the one that I want, ooh, ooh, ooh, you're the one that I want, ooh, ooh, ooh«, schmetterte Ellen ein weiteres Mal - mit noch lauterer Stimme.

Die Reaktion des zusammengewürfelten Seniorenchors traf sie unerwartet, denn die Schar der Urlauber antwortete singend: »Die Wanne ist voll, uh, uh, uh, ja die Wanne ist voll, uh, uh, uh.«

Ellen war am Boden zerstört, dass sie die Urlaubsgäste

nicht im Griff hatte, und Käthe blickte schmollend auf das Wasser.

Hinnerk eilte schnell zu ihr und erklärte, dass seine Schwester das nicht böse gemeint habe und diese Aktion seinetwegen gern als gemeinsame Freizeitbeschäftigung gelten dürfe. »Ellen hat dir gerade die Hand gereicht - im wahrsten Sinne des Wortes.«

Käthe sah ihn mit weit aufgerissenen Augen an. »Ich bin doch kein Papagei, der einfach nachplappert, was sie mir zu singen befiehlt. Nein, das ist echt zu dämlich.«

»Es wäre mir schon wichtig, dass ihr zwei euch vertragt. Bitte, mach es für mich«, sagte er mit traurigem Blick.

Käthe seufzte. »Na gut, dann tue ich dir den Gefallen.«

»Ellen! Käthe wird mit dir Grease singen!«, schrie er in Richtung seiner Schwester, die in eine heftige Diskussion mit ihrer Gruppe verfallen war, da manche rebellisch wurden.

»Moment, so war das nicht gemeint«, stellte Käthe klar. »Ich mag keine Musicals. Wenn es dich glücklich macht, werde ich mit deiner Schwester mal zum Wellness gehen, aber nur in die Sauna, denn wer da seinen Schnabel nicht halten kann, wird direkt nach draußen befördert und bekommt eine kalte Dusche. Einverstanden?«

Hinnerk strahlte sie an und hauchte ihr ein liebevolles Dankeschön zu. »Es bedeutet mir wirklich viel, dass du dich mit ihr verträgst, und wenn du dir dann noch die Aufnahmen der Überwachungskamera bei den Lindholms anschauen könntest, wäre ich dir ewig dankbar.«

Käthe versprach, ihr Bestes zu geben. Zum einen um des eigenen Familienfriedens willen, zum anderen, damit ein Mord aufgeklärt werden konnte, der innerhalb einer stinkreichen Familie stattgefunden hatte, weil ein Familienmitglied dort für Unfrieden gesorgt hatte. Ob Geld ein Motiv für den

Mörder gewesen sein könnte? Käthe würde es herausfinden - dafür würde sie sogar unentgeltlich als Haushälterin arbeiten, denn die Chance, einen Killer wegzusperren, war für sie unbezahlbar. Deshalb ermittelte sie ehrenamtlich - aus Spaß an der Freude und dem eigenen Antrieb, für Recht und Ordnung auf der Insel zu sorgen.

Kapitel 10

Nach dem gemeinsamen Abendessen saßen Hinnerk, Käthe und Ellen im Wohnzimmer am Esstisch und spielten Kniffel. Die Idee für das Würfelspiel hatte der Hausherr höchstpersönlich gehabt, denn beim Spielen waren die beiden Frauen mit dem Zählen der Augen auf den Würfeln beschäftigt - nicht mit gegenseitigem Augenauskratzen und einander anzicken.

»Das ist ja ein absolutes Seniorenspiel, ich komme mir vor wie im Altenheim«, maulte Ellen. »Was kommt als Nächstes? Bingo, Mensch-ärgere-dich-nicht?«

»Du bist dran«, sagte Hinnerk und reichte der Nörglerin den Würfelbecher.

Sie blickte zu Käthe, während sie den Becher schüttelte. »Sorry übrigens, das vorhin war nicht in Ordnung. Ich hätte dich vorher fragen müssen, statt dich einfach so vor meine Theater-AG zu zerren.«

Hinnerk grinste erleichtert. Er war froh, dass seine Schwester seinen Rat befolgte und sich endlich bei Käthe für ihr Benehmen entschuldigte.

»Schon gut, Schwamm drüber. Ich bin nämlich nicht nachtragend.« Käthe rang sich ein Lächeln ab. »Musical-AG würde es aber besser treffen, oder?«

»Als Kursleiterin hat man doch immer ein bisschen künstlerische Freiheit«, erwiderte Ellen kichernd. »Hättest du denn Lust, bei ›Cats‹ mitzumachen? Ich würde das sehr gern mit meinen zusammengewürfelten Bauerntrampeln ausprobieren, nachdem ich mit ›Grease‹ kläglich gescheitert bin. Bist du dabei?« Erwartungsvoll strahlte sie Käthe an, die ihr am Tisch gegenübersaß.

»Nein, danke, ich habe leider keine Zeit, ich bin mit dem Haushalt bei den Lindholms sehr gut ausgelastet.«

»Och, so zwei Stündchen könntest du bestimmt abknapsen. Komm, gib dir einen Ruck«, beharrte Ellen und zog eine Schnute.

»Nein, das geht wirklich nicht. Weißt du, ich bin halt nur die Käthe Bohneberger und nicht die Bibi Blocksberg, die ein bisschen Hexhex macht und der Haushalt von den Lindholms ist picobello. Könntest du jetzt einfach mal fertig würfeln?«, erwiderte sie leicht gereizt.

»Wir könnten doch Karaoke singen statt zu kniffeln«, schlug Ellen vor.

»Nein!«, antworten die beiden anderen gleichzeitig.

»Oh my God, wenn meine Freundinnen in New York mich so sehen könnten, wie ich bei einer Kanne Ostfriesentee Kniffel spiele und auf ein Full House hoffe, würden die mich für verrückt erklären. Normalerweise trinke ich abends einen Cosmopolitan in einer Cocktailbar mit Blick auf den Central Park.« Sie schüttelte den Kopf, unterstrichen von einem lauten Seufzer.

»Hinnerk, rück mal zur Seite, damit deine Schwester die Aussicht auf den Garten genießen kann«, sagte Käthe spöttisch und stupste Hinnerk an.

Im selben Augenblick klingelte es mehrfach an der Haustür.

»Kommt noch ein Mitspieler? Habt ihr einen sexy Single für mich eingeladen?«, reagierte Ellen euphorisch. »Mein Bruderherz will halt einfach, dass ich wieder unter die Haube komme, statt beim Würfeln zu versauern.«

Doch kurz nachdem Hinnerk dem späten Besucher geöffnet hatte, fielen Ellens Mundwinkel traurig herab. Statt eines heißen Blind-Dates stand Renate Hahnbeck auf ihre Krücken gestützt im Flur und bat Hinnerk, schnell zu ihr rüber zu kommen. »Ich habe keinen Strom mehr, und auch mein Telefon ist tot. Da bei euch das Licht brennt, betrifft es wohl nur mich«, klagte sie ihr Leid.

Sofort zog sich Hinnerk eine Jacke an, um bei der alleinlebenden Nachbarin nach dem Rechten zu schauen.

Ellen nutzte den Moment und stürzte sich auf die Fußkranke. »Huhu, ich habe da mal eine Frage. Hätten Sie Lust, morgen an meiner Musical-AG teilzunehmen? Ich würde gern ›Cats‹ zum Besten geben.«

»Ich habe eine Katzenhaarallergie«, lehnte die Nachbarin unverzüglich ab.

»Nicht doch, Sie müssen nur singen, niemanden streicheln.«

»Oh, aber ich kann überhaupt nicht singen, höchstens miauen«, scherzte Frau Hahnbeck und musterte die gertenschlanke Ellen mit ihrem langen, welligen dunkelroten Haaren nachdenklich, dann sagte sie: »Sagen Sie mal, irgendwie kommen Sie mir bekannt vor.«

»Ja, ich habe in einer Staffel der erfolgreichsten amerikanischen Soap-Opera ›Schatten der Leidenschaft‹ mitgespielt.« Sie schüttelte ihr Haar und fügte mit affektiertem Stolz hinzu: »Sie werden mich garantiert aus dem Fernsehen kennen. Später war ich ja noch bei der Schwester-Serie ›Reich und schön‹ dabei.«

»Nee, ich schaue keine Seifenopern. Sie sind doch die Elfriede, oder täusche ich mich?«

»Ja, das tun Sie. Ich bin Ellen. Ellen McGarsky«, reagierte sie gereizt.

Bevor seine Schwester einen ihrer Eitelkeitsanfälle bekäme, drängte Hinnerk die Nachbarin zur Tür, er hatte schließlich ein dringendes Stromproblem zu klären.

Kopfschüttelnd kam Ellen zu Käthe an den Tisch zurück. »So traurig, dass die Leute nicht zugeben können, dass man mich aus dem TV kennt.«

»Na ja, wenn man hier auf der Insel geboren wurde, erkennen einen die Einheimischen auch nach vielen Jahre der Abwesenheit.«

»Päh, ich war über zwanzig Jahre nicht mehr hier und habe mich optisch total verändert«, echauffierte sie sich und spitzte ihre aufgespritzten Lippen.

»Sag mal, bist du jetzt eigentlich Musicaldarstellerin oder Schauspielerin?«, versuchte Käthe sich im Small Talk, um die Zeit bis zu Hinnerks Rückkehr zu überbrücken.

»Das ist ja so typisch deutsch. Ihr denkt ständig in Schubladen, für euch gibt es immer nur schwarz oder weiß«, echauffierte sie sich. »In den USA kann man alles machen, was man will, da wird man nicht gleich abgestempelt, von wegen: Nur weil man eine Musicalausbildung genossen hat, ist man keine echte Schauspielerin. Aber davon hast du natürlich keine Ahnung in deinem kleinkarierten Haushälterinnen-Universum. Für dich ist es aufregend genug, dein langweiliges Saarland zu verlassen, um im noblen Sylt zu residieren. Ich wollte immer zum Broadway nach New York, es heißt ja nicht ohne Grund, dass dort die Bretter liegen, die die Welt bedeuten.«

»Manche haben auch bloß ein Brett vor'm Kopf oder irgendwann eins damit über den Schädel bekommen, weshalb sie jetzt einen Dachschaden haben«, konterte Käthe.

»Falsch! Ich hatte höchstens zwischendurch Tomaten auf den Augen, und zwar viermal. Mit meinen Ehemännern hatte ich einfach nur Pech, ganz im Gegensatz zu meiner steilen Karriere. Wer genießt schon das Privileg, in erfolgreichen Soap-Operas mitzuspielen, die weltweit ausgestrahlt werden?«

»Warum hat man dich dann bei beiden Sets rausgeschmissen? Wegen Unkollegialität? Nervtötendem Gesinge im Fernsehstudio?«, stichelte Käthe, um sich für die Beleidigungen zu rächen.

»Nein! Meine Rollenfigur wurde nach acht Folgen ›Reich und schön‹ erschossen, trotzdem bekomme ich heute noch Fanpost, weil ich die intrigante, egozentrische Milliardärsgattin so überzeugend gespielt habe, bis die Geliebte ihres Mannes sie, also mich, ins Jenseits befördert hat.«

»Na, das war doch eine Paraderolle für dich. Als hätte man sie dir auf den Leib geschrieben.«

»Falsch! In meinem ganzen Leben wurde ich immer nur betrogen und geschieden - niemals erschossen«, giftete die Schauspielerin zurück.

Käthe verkniff sich den Kommentar, dass sie mit der Bemerkung auf Ellens Charaktereigenschaften angespielt hatte, und heuchelte Mitleid vor, weil die Arme mehrfach eine Scheidung hatte durchmachen müssen. Dass zum Scheitern einer Beziehung immer zwei Menschen gehörten, behielt sie ebenfalls für sich.

»Bei meinem ersten Mann war ich noch jung und naiv. Ich war gerade nach New York gekommen und hatte mich in einen hübschen Kollegen verknallt, der keinen Sex vor der Ehe wünschte, weil er ein überzeugter Christ war«, fing sie zu plaudern an.

»Was ist daran naiv?«, ging Käthe dazwischen.

»Ich habe ihn in der Garderobe des Theaters in flagranti mit dem Regisseur erwischt. Ich hatte also eine Scheinehe und wurde ein halbes Jahr lang betrogen und belogen.« Ellen seufzte. »Mein zweiter Mann ... «

»Ach, es ist wirklich schon spät«, unterbrach Käthe sie, gähnte und streckte sich. Sie wollte keinesfalls weitere Geschichten von den Verflossenen ihrer Schwägerin hören, doch sie hatte keine Chance. Ellen begann einen endlosen Monolog, in dem sie berichtete, dass ihr zweiter Mann ein Säufer gewesen sei, der dritte spielsüchtig und von Ehemann Nummer vier sei ihr lediglich der Nachname geblieben: McGarsky. »Der Schuft hatte sich in meine beste Freundin verliebt.« Sie wischte ein paar Tränchen weg, die ihr über die Wangen kullerten.

Nun hatte Käthe wirklich Mitleid mit ihr, weil Ellen plötzlich wie ein Häufchen Elend vor ihr saß und wimmerte: »Ich bin dann mit drei Koffern ausgezogen, ich wollte nur noch weg. So eine Erfahrung wünsche ich niemandem - den Ehemann und die beste Freundin am gleichen Tag verlieren. Das ist, als würde ein Schnellzug dich überrollen und anschließend eine Planierraupe dich dem Erdboden gleichmachen. Ich war fix und fertig mit meinem Leben, völlig am Ende.«

Käthe tätschelte ihre Hand, denn nun flossen bei der Verlassenen so richtig die Tränen. Unaufhaltsam. Dazu schluchzte sie so laut und durchdringend, dass Käthe jedes Mal zusammenzuckte. Es klang fast unnatürlich.

In diesem Zustand traf Hinnerk auf die beiden Frauen und deutete die Situation komplett falsch.

»Habt ihr schon wieder gestritten? Ich war doch nur ganz kurz weg«, tadelte er sie.

Doch Käthe klärte ihn schnell darüber auf, dass seine Schwester ihr nur ihr Leid geklagt habe und es überhaupt keinen Grund gebe, sich Sorgen zu machen. »Konntest du Renate denn helfen?«, erkundigte sie sich, um von der Situation abzulenken.

»Ja, die Hauptsicherung war rausgeknallt, und weil sie so fürchterliche Angst vor Elektrizität hat, wollte sie nicht selbst an dem Sicherungskasten Hand anlegen. Wer ist jetzt eigentlich dran mit würfeln?« Er schaute fragend in die Runde.

»Niemand, ich muss dringend ins Bett. Ich bin verdammt müde und will nicht erneut zu spät bei den Lindholms erscheinen.« Käthe erhob sich gähnend von ihrem Stuhl, gab Hinnerk einen Gute-Nacht-Kuss und ging ins Badezimmer.

Ellen und Hinnerk blieben noch kurz sitzen.

»Deine Freundin ist so eine Spielverderberin«, maulte sie und schüttelte beidhändig den Würfelbecher wie einen Cocktailshaker neben ihrem Kopf. Ihre Tränen waren längst getrocknet.

»Ich dachte, Kniffel macht dir keinen Spaß?«, sagte Hinnerk irritiert.

»Wenn ich meinem Bruderherz einen Gefallen damit tun kann, mache ich das sehr gern. Uns verbindet eben eine echte Geschwisterliebe, I love you, mein Bruder, für immer und ewig!« Mit leuchtenden Augen schaute sie ihn an.

Dies war der Moment, in dem Hinnerk entschied, seiner Käthe schnellstmöglich ins Bett zu folgen. Er wollte auf keinen Fall ein intensives Vier-Augen-Gespräch mit Ellen führen und die schwierigen Familienverhältnisse der Rasmussens besprechen. Ihr Vater war nämlich früh gestorben, da war Hinnerk gerade mal vierzehn Jahre alt gewesen und Elfriede ein Grundschulkind. Ein sehr schüchternes, das mit der heutigen Ellen nichts mehr gemeinsam hatte.

Als Hinnerk ins Bett kam, war Käthe noch wach. Er knipste die Nachttischlampe aus und erkundigte sich, was genau Ellen zum Heulen gebracht habe.

»Ihre Scheidungen«, antwortete Käthe. »Wobei, streng genommen nur die letzte. Der Kerl muss sie menschlich sehr enttäuscht haben. Warum fragst du?«

»Ich musste immer schon auf meine kleine Schwester aufpassen. Selbst jetzt noch trifft es mich tief in meinem Herzen, wenn ich sie mit verweinten Augen sehe.«

»Schatz, du bist zu gut für diese Welt. Lass dich nicht von Ellen um den kleinen Finger wickeln. Du darfst nicht vergessen, dass sie Schauspielerin in Seifenopern war. Auf Knopfdruck zu weinen, ist ein Klacks für sie.«

»Was willst du mir damit sagen?«, fragte er in das halbdunkle Zimmer hinein, in das die schwachen Strahlen einer Straßenlaterne spärlich hereinschienen.

»Ellen gibt gern die kleine Dramaqueen. Erinnere dich nur an die peinliche Szene heute am Strand. Dann will sie auch noch Renate für ›Cats‹ akquirieren, dabei hat sie doch gesehen, dass die Frau an Krücken geht. Die Lindholms würden es bestimmt nicht gutheißen, wenn die Haushälterin mit Krankenschein am Strand mit der bayrischen Truppe singt und miaut.«

»Ja, wobei ich glaube, dass auch die liebe Renate eine Dramaqueen ist. Stell dir vor, als ich in ihrer Wohnung war, hat sie sich ohne Krücken bewegt. Als ich sie darauf angesprochen habe, hat sie zwar einen schmerzverzerrten Gesichtsausdruck aufgesetzt, aber versichert, dass es ihr schon viel besser gehe und sie dich bald ablösen könne.«

Käthe knipste überrascht die Lampe auf ihrem Nachttisch an. »Oh nein! Das heißt, ich muss jetzt richtig Gas geben mit meinen Ermittlungen bei den Lindholms. Weil wenn Renate in der Villa wieder auf der Matte steht, werde ich sofort vor die Tür gesetzt.«

Hinnerk stimmte zu. Jeder Tag, jede Stunde zählte, solange Käthe bei der Millionärsfamilie noch ein- und ausgehen und in deren schmutziger Wäsche herumstochern konnte, und zwar im doppelten Sinne.

Kapitel 11

Käthe war pünktlich um 7 Uhr an ihrem Arbeitsplatz erschienen und hatte bereits das Frühstück im Speisezimmer vorbereitet - auf dem Esstisch unter dem majestätischen goldenen Kronleuchter, der so gar nicht zu der restlichen Einrichtung mit ihrem maritimen Charme passte. Der edle Lüster müsste dringend mal entstaubt werden, stellte Käthe mit geübtem Blick fest, aber erst, wenn das teure Porzellan vom Tisch abgeräumt wäre.

Da es im Haus noch mucksmäuschenstill war, schlich sie auf Zehenspitzen zu einem kleinen Zimmer, auf dessen Tür das verheißungsvolle Wort »Technikraum« stand. Sie schaute sich um, dann drückte sie die Klinke herunter und huschte schnell in den Raum hinein. Dort fand sie sich vor einem Schreibtisch wieder, auf dem sich eine Tastatur mit Maus und einige Bildschirme befanden. Sie schienen die Aufnahmen der Überwachungskameras am Haus zu zeigen und überforderten Käthes technisches Verständnis auf den ersten Blick. Doch nach und nach konnte sie die Bilder zuordnen. Eine Kamera zeigte die linke Hausseite, auf dem zweiten Bildschirm wurde die rechte Seite angezeigt und ein dritter Monitor zeigte das Geschehen im Garten auf der Rückseite der Villa, wo sich ein fünfundzwanzig Meter langer Swimmingpool befand. Auf dem vierten Gerät blinkte der rote Schriftzug »NO SIGNAL« auf schwarzem Hintergrund.

»Mist! Das muss die Kamera für die Einfahrt am Tor sein«, murmelte Käthe verärgert.

Mal abgesehen davon, dass sie sich nicht traute, hier irgendetwas anzufassen, um nach den Videoaufzeichnungen von der Tatnacht zu suchen, war der Ausfall der wichtigsten Kamera ein herber Rückschlag. Sie nahm sich vor, Georg darauf anzusprechen. Vielleicht hatte ja nur der Monitor einen Wackelkontakt, aber die Aufzeichnungen waren abgespeichert. Als sie den Technikraum gerade verlassen wollte, blieb ihr Blick jedoch an dem Bildschirm hängen, der den Pool zeigte. Dort bewegte sich eine dünne Frau im Bikini mit sportlicher Bademütze zum Beckenrand und glitt mit einem eleganten Kopfsprung ins kühle Nass.

Sofort zog Käthe die Tür zum Technikraum zu und eilte zum Ort des Geschehens.

»Hallo, Hallo! Was haben Sie hier verloren? Wer sind Sie?«, rief sie der Schwimmerin zu.

»Guten Morgen! Das Gleiche könnte ich Sie fragen. Sind Sie eine Bademeisterin in der falschen Uniform?« Die Angesprochene kicherte kindlich, während sie Käthes schwarzes Kostüm mit der weißen Schürze musterte.

»Ich bin hier die Haushälterin und muss aufpassen, dass keine Fremden in das Anwesen eindringen und den Pool nutzen. Die Villa Lindholm ist schließlich kein öffentliches Freibad. Sind Sie über den Zaun geklettert?« Sie zeigte auf den zwei Meter hohen, weiß gestrichenen Lattenzaun.

Die Jugendliche schwamm zum Beckenrand und reichte Käthe die nasse Hand aus dem Becken herauf. »Ich bin Jule, meinen Großeltern gehört das alles hier beziehungsweise meiner Uroma. Ich habe diese Nacht bei meinem Bruder geschlafen, und wenn ich schon mal hier bin, nutze ich die Gelegenheit, in Opas und Sigrids Pool zu hüpfen.« Sie stieg aus dem Wasser, zog sich die Bademütze vom Kopf und trocknete sich mit einem Handtuch ab.

Käthe beobachtete ihr Tun. »Ach, Sie sind die, die bei ihrer Mutter im Süden der Insel wohnt. Darf ich du sagen? Ich bin die Käthe. Dein Bruder darf sogar Oma Käthe sagen, weil

Sigrid nicht so genannt werden will«, fügte sie augenzwinkernd hinzu.

»Ich bin erst fünfzehn, klar kann man mich duzen, Oma Käthe«, erklärte sie grinsend und rubbelte sich weiter trocken.

»Ach ja, noch mein herzliches Beileid wegen deiner Stiefmutter. Wie geht es dir?«, erkundigte sich Käthe mitfühlend.

Das kindliche Lachen verschwand schlagartig aus ihrem Gesicht und machte einer gespenstischen Kälte Platz. »Ich konnte Fernanda nicht leiden, aber den Tod habe ich ihr nicht gewünscht. Es tut mir leid für sie. Ich habe gehört, der Gärtner hat sie ermordet.«

»Ähm, ja, davon geht man aus. Er ist wohl dringend tatverdächtig«, stammelte Käthe verunsichert, sie wollte nicht zu viel Insiderwissen ausplaudern. »In deiner Familie konnte niemand Fernanda wirklich leiden, oder? Abgesehen von deinem Vater natürlich.«

Jule grinste frech. »Mein Bruder fand sie megagut.«

»Jannis?« Diese Aussage überraschte Käthe. Bei ihrem Zusammentreffen in der Küche am vorigen Tag hatte er keinen besonders betroffenen Eindruck auf sie gemacht. »Was lief denn zwischen Fernanda und deinem Bruder?«, wagte sie daher einen mutigen Vorstoß.

Jule lachte kurz auf, dann fügte sie flüsternd hinzu: »Meines Wissens nach lief da nichts, aber er hätte es sich garantiert sehr gewünscht. Er war bis über beide Ohren in Fernanda verknallt, aber pst!« Sie legte ihren Zeigefinger auf die geschlossenen Lippen.

»Bist du dir sicher?«

»Er hat es mir nie offiziell gesagt, aber ich habe Augen im Kopf. Jedes Mal, wenn Fernanda mit ihm gesprochen hat, hat er eine rote Birne bekommen, das war zum Totlachen. Außerdem wurde er immer ganz nervös und fing zu stottern an, weil er so schüchtern ist.«

»Ach, das ist ja interessant«, murmelte Käthe. »Tja, ich habe die Fernanda nur für einen kurzen Augenblick kennengelernt. Sie war schon ein Hingucker, das muss man ihr lassen. Sie wusste, wie man sich figurbetont kleidet, da kann ich verstehen, dass die Männer bei ihrem Anblick schwach wurden. Dein Vater, dein Bruder, ja selbst der Gärtner ist ihren sexy Hüften verfallen ...«

»Nur Opa nicht«, ergänzte Jule amüsiert. »Der ist standhaft geblieben.«

Bei diesem Satz klingelten bei Käthe die Alarmglocken und sie fragte sogleich, ob denn Fernanda versucht habe, ihren Schwiegervater anzubaggern.

Jule schüttelte den Kopf. »Nein, aber die beiden haben schon viel Zeit miteinander verbracht. Sie hat ihm heimlich Sambatanzen beigebracht und er ihr Deutsch. Als sie herkam, hat sie nämlich kein Wort verstanden. Wir waren alle erstaunt, wie schnell sie die Sprache gelernt hat, bis auf ihren starken Akzent, den konnte sie sich nicht abtrainieren.«

»Wieso haben die zwei heimlich Samba getanzt?«, hakte Käthe nach. Sie fand daran nichts Unanständiges.

Jule zuckte mit den Achseln. »Opa hat es mir irgendwann mal im Vertrauen gesagt. Er hat ja auch mitbekommen, dass Jannis wohl ein Auge auf sie geworfen hat, deshalb wollte er ihn womöglich nicht verletzen. Opa ist ein sehr rücksichtsvoller Mensch, er ist mein Seelenverwandter, mit dem ich über alles reden kann. Als sich Mama und Papa haben scheiden lassen, war er immer für mich da. Er ist ein richtig einfühlsamer Mensch. Wir verstehen uns super!«

»Hm, dein Opa hat auf mich aber gar nicht traurig gewirkt, dass Fernanda tot ist. So empathisch war er dann doch nicht, oder?«

»Ich glaube, es gab mal einen Streit zwischen den beiden, aber was da genau vorgefallen ist, weiß ich nicht. Ich habe auch nie danach gefragt, weil Fernanda mir egal ist. Ich fand sie von Anfang an megadoof. Na ja, wenigstens tanzt Opa schon lange keinen Samba mehr - er ackert jetzt lieber in seinem Garten, hat seine Leidenschaft für Blumen entdeckt. Hobbys ändern sich, das ist ja nichts Außergewöhnliches. Ich mochte früher Pferde - heute ist es Schwimmen.« Sie kicherte albern.

Der hallende Ton des Türgongs beendete das traute Gespräch abrupt. Käthe eilte ins Foyer, nahm den Hörer der Gegensprechanlage in die Hand und erkundigte sich, wer so früh am Morgen um Einlass bitte - keinesfalls wollte sie den gleichen Fehler wie am Vortag begehen, als Nils plötzlich vor der Tür gestanden hatte.

»Hier ist Massimo, der beste Freund von Fernanda«, flüsterte eine männliche Stimme in die Anlage. »Ich möchte ein paar Sachen abholen, die mir gehören. Machen Sie mir bitte das Tor auf.«

Käthe drückte auf den Summer und beobachtete im Türrahmen stehend, wie der Freund über die knirschenden Kieselsteinchen an den Buchsbäumen entlang zum Haus ging, dabei zerrte er einen XXL-Hartschalenkoffer hinter sich her.

»Wollen Sie verreisen?«, begrüßte Käthe den jungen Mann, den sie auf Mitte zwanzig schätzte.

»Pst! Nicht so laut, wir wollen niemanden aufwecken«, flüsterte er. »Ich will mir nur schnell die Sachen holen, die mir gehören.« Mit diesen Worten wollte er an ihr vorbeihuschen, doch Käthe hielt ihn auf.

»Stopp! Da kann ja jeder behaupten, dass er der beste

Freund von Fernanda wäre, und dann ihren Schmuck einpacken. Können Sie sich ausweisen?«

Massimo rollte mit den Augen. »Das ist ja wieder typisch. Nur weil ich südländisch aussehe, denken Sie sofort, dass ich jemanden beklauen will.«

»Unsinn, das denke ich nicht, aber ich kann hier niemanden einfach so in die Wohnung von Fernanda und Christoph Lindholm reinspazieren lassen.«

»Ist das Arschloch etwa da?«, wetterte Massimo.

»Junger Mann, kommen Sie mal mit.« Käthe griff nach seinem Arm und zerrte ihn in den Technikraum, um ungestört mit ihm reden zu können, ohne die anderen zu wecken. »Wieso sprechen Sie so abfällig über den Witwer?«

»Weil er ein riesengroßes Arschloch ist. Ich wette mit Ihnen, dass er es nicht mal jetzt für nötig hält, hier aufzutauchen, wo Fernanda tot ist. Er hat sie einfach in der Villa aufs Abstellgleis gestellt und sich einen feuchten Dreck um sie gekümmert. Kann ich jetzt bitte meine Sachen holen?«

»Welche Sachen sollen das denn sein?«

»Na, so Sachen halt. Ähm, Klamotten, CDs, Bücher«, zählte Massimo auf.

»Sie lügen mich doch an. Wer tauscht mit seiner besten Freundin Klamotten und wer hört heute noch CDs?«

»Scheiße«, fluchte er. »Lassen Sie mich einfach hier raus.«

Doch Käthe versperrte ihm die Tür. »Warum sind Sie wirklich hier?« Sie zeigte auf den Koffer, dessen Griff der junge Mann fest umklammerte, als ob er darin einen Schatz aufbewahrte.

»Frau Käthe! Frau Käthe! Wo stecken Sie? Ich will meinen Kaffee«, hörte man von draußen die durchdringende Stimme der alten Herta Lindholm.

»Oh Gott, die alte Hexe! Sie darf nicht sehen, dass ich hier bin, sonst flippt sie wieder aus.«

»Warum sollte sie das tun? Sind Sie schon öfters mit Ihrem ominösen Koffer hier aufgekreuzt?« Käthe musterte ihn skeptisch.

»Sie hat mir Hausverbot erteilt und mich im Kasernenton angebrüllt, dass ich kein Umgang für eine Fernanda Lindholm sei, weil ich schwul, Ausländer und Friseur bin - so was passt nicht in das Bild der feinen Unternehmerfamilie. Diese Frau ist einfach nur böse und gemein.«

»Frau Käthe! Ich bin durstig«, brüllte die Patriarchin.

»Momeeeent, ich bin nur mal kurz für kleine Mädchen«, rief Käthe zurück. Dann wandte sie sich wieder an Massimo: »Ich kann mir nicht vorstellen, dass Frau Lindholm Sie wegen Ihrer Sexualität, Ihrer Hautfarbe oder Ihres Berufes der Villa verweist. Da muss mehr vorgefallen sein.«

Massimo verneinte. »Die alte Schachtel hat mich sogar mal als Spaghettifresser und Schwuchtel beschimpft, als ich Fernanda besucht habe und wir uns einen gemütlichen Netflix-Abend machen wollten. Im hohen Bogen rausgeschmissen hat sie mich.«

»Das ist nicht wahr, oder?«, reagierte Käthe fassungslos.

»Doch, das ist genau so passiert! Meine Eltern stammen aus Sizilien, von ihnen habe ich den dunklen Teint geerbt, aufgewachsen bin ich aber hier.«

»Wieso haben Sie die Alte nicht angezeigt? Diskriminierung, insbesondere Homophobie, ist kein Kavaliersdelikt, dagegen muss man sich wehren.« Käthe wurde richtig wütend, sie war entsetzt über das Verhalten ihrer Arbeitgeberin.

»Sie ist halt eine einflussreiche, stinkreiche Frau mit sehr viel Macht. Wer würde mir, einem kleinen, italienischen, homosexuellen Friseur wohl glauben? Niemand! Außerdem will ich keinen Ärger mit meinem Chef, sie ist nämlich eine unserer besten Kundinnen. Jede Woche lässt sie ein stattliches Sümmchen im Salon, wobei sie beim Trinkgeld knauserig ist.«

»Trotzdem dürfen Sie das nicht auf sich sitzen lassen, Sie müssen sich wehren«, beharrte Käthe.

Massimo zeigte ein breites, triumphierendes Lächeln. »Der Tag wird kommen, an dem sie die Quittung für all ihre Gemeinheiten bekommt, das ist meine Genugtuung. So, und nun lassen Sie mich hier raus, damit ich unerkannt entkommen kann. Darf ich meinen Koffer hier stehen lassen?«

Käthe zeigte sich einverstanden und ließ ihn aus dem Technikraum entwischen. Durch die offene Tür blickte sie ihm nach, als er über die Hofeinfahrt flitzte und hinter dem Tor verschwand. Dann schritt sie mit einer enormen Wut im Bauch ins Speisezimmer, wo Herta Lindholm bereits ungeduldig auf ihren Kaffee wartete.

»Na, endlich! Wo bleiben Sie denn, Frau Käthe! Heute wird ein stressiger Tag, also beeilen Sie sich gefälligst.«

Eine schwache Sekunde lang kämpfte Käthe gegen den Drang, der Oberfeldwebelin Rattengift in den Kaffee zu träufeln, um sie für immer zum Schweigen zu bringen. Doch Mord kam für sie natürlich nicht infrage, außerdem war es viel wichtiger, die Umstände von Fernandas erschütterndem Tod aufzudecken. Vor allem, nachdem sie so interessante neue Informationen von Jule, der Stieftochter der Ermordeten, erhalten hatte.

»Heute Mittag um 14 Uhr findet eine Pressekonferenz zu den tragischen Vorfällen statt. Sie kümmern sich um ein paar belegte Brötchen und Getränke, haben Sie mich verstanden?«, befahl die Alte streng.

»Ich dachte, Sie wollten keine Presse?«

»Sehr gut aufgepasst, Frau Käthe. Ich will damit nur erreichen, dass mich diese Aasgeier endlich in Ruhe lassen. Ständig rufen sie an, um Details über den Tod von Fernanda zu erfahren. Diese Medienfuzzis sind einfach nur schrecklich. Sorgen Sie also für ein kleines Catering, dann sind die Journalisten glücklich und zufrieden und schreiben hoffentlich nur Gutes über uns.«

»Jawohl, Frau Lindholm. Noch ein Wunsch?«, gab sich Käthe überaus freundlich.

»Ich muss gleich zum Friseur. Wenn ich vor die Journalisten trete, muss ich gut aussehen.«

»Ich werde Sie begleiten«, erwiderte Käthe unternehmungslustig. »Ich könnte auch eine neue Frisur gebrauchen.«

Frau Lindholm sah sie erschrocken an. »Ich gehe doch nicht gemeinsam mit dem Personal zum Friseur, wo kämen wir denn da hin? Also, Sie haben wirklich abenteuerliche Ideen. Es wird Zeit, dass Frau Renate wieder gesund wird. Es gibt keine Bessere als meine Frau Renate.«

»Wo wir schon mal dabei sind, was sagen Sie eigentlich zu meiner Haut?« Käthe tätschelte provozierend ihre Wangen. »Ich habe mich heute Morgen nach dem Duschen mit Nivea eingecremt. Sieht gut aus, gell?«

Die Chefin schnappte nach Luft. »Das N-Wort ist in diesem Haus ein Tabu, ein absolutes Tabu! Wir sind Lindholm Cosmetics, und wenn Sie nicht unsere Tages- und Nachtcremes benutzen, sind Sie hier völlig fehl am Platz«, reagierte sie aufbrausend.

»Aha, das ist ja interessant. Wissen Sie, was für mich tabu ist? Andere Leute als Spaghettifresser oder Schwuchtel zu bezeichnen.« Sie baute sich kämpferisch vor dem Esstisch auf und funkelte Herta Lindholm wütend an. »Wir zwei Hübschen machen uns jetzt auf den Weg zum Friseursalon Ihres Vertrauens, wo Sie sich endlich bei dem Angestellten Massimo entschuldigen werden, weil Sie ihn wegen seiner Sexualität und seines Aussehens beleidigt haben. Was haben Sie bloß gegen diesen jungen Mann?«

Frau Lindholm schaute die Haushälterin irritiert an. Sie war es nicht gewohnt, vom Personal solch eine knallharte Ansage zu erhalten. »Ich habe grundsätzlich überhaupt nichts gegen Ausländer und Homosexuelle, aber sie müssen ja nicht unbedingt in meinem Haus verkehren«, erwiderte sie verschnupft.

»Sie sind wirklich aus der Zeit gefallen, wachen Sie endlich auf«, gab Käthe aufgebracht zurück. »Sie werden sich unverzüglich bei Massimo entschuldigen, und wenn Sie das nicht tun, werde ich Ihnen die Trockenhaube auf höchste Stufe einstellen, damit Ihr Hirn zum Qualmen und Umdenken kommt. Anschließend werde ich den Journalisten auf der Pressekonferenz reinen Wein darüber einschenken, dass Herta Lindholm eine ausländerfeindliche und homophobe Frau ist. Ein Shitstorm gegen Lindholm Cosmetics ist dann so sicher wie das Amen in der Kirche.« Sie schnaufte. »Also hoffen wir mal, dass Massimo Ihnen verzeiht, denn sonst werden Ihre Kunden die Pflegeprodukte zukünftig lieber bei der Konkurrenz kaufen. Ach ja, und falls Sie mich jetzt kündigen wollen, werde ich die Presse natürlich sofort über Ihre Beleidigungen informieren.« Käthe atmete tief durch und richtete Häubchen und Schürzchen, um sich so gestärkt wieder mit ihrem freundlichen Hausdamenlächeln an die sprachlose Frau Lindholm zu wenden: »So, noch ein Schlückchen Kaffee?«

Keine Antwort. Mit offenem Mund starrte die alte Dame Käthe an.

»Bitte, Frau Lindholm, machen Sie doch Ihren Mund wieder zu, es zieht ungeheuerlich, und starren Sie mich bitte nicht so an.« Mit einem besonders breiten Lächeln fügte sie hinzu:

»Mögen Sie lieber Erdbeermarmelade oder Honig auf Ihrem Toastbrot?«

Herta Lindholm fand noch immer keine Worte. Das schaffte eigentlich niemand - bis auf Käthe, die Diskriminierung auf den Tod nicht leiden konnte. Wenn sie so etwas mitbekam, musste sie handeln, und zwar unverzüglich!

Kapitel 12

Käthe wartete ungeduldig vor der Garage darauf, dass die Chefin endlich ausgehfertig war. Selbst für den Besuch bei ihrem Friseur wollte die Millionärin chic und elegant aussehen, weshalb sie sich nach dem Frühstück noch einmal zurückgezogen hatte, um sich in Schale zu werfen. Käthe dagegen war ihr Outfit wurst. Sie blieb bei ihrer schwarz-weißen Dienstmädchenuniform, denn der Ausflug zu Herta Lindholms Friseur des Vertrauens, gehörte für sie zur offiziellen Arbeitszeit.

Da die gnädige Dame auf sich warten ließ, nutzte sie die Chance, Georg auf die Überwachungskamera anzusprechen. Er stand nämlich gar nicht weit entfernt von ihr in Gummistiefeln im Blumenbeet und hantierte mit einer Rosenschere, um den großblütigen Edelrosen den nötigen Schnitt zu verpassen, damit sie niedrig blieben und nicht im Wildwuchs endeten.

»Na, Georg, du hast wohl einen grünen Daumen«, bemerkte Käthe.

Er winkte mit der Schere zu ihr rüber und sagte stöhnend: »Seit wir keinen Gärtner mehr haben, muss sich ja einer um das alles hier kümmern. Zum Glück habe ich die nötige Zeit dafür, weil ich mich aus der Firma zurückgezogen habe.« Er nahm den Strohhut vom Kopf und fächerte sich damit Luft zu. »Ich habe gehört, du machst mit Mutti einen Ausflug? Das hat Frau Renate nie gemacht.«

Käthe ging ein paar Schritte auf ihn zu und nickte. »Als Haushälterin ist man auch ein Stück Gesellschaftsdame, denn die älteren Herrschaften vereinsamen ja, wenn man sich nicht mit ihnen beschäftigt, nicht wahr?«

Georg grinste. »Mutti ist topfit, und ich glaube, sie mag dich, weil du frischen Wind bei uns reinbringst.«

»Na, da bin ich mir noch nicht so sicher. Ich bezweifle, dass sie mich gut leiden kann. Sie ist halt sehr speziell, deine Frau Mutter.«

»Mutti ist halt Mutti. So war sie schon immer, man muss sich ihr unterordnen, wenn man keinen Ärger will«, erwiderte er nachdenklich, setzte seinen Strohhut wieder auf und zog die Krempe so tief ins Gesicht, als wollte er sich dahinter verstecken.

Doch Käthe hatte keineswegs vor, mit ihm über sein offensichtlich schwieriges Mutter-Sohn-Verhältnis zu sprechen. Sie agierte als spontan eingesprungene Haushälterin und verdeckte Ermittlerin, nicht auch noch als einfühlsame Therapeutin, deshalb schwenkte sie gleich zum eigentlichen Thema um. »Du Georg, da vorne am Tor hängt ja eine Überwachungskamera. Könnte ich mir davon mal das Videomaterial anschauen?«, fragte sie frei heraus.

»Warum?«

Käthe hatte mit dieser Frage gerechnet, daher hatte sie sich bereits eine kleine Schwindelei überlegt, mit der sie Georg überzeugen würde. »Irgendein Depp hat an meinem Fahrrad vorne und hinten die Luft rausgelassen. Es interessiert mich brennend, wer das war, damit ich den Übeltäter zur Rechenschaft ziehen kann.« Sie zeigte auf die platten Reifen ihres E-Bikes, das gegen den weißen Lattenzaun gelehnt war, der das Anwesen der Lindholms vor neugierigen Blicken schützen sollte.

»Das tut mir leid! Fahrraddiebe hatten wir hier bisher nie.«

»Das glaube ich dir gern, es steht ja auch noch da«, scherzte sie. »Ich vermute eher, dass das ein Kinderstreich war. Oder es stört jemanden, dass ich mit einem elektrischen Fahrrad zur

Arbeit komme und nicht mit einem Hollandrad, auf dem ich wie eine Geistesgestörte gegen den Wind strampeln müsste.«

»Ach, ich kann mir nicht vorstellen, dass Jannis so was Blödes machen würde, und Jule ist viel zu reif für ihr Alter, die macht das auch nicht«, nahm er seine beiden Enkel in Schutz.

»Lass uns doch schnell einen Blick auf die Überwachungskamera werfen, dann sind wir alle schlauer«, schlug Käthe vor.

Georg seufzte und kratzte sich am Kinn. »Tut mir leid, die Kamera ist seit ein paar Tagen kaputt. Fahrraddiebstahl kommt hier, wie gesagt, nicht vor, Vandalismus leider schon. Die Kabel an der Kamera wurden durchtrennt, somit gibt es keine Aufzeichnungen.«

»Im Ernst? Wer macht denn so was bitteschön? Habt ihr Feinde?«

Der Hobbygärtner schüttelte den Kopf. »Vielleicht war es einer von den Punks, die nach Sylt kommen. Die hassen den Kapitalismus und den Wohlstand.«

»Weißt du, seit wann die Kamera defekt ist?«

»Seit Mittwoch zeichnet sie nichts mehr auf«, sagte er wie auf Knopfdruck.

Bei Käthe ratterten sofort die Gehirnzellen. Fernandas Leiche war am Donnerstagmorgen in den Dünen gefunden worden. Hatte man sie also vielleicht am Mittwochabend in der Villa getötet, worauf der Täter die Leiche im Kofferraum weggeschafft hatte, nachdem die Kamera schachmatt gesetzt worden war?

»Geh mal lieber ganz schnell zur Seite, wenn du nicht überfahren werden willst«, warnte Georg sie und riss sie damit aus ihren Gedanken. Seine Mutti war offenbar startklar, denn im selben Augenblick fuhr sie in ihrem schwarzen Jaguar schwungvoll vor das Rosenbeet.

»Könnten Sie mal bitte den Kofferraum öffnen?«, verlangte Käthe und schaute auffordernd auf das Heck der Luxuskarosse.

»Sie dürfen selbstverständlich auf dem Beifahrersitz Platz nehmen. So unterwürfig hätte ich Sie gar nicht eingeschätzt, Frau Käthe.« Ein Lächeln huschte über das Gesicht des Familienoberhaupts.

»Ich würde gern mein Fahrrad einladen, damit ich zurückradeln kann, falls ich vor Ihnen beim Friseur fertig sein sollte«, erklärte sie, einem spontanen Einfall folgend. »Ich muss mich schließlich noch ums Catering kümmern.«

Doch Frau Lindholm weigerte sich weiterhin. Käthe blieb ebenfalls stur und bestand darauf, einen Blick in den Kofferraum zu werfen, um zu prüfen, ob ihr Fahrrad rein theoretisch darin Platz haben könnte. Mit Erfolg. Genervt tat die Fahrerin ihr den Gefallen.

Als die Klappe hochging, staunte Käthe nicht schlecht. Zwei leere Wasserkästen und eine von leeren Getränkedosen überquellende Tüte waren darin verstaut.

»Schauen Sie nicht so. Seit einer Woche will ich mir schon das Pfandgeld im Getränkemarkt abholen. Wer den Taler nicht ehrt, ist des Pfennigs nicht wert, das hat mir mein Vater so beigebracht. Jetzt steigen Sie endlich ein«, drängelte die Pfennigfuchserin.

Käthe ließ sich auf den Beifahrersitz gleiten. Sie war einen Moment sprachlos, während Frau Lindholm langsam vom Anwesen fuhr. Kaum hatten sie das große Eisentor hinter sich gelassen, drückte sie aufs Gas. Im Karacho brauste sie über die Straßen der hübschen Insel. Käthe hoffte nur, dass sie einen aufmerksamen Schutzengel hatte, denn die Familienälteste schnitt die Kurven, als wäre sie die einzige Autofahrerin weit und breit. Dazu rappelten die leeren Dosen im Kofferraum wie verrückt, was trotz allem in dem Luxusschlitten gut zu hören war, da zwischen Herta und Käthe Eiszeit herrschte. Keine sprach ein Wort.

Nach einer knappen Viertelstunde erreichte die Formel-1-Fahrerin der Seniorenklasse den Promi-Friseursalon »Bernds Schnittpunkt«, der sich mitten in Westerland in einer Seitenstraße der beliebten Fußgängerzone befand. Nachdem Herta beim Einparken einen Blumenkübel gerammt und das Auto endlich zum Stehen gebracht hatte, sprang Käthe aus dem Auto. Die frische Luft tat ihr gut, da ihr Magen bei der wilden Anreise Achterbahn gefahren war. Inklusive Loopings.

Als sie den Salon betraten, eilte der Inhaber sofort auf den hohen Besuch zu.

»Guten Morgen, meine allerliebste Kundin! Sie sehen mal wieder umwerfend aus. Sie müssen mir unbedingt verraten, in welchen Jungbrunnen Sie gefallen sind, gnädige Dame.«

Käthe wurde schon wieder schlecht, diesmal von der Schleimspur, die Friseurmeister Bernd Mattiesen hinterließ, während er Frau Lindholm mit Küsschen links und rechts begrüßte.

»Mein lieber Bernd, Sie sind ein kleiner Charmeur«, erwiderte diese und nahm an einem Waschbecken Platz.

»Wir haben heute Morgen das neue Shampoo aus der Lindholm-Kollektion erhalten, inklusive Pappaufsteller.« Bernd zeigte auf das Werbemittel und zitierte laut den Werbespruch: »Nur mit Lindholm fühlt sich Haut und Haar einfach wunderbar!«

Herta schmunzelte und der untersetzte Mann mit der schwarzen, modischen Hornbrille waltete seines Amtes, indem er ihr Haar ausgiebig schamponierte und spülte. Sie genoss jede Sekunde, die der Promifriseur sich an ihrem Kopf zu schaffen machte - inklusive all der Komplimente, die er im Akkord vom Stapel ließ.

»Sind Sie heute endlich mal mit Ihrer Dienstmagd zu uns gekommen?«, erkundigte er sich schließlich augenzwinkernd.

Käthe, die dem Treiben bis zu diesem Punkt wortlos zugeschaut hatte, strich sich über ihre weiße Schürze und ging zu Massimo, der gerade einen Kunden abkassierte. Sie nahm ihn am Arm und schleifte ihn zu ihrer Chefin, der Bernd soeben liebevoll ein Handtuch um den Kopf geschlungen und sie wieder in eine aufrechte Sitzposition gebracht hatte.

»Frau Lindholm möchte Ihnen etwas sagen«, verkündete Käthe.

Drei Augenpaare waren nun auf die alte Dame gerichtet - eines auffordernd, die anderen beiden erstaunt.

Frau Lindholm zögerte kurz, dann gab sie sich einen Ruck und entschuldigte sich zähneknirschend bei dem jungen Angestellten für ihre diskriminierenden Entgleisungen aus der Vergangenheit. Bernd Mattiesen schaute möglichst unbeteiligt zur Seite und tat so, als ob er nichts gehört hätte.

»Na gut, ich nehme die Entschuldigung an, aber nur unter einer Bedingung: Ich würde gern ein paar persönliche Dinge abholen, die Fernanda noch von mir in Ihrer Villa gebunkert hat«, verkündete Massimo.

»Meinetwegen, holen Sie sich, was Ihnen gehört«, erwiderte Herta lapidar und nahm auf dem Frisierstuhl Platz, damit Bernd endlich mit Schere und Kamm sein Können unter Beweis stellen konnte.

»Einfach schrecklich, was mit der Frau Ihres Enkels passiert ist«, plapperte er gleich wieder los, während er die Schere klappern ließ. »Ich habe gehört, Ihr ehemaliger Gärtner hat sie getötet - fürchterlich, wenn ein Angestellter sich als Mörder entpuppt.« Er schüttelte den Kopf und schob seine dicke schwarze Hornbrille auf die Nasenspitze, damit er auch ja keinen Fehlschnitt in der Haarpracht seiner wichtigsten Kundin hinterließ.

»Ja, in der Tat. Allerdings war ich mit seiner Arbeit als Gärtner immer sehr zufrieden. Gutes Personal findet man heutzutage nur schwer. Meine Frau Renate vermisse ich jede Sekunde. Aber lassen Sie uns doch bitte von etwas Schönerem sprechen, lieber Bernd. Wenn ich bei Ihnen bin, will ich nur genießen und nicht über den Tod, geschweige denn über kriminelles Personal reden.« Sie schloss die Augen.

»Selbstverständlich, Frau Lindholm. Hach, Sie haben eine so tolle straffe und glatte Haut für Ihr Alter, Sie sehen zwanzig Jahre jünger aus. Mindestens!«

»Ich nutze halt ausschließlich Lindholm Cosmetics - ich bin wohl unsere beste Markenbotschafterin.« Sie lachte.

Käthe fand dieses Gesülze einfach nur zum Fremdschämen, das wollte sie sich nicht länger anhören und ansehen. Daher fragte sie Massimo, ob sie nicht mal kurz nach draußen gehen wollten, da kein weiterer Kunde im Laden war und sie selbst gar keinen neuen Haarschnitt benötigte. Erst recht nicht, nachdem sie einen Blick auf die Preisliste geworfen hatte. Für das, was man hier auf Sylt für einen Haarschnitt zahlte, hätte man im Saarland einer ganzen Fußballmannschaft eine frische Frisur verpassen können - und zwar dem Damenteam, inklusive Strähnchen, Extensions oder der guten alten Dauerwelle.

Massimo willigte ein und meldete seinem Boss, dass er für ein Zigarettenpäuschen nach draußen gehen würde, dann folgte er Käthe vor die Tür. Sie setzten sich auf eine Bank und Käthe fragte ohne Umschweife, was Massimo denn so dringend aus Fernandas Haushalt haben wolle.

»Persönliche Dinge«, reagierte er wortkarg und zog an seiner Zigarette.

»An der Überwachungskamera am Eingangstor der Villa Lindholm wurden letzten Mittwoch die Kabel durchtrennt«, sagte Käthe, dann sah sie den Jungfriseur prüfend an. »Sie waren nicht zufällig vor ein paar Tagen schon mal da, um sich Ihre Sachen unbemerkt abzuholen?«

Massimo riss die Augen auf. »Nein, war ich nicht, damit habe ich nichts zu tun! Das ist ja wieder typisch, irgendwo wird randaliert, und zack wird der Ausländer danach gefragt. Das ist so klar.« Er schnaubte empört.

»Stopp, das hat nichts mit Ihrer italienischen Herkunft zu tun. Aber wenn Ihre beste Freundin ermordet wird, am selben Tag die Überwachungskamera einem Sabotageakt zum Opfer fällt und Sie plötzlich mit einem riesigen Koffer in der Villa auftauchen, sind wohl ein paar Rückfragen erlaubt.«

»Man hat den Täter doch gefunden, es war dieser Gärtner, der sie gestalkt hat«, gab Massimo zurück.

»Er ist meines Wissens nach lediglich dringend tatverdächtig und er streitet die Tat ab«, widersprach Käthe. »Vielleicht läuft der wahre Mörder noch hier draußen rum.«

»Sie glauben doch nicht, dass ich meine beste Freundin ... Sie spinnen!«, empörte er sich.

»Trotzdem, irgendein Geheimnis haben Sie, Massimo. Sind es Drogen, die Sie mit Ihrem Rollkoffer aus Fernandas Wohnung wegschaffen wollen?«

»Das wird ja immer schöner. All diese Unterstellungen, nur weil ich ein Südländer bin. Nein, es ist so, dass ... « Massimo legte eine kleine Denkpause ein, bevor er weitersprach. »Fernanda und ich wollten uns ein eigenes Business aufbauen. Sie träumte von ihrer eigenen Taschen- und Modeschmuckkollektion, um sich von Lindholm Cosmetics abzugrenzen. Ihr

Ziel war es, ein eigenständiges Leben zu führen und ich wollte ihr dabei helfen.«

Käthe staunte über diese überraschende Neuigkeit. Sie wollte sofort Genaueres erfahren und Massimo erklärte, dass Fernanda in den sozialen Medien über eine Million Follower habe. Allerdings fast ausschließlich in Brasilien, ihrem Heimatland.

»Fernanda war eine Influencerin? Wieso hat mir das bis jetzt keiner gesagt?«, bemerkte Käthe verblüfft.

»Na ja, der Alten war es ein Dorn im Auge, dass Fernanda in ihren kleinen Videos Schminktipps gab und es ihren Fans darin ermöglichte, mit Rabattcodes auf der brasilianischen Unternehmensseite die Lindholm Produkte zu shoppen.«

»Ach, das ist ja spannend. Aber jetzt sagen Sie mal, was meinen Sie mit einem eigenständigen Leben? Wollte sich Fernanda scheiden lassen?«

Massimo zuckte mit den Schultern. »Ihr Mann war ein Egoist, ein echtes Arschloch, der Fernanda immer kleinhalten wollte. Sie hat mir mal gesagt, dass sie nur noch ein bisschen in ihrer Ehe aushalten müsse, bevor sie frei wäre. Um ihr diese Freiheit zu ermöglichen, wollten wir halt Taschen und Schmuck verkaufen. Wir standen sogar schon mit einem Designer in China in Verhandlungen, der uns erste Muster geschickt hat, sogenannte Prototypen. Schauen Sie mal.« Er zückte sein Handy, wischte ein wenig darauf herum und präsentierte ihr ein paar Fotos von einer edlen roten Handtasche sowie einer Halskette mit einem dicken roten Diamanten.

»Alles billige Ware, die trotzdem richtig gut aussieht. Wir hatten sogar schon einen Namen für unsere Firma, die Initialen wurden hier aufgedruckt.« Er wischte über das Display und vergrößerte ein Bild. »R und S steht für Reich-und-Schön. Das war übrigens Fernandas Idee.«

»Reich und schön, so wie diese Seifenoper«, murmelte Käthe. »Wussten die Lindholms denn von Fernandas Plänen? Also von der Scheidung und der Gründung der eigenen Firma?«

»Nein, nur ich wusste davon. Als Friseur werde ich nicht reich, aber mit Fernanda und ihrer über eine Million Follower hätten wir garantiert den Durchbruch geschafft. Wir hatten echt große Träume und waren sicher, dass wir es schaffen und uns auch mal eine fette Villa leisten könnten.«

»Und jetzt wollen Sie die Firma allein aufziehen. Deshalb wollten Sie die Muster aus Fernandas Wohnung holen, richtig?«

»Jein. Die Taschen wollte ich schon haben und auch die Kette mit dem Diamanten, aber für alles andere habe ich natürlich nicht das Geld. Ich kann nicht auf eigene Kappe die Produktion in China anstoßen, außerdem habe ich keine Fanbase auf Instagram, der ich den Kram verkaufen könnte.«

»Verstehe, das Startkapital sollte von Fernanda kommen, denn sie war schließlich mit einem Millionär verheiratet. Aber dann muss ihr Mann doch von ihrem Vorhaben gewusst haben«, grübelte Käthe laut.

»Oder sie hat auf eine üppige Abfindung bei der Scheidung gehofft. Tja, das wird jetzt wohl nicht mehr passieren. Ihr Traum ist geplatzt und meiner auch.« Traurig tippte er auf sein Handy und rief die Instagramseite von Fernanda auf, um sich ihre Beiträge anzuschauen. Käthe sah ihm dabei über die Schulter und verfolgte, wie die junge Frau mit ihrer fröhlichen Art den perfekten Lidstrich erklärte und die für jede Problemhaut passende Gesichtspflege anpries. Eine ganze Weile saßen sie so da und schauten sich die Filmchen an, während Massimo leise weinte. Der Anblick der Bilder und Videos ließ die Trauer und den Schmerz um die verlorene Freundin so richtig zutage treten. Tröstend legte Käthe ihren Arm um den jungen Mann, bis er sich einigermaßen gesammelt hatte.

»Sagen Sie mal, Massimo, von Fernandas Familie habe ich erfahren, dass sie als eiskalt beschrieben wurde. Wie sehen Sie das als ihr bester Freund?«

Massimo zog die Nase hoch. »Sie war nicht eiskalt. Sie war temperamentvoll und hat immer gesagt, was sie dachte. Mit dieser direkten Art ist sie natürlich bei den Lindholms überall angeeckt, bei denen hat ja nur die Alte das Sagen und alle anderen müssen kuschen.«

Käthe nickte, dann wagte sie einen mutigen Vorstoß: »Glauben Sie, dass jemand aus der Familie Fernanda getötet haben könnte?«

»Darüber denke ich schon die ganze Zeit nach, aber ich habe mich nie getraut, das offen anzusprechen. Die Alte ist schließlich unsere beste Kundin, Bernd würde ihr den roten Teppich ausbreiten, wenn er einen hätte.«

Kaum hatte er das gesagt, wurde die Tür des Friseursalons aufgerissen und Herta Lindholm lief fuchsteufelswild mit dem geblümten Umhang über den Schultern auf die Straße - mit leuchtend lilafarbenen Haaren. Hinter ihr fuchtelte ein aufgeregter Bernd Mattiesen wild mit den Händen durch die Luft und betonte verzweifelt, dass wohl mit dem Färbemittel irgendetwas nicht stimme. So etwas sei ihm noch nie passiert.

»Ich glaube sie war eure beste Kundin!«, korrigierte Käthe.

Massimo und Käthe konnten sich ein Lachen nicht verkneifen. Ob Bernd hier tatsächlich ein Fehler unterlaufen war oder wollte er seiner Kundin damit eine Retourkutsche verpassen, da sie seinen Mitarbeiter diskriminiert hatte? Rache war bekanntlich süß - oder eben auch mal lila.

Kapitel 13

Kurz vor 14 Uhr herrschte Hektik in der Villa Lindholm. Oder besser gesagt vor der Villa. Ein Dutzend Journalisten waren zur Pressekonferenz erschienen und warteten sehnsüchtig auf ein Statement der Millionärsfamilie zum Mord an Fernanda. Da die Pressesprecherin von Lindholm Cosmetics in der vergangenen Woche fristlos gekündigt worden war, hatte Herta Lindholm entschieden, dass sie höchstpersönlich mit den Medienvertretern sprechen würde. Tiefschwarz gekleidet und mit einem riesigen Hut auf dem Kopf, der ihr lila Haar komplett verdeckte, erschien die alte Dame nun endlich vor der Haustür. Links neben sie trat Georg im schwarzen Anzug mit Krawatte, daneben Sigrid, die sich ebenfalls dem Anlass entsprechend ausgestattet hatte und eine dunkle Sonnenbrille trug. Rechts von Herta standen ihre Urenkel Jule und Jannis. Der Achtzehnjährige hatte die Hände in den Hosentaschen vergraben und vermittelte eindeutig, dass er so gar keine Lust auf den offiziellen Termin hatte.

Pünktlich begann das Familienoberhaupt mit der Rede – ohne von einem Blatt abzulesen.

»Mit großer Bestürzung geben wir bekannt, dass unsere liebe Fernanda plötzlich und unerwartet aus unserer Mitte gerissen wurde. Wir trauern um eine liebevolle Ehefrau, Stiefmutter, Schwiegertochter und angeheiratete Enkelin. Wir als Familie sind einfach nur fassungslos, unter welch tragischen Umständen sie ihr junges, hoffnungsvolles Leben verloren hat. Wir danken der Polizei, die fantastische Arbeit geleistet hat. Dank ihres Einsatzes wurde der dringend Tatverdächtige bereits festgenommen. Wir bitten Sie nun alle, uns die nötige Privatsphäre zu geben, damit wir in aller Stille um eine zauberhafte Persönlichkeit trauern können, die wir schmerzlichst vermissen. Wir danken für Ihr Verständnis.«

Ihre heuchlerischen Worte wurden von einem Blitzlichtgewitter eingerahmt.

»Frau Lindholm, warum ist Ihr Enkel Christoph nicht anwesend? Hat ihn der Mord an seiner Frau so schwer getroffen, dass Sie mit uns reden müssen?«, wollte ein Reporter vom Sylter Tagblatt wissen.

Herta antwortete, ohne mit der Wimper zu zucken: »Nein, mein Enkel Christoph ist kein Sensibelchen, sondern ein echter Lindholm. Er befindet sich aktuell auf einer Geschäftsreise in Tokio, da Asien ein interessanter Markt für unsere Produkte ist.«

»Und er hat es nicht für nötig gehalten, heimzufliegen, wenn seine Frau tot ist?«, kam prompt die Rückfrage.

»Er hat sich leider eine eitrige Mittelohrentzündung zugezogen, die einen Rückflug unmöglich macht. Wir hoffen, dass Christoph schnell wieder gesund wird, denn er ist sehr erschüttert. Neben seiner Trauer muss er sich nun auch noch mit gesundheitlichen Problemen herumschlagen. Es scheint, als ob über unserer Familie ein Fluch liegt«, erklärte sie seufzend. »Beten Sie für ihn, dass er bald wieder flugfähig ist.«

»Können Sie uns etwas zu dem Täter sagen?«, wollte eine andere Journalistin wissen.

»Haben Sie bitte Verständnis dafür, dass wir uns nicht zu der Festnahme äußern möchten.«

»Stimmt es, dass es sich dabei um einen ehemaligen Mitarbeiter handeln soll?«

Das Oberhaupt straffte die Schultern. »Wir beteiligen uns nicht an Spekulationen, wir vertrauen der Justiz.«

»Wie geht es den Kindern? War das Opfer eine gute Stiefmutter für euch?«, wandte sich die Reporterin an die Teenager.

Jule und Jannis zuckten zusammen, da die Uroma ihnen für diesen Termin ein Redeverbot erteilt hatte. Sie sollten nur ein bisschen traurig dastehen, damit es für die Presse ein rundes Bild ergab. Bisher waren sie diesem Befehl mit gesenkten Köpfen bestens nachgekommen.

»Das geht nun wirklich zu weit! Sie sehen doch selbst, dass meine Urenkel todtraurig sind«, schritt Herta Lindholm sofort energisch ein. »Damit ist die Pressekonferenz offiziell beendet. Wir bitten Sie dringend, unsere Privatsphäre zu respektieren und von weiteren Fragen abzusehen. Herzlichen Dank.«

»Moment, wir haben noch jede Menge leckere Schnittchen mit Räucherlachs, Matjes und Nordseekrabben übrig«, meldete sich Käthe zu Wort. »Ich dachte, es würden mehr Presseleute kommen«, fügte sie entschuldigend hinzu und zeigte auf eine hübsch gedeckte Tafel, auf der zehn silberne Platten mit Fischbrötchen auf hungrige Mäuler warteten. Käthe hatte sie bei dem ortsansässigen »Gosch Sylt« bestellt und damit das Budget für die Pressekonferenz komplett gesprengt. Den Einlauf dazu hatte sie sich bereits von der Familienvorständin abgeholt, deshalb sollten die leckeren Häppchen jetzt nicht auch noch verkommen und in die Tonne wandern.

Kaum hatte sie das gesagt, stürzten sich die Reporter wie die Aasgeier auf die Leckerbissen, während die Familie im Haus verschwand. Käthe folgte ihnen, sie wollte den Gästen beim Plündern der Platten lieber nicht zusehen. Bei dieser Schlacht am kalten Buffet wäre ein Securitymitarbeiter wohl angebrachter gewesen. Die Meute verhielt sich wie ausgehungert. Und ein bisschen asozial.

»Mutti, du warst einfach spitze«, lobte Georg, während er ihr ins Wohnzimmer folgte.

»Natürlich war ich das! Ich bin Profi. Medienprofi, das

darfst du nie vergessen. Hör mal, Georg, wenn ich eines Tages nicht mehr am Leben bin, weißt du jetzt wenigstens, wie man mit den Journalisten reden muss. Verstanden?«

»Sollte das dann nicht Christoph übernehmen? Er ist doch der Chef der Firma«, wandte er ein und nahm auf dem grünen Samtsofa Platz.

»Du kannst dich nicht vor allem drücken. Du bist mein Sohn, und da erwarte ich, dass du ein Statement zu meinem Tod abgeben wirst.«

»Aber Mutti, das wird hoffentlich noch viele Jahre dauern.«

»Ich gehe mit großen Schritten auf die fünfundneunzig zu, der Tod gehört nun mal zum Leben dazu.« Sie sah ihren Sohn streng an. »Das war heute eine gute Generalprobe für uns alle. Toll, wie Jule und Jannis ihre Rolle gespielt haben, aber beim nächsten Mal soll Jannis gefälligst die Hände aus den Hosentaschen nehmen. Unmöglich fand ich das, der Junge hätte ins Internat gemusst, da hätte er Manieren beigebracht bekommen, aber auf mich hört ja keiner.«

Georg schniefte. »Ach, Mutti, ich will mir gar nicht vorstellen, dass du eines Tages nicht mehr da bist.« Bekümmert wischte er sich mit dem Handrücken ein paar Tränen weg.

»Reiß dich gefälligst zusammen, sei nicht so ein Weichei. Hm, vielleicht sollte im Falle meines Ablebens doch Christoph vor die Presse treten. Du wirst sonst gleich als Heulsuse abgestempelt, die Medien können so richtig gemein sein, und es wäre mir überaus peinlich, als die Mutter eines Jammerlappens betitelt zu werden.«

»Ist es denn so schlimm, als Mann Gefühle zu zeigen?«

»Georg! Ich bitte dich, verhalte dich endlich wie ein echter Mann.«

»Du hast übrigens sehr souverän reagiert, als du erzählt

hast, Christoph könne wegen einer Mittelohrentzündung nicht fliegen. Glaubst du, die Journalisten haben dir das abgenommen?«, lenkte er ab.

»Natürlich! Es gibt schließlich nicht den geringsten Grund, es als Lüge zu betrachten. Christoph hat in Tokio gerade weitaus Wichtigeres zu tun, als hier den trauernden Witwer zu spielen. Der Mord an dem Flittchen ist wirklich zum ungünstigsten Zeitpunkt passiert. Na ja, er hätte hier so oder so nichts machen können. Du weißt doch, wie bedeutsam der asiatische Markt für uns ist – das hat jetzt eine höhere Priorität, als sich um eine Beisetzung zu kümmern.«

»Hoffen wir mal, dass ihr Leichnam bald freigegeben wird und wir Fernanda beerdigen können.«

»Sie wird in Brasilien beigesetzt. Das habe ich bereits mit Christoph besprochen«, meldete die Patriarchin.

Georg riss die Augen auf. »Wieso? Warum nicht hier bei uns auf Sylt?«

»Du glaubst doch nicht im Ernst, dass ich in ein paar Jahren in der Familiengruft neben dieser Möchtegern-Influencerin begraben werden will? Sie wird dort ruhen, wo sie herkam, und du wirst den Sarg begleiten und uns bei der Trauerfeier in Rio de Janeiro vertreten. Hast du mich verstanden?«

»Ich? Wieso muss ausgerechnet ich nach Brasilien reisen?«, fragte Georg entsetzt.

»Ich bin zu alt, Sigrid hat Flugangst, die Kinder müssen in die Schule und Christoph muss sich ums Geschäft kümmern. Du hast als Rentner genug Zeit, also wirst du das übernehmen, ich will jetzt keine Widerworte hören.« Sie nahm ihren Hut vom Kopf und setzte sich in ihren senfgelben Ohrensessel.

»Ja, Mutti, du hast recht. Übrigens, Lila steht dir. Das gibt einen tollen Kontrast zu dem Polster.«

»Georg, halt deinen Mund. Ich sehe fürchterlich aus.«

Ein lautes Klopfen gegen die Haustür ließ Haushälterin Käthe zusammenzucken. Sie hatte das Mutter-Sohn-Gespräch im Flur stehend belauscht. Hastig flitzte sie zur Eingangstür, um den Medienfuzzis zu sagen, dass das stille Örtchen für sie tabu sei. Zumindest lautete so die Anweisung der Chefin, die partout keine Reporter in ihrem Haus haben wollte. Auch nicht, um eine Notdurft zu verrichten.

Doch Käthe wurde überrascht. Auf der Türschwelle stand Promifriseur Bernd Mattiesen, in der Hand einen riesigen Strauß Blumen. Rote Rosen. Er bat um Einlass, um sich bei seiner treuen Kundin zu entschuldigen.

»Tut mir leid, Frau Lindholm hat sich gerade für einen Mittagsschlaf hingelegt«, erklärte Käthe leise, trat nach draußen und zog die Tür hinter sich zu, dann ging sie mit Bernd um die Ecke neben einen blühenden Hibiskusstrauch. Sie wollte die Chance nutzen, um den Figaro unter vier Augen zu sprechen. »Ich würde mich gern mal mit Ihnen über Ihren Mitarbeiter Massimo unterhalten. Können Sie mir sagen, wie das Verhältnis zwischen ihm und Fernanda Lindholm war?«

Der Haarkünstler runzelte die Stirn. »Sie waren meines Wissens nach gut befreundet, sie hat ihn manchmal nach Feierabend abgeholt.«

»Aha, und wissen Sie, was die beiden dann so gemacht haben?«

»Keine Ahnung, ich bin sein Chef, nicht sein Daddy. Hat er etwas mit ihrem Tod zu tun?«

Käthe winkte sofort ab, ihr ging es um etwas ganz anderes. Sie wollte wissen, ob Massimos Pläne zur Gründung einer eigenen Firma frei erfunden waren.

»Hat Massimo Ihnen gegenüber mal geäußert, dass er beruflich neue Ziele verfolgt?«, fragte sie daher.

»Ich weiß nicht, was Sie damit meinen. Ich würde mir nur

wünschen, dass er mal mein Geschäft übernimmt. In ein paar Jahren will ich Kamm und Schere an ihn abgeben, er ist wirklich ein ausgezeichneter Friseur, er hat eine Menge Talent!«

»Sie denken schon an Ihre Rente?«, erkundigte sich Käthe. Sie schätzte Bernd auf höchstens Mitte fünfzig.

»Ich bin seit vier Jahrzehnten in meinem Beruf, mein Rücken ist vom langen Stehen ziemlich kaputt«, klagte er. »Außerdem will ich mich auch nicht mehr um die Befindlichkeiten mancher anstrengenden Kundinnen und Kunden kümmern.«

»Sie haben wohl öfters jemandem lila Farbe auf den Kopf gezaubert?« Käthe grinste, doch Bernd versicherte sofort, dass ihm so ein Malheur in seiner langen Karriere noch nie passiert sei. Er gab dem neuen Lindholm-Shampoo die Schuld, das sich anscheinend mit dem Färbemittel überhaupt nicht vertrug.

»Guten Tag, Herr Mattiesen, was machen Sie denn hier?«, ertönte plötzlich Georgs Stimme. Er kam mit einer Gießkanne in der Hand um die Ecke gebogen.

»Einen schönen guten Tag, Herr Lindholm. Ich wollte nur das hier abgeben.« Er streckte Georg den Strauß rote Rosen entgegen.

»Wofür denn das?«

»Für Ihre Frau Mutter. Sagen Sie ihr einen schönen Gruß von Bernd und richten Sie ihr aus, dass es mir schrecklich leidtut. Sie wird ab sofort auf Lebenszeit die Haare gratis von mir geschnitten bekommen. Das ist mein Geschenk als Wiedergutmachung.«

»Das wird die alte Pfennigfuchserin aber freuen«, konnte sich Käthe einen flapsigen Kommentar nicht verkneifen.

Der Friseur verabschiedete sich, da angeblich der nächste Kundentermin warte, und eilte durch das offene Tor hinaus.

Im selben Augenblick torkelte die sonnenbebrillte Sigrid um die Ecke, mit einem halb vollen Weinglas in der Hand und leise kichernd, weshalb Georg umgehend zu erfahren verlangte, warum sie schon wieder getrunken habe.

»No Campari - no Party!«, antwortete sie albern.

Käthe verspürte sofort den Impuls, Sigrid ein bisschen auf den Zahn zu fühlen. Als Mutter beziehungsweise Schwiegermutter hatte sie sicher gute Antennen dafür, wie glücklich die Ehe zwischen Fernanda und Christoph gewesen war. Massimo hatte ja behauptet, dass es nicht so gut gelaufen sei zwischen den beiden, und da Sigrid einen anständigen Pegel hatte, war ihre Zunge vielleicht wieder locker genug, um Käthe ein paar Fragen zu beantworten. Schließlich war sie nicht zum Vergnügen hier. Sie musste einen Mörder finden, und zwar so schnell wie möglich, da ihre Tage in der Villa Lindholm gezählt waren.

Kapitel 14

Käthe und Sigrid Lindholm saßen im Gartenpavillon an einem runden weißen Terrassentisch, jede eine Kaffeetasse vor sich. Doch Sigrid rührte ihren Kaffee nicht an, sie hielt in ihrer Hand ein Weißweinglas, an dem sie ständig nippte, dabei redete sie mit Käthe über Gott und die Welt, so wie es gute Bekannte taten. Nach einer Weile bemühte sich Käthe um einen Schwenk auf das Privatleben, denn beim Plaudern über das herrliche Wetter und den hübschen Garten bekam sie keine neuen Informationen zu Fernandas traurigem Ableben.

»Du, Sigrid, darf ich dich mal etwas sehr Privates fragen?«

Die Angesprochene trank einen Schluck Wein und nickte.

»Weißt du, ich gebe nicht viel auf Klatsch und Tratsch, aber als ich heute Morgen mit deiner Schwiegermutter beim Friseur war, habe ich mitbekommen, wie andere Kundinnen getuschelt haben, dass die Ehe von Fernanda in Scherben lag. Stimmt das?« Behutsam stellte Käthe ihre Kaffeetasse auf die Untertasse und hoffte, dass diese kleine Lüge nicht aufflog, denn der Salon war nach dem Weggang des einen Kunden komplett leer gewesen.

Sigrid lachte. »Tja, wie man's nimmt. Einerseits entspricht es der Wahrheit oder eben auch nicht.«

»Das musst du mir jetzt aber erklären«, bat Käthe.

Sigrid schenkte sich Wein nach, trank einen kräftigen Schluck und verkündete dann: »Die zwei haben sich nie geliebt.«

»Wie bitte? Woher weißt du das?«

»Ich weiß es halt.«

Käthe strich über den Rand der Untertasse. »Mütterlicher Instinkt?«

»Nein, es gibt einen knallharten Ehevertrag.«

»So ein Abkommen haben doch viele Paare, damit es im Falle einer Scheidung keinen Streit gibt. Wie kommst du allein deshalb darauf, dass die zwei sich nie geliebt haben?«

»Tja, das ist wie bei mir und Georg. Wir haben auch so einen Vertrag«, plauderte sie offenherzig aus. »Wenn ich ihn verlasse, bekomme ich nichts, weil ich nichts mit in die Ehe gebracht habe. Ich sitze hier im goldenen Käfig, so wie Fernanda. Sie hätte bei einer Trennung ebenfalls keinen Cent bekommen.« Sie lachte spöttisch und erhob das Glas. »Prost! Auf unser beschissenes Leben im Hause Lindholm.«

»Moment mal, aber warum behauptest du, dass die beiden sich nie geliebt hätten? Hast du dafür Beweise?«, bohrte Käthe nach.

Die Angetrunkene beugte sich über den Tisch und sagte leise. »Es war eine Scheinehe. Die Beziehung war Fake! Alles nur fürs Geschäft, verstehst du?«

Nein, das verstand Käthe nicht. Warum hatte ein Geschäftsführer es nötig, eine Frau nur zum Schein zu heiraten?

»Wollte dein Sohn mit einer jungen attraktiven Brasilianerin angeben?«, tippte sie ins Blaue.

Sigrid lachte ironisch auf. Christoph habe es sich in den Kopf gesetzt, den südamerikanischen Markt mit den Kosmetikprodukten der Firma zu erobern. Fernanda wiederum sei eine bekannte Influencerin gewesen, die sich unbedingt einen reichen Mann aus Deutschland habe angeln wollen. Durch die Heirat habe sie ein dauerhaftes Wohnrecht erhalten, und damit sei, schwuppdiwupp, die Zweckgemeinschaft in trockenen Tüchern gewesen.

Käthe staunte. Mit so etwas hatte sie nicht gerechnet. Fernanda hatte also nur deshalb den Bund der Ehe geschlossen, um eine sichere Aufenthaltsgenehmigung zu bekommen.

»Dann hatten wirklich beide was davon«, resümierte sie. »Die Influencerin nutzte Instagram, um Lippenstifte, Make-up und den ganzen Kosmetikkram ihres Mannes zu promoten, dafür trug sie einen Ring am Finger und konnte auf Sylt leben.«

»Genau, wobei Fernanda sicherlich nie ernsthaft hier wohnen wollte. Christoph lebt ja in Hamburg, er hat sie bloß hierhin ausquartiert, weil sie ihm total auf die Nerven ging, was ich als seine Mutter sehr gut verstehen kann. Sie war schon etwas sonderbar, dabei eiskalt, wenn du verstehst, was ich meine.«

»Hm, eine eiskalte Strohwitwe also. Wobei ich an ihrer Stelle wohl auch innerlich abgestumpft wäre, wenn mein Mann mich bei den Schwiegereltern aufs Abstellgleis gestellt hätte.«

»Vergiss nicht, dass Herta noch im Haus wohnt«, entgegnete Sigrid. »Sie hat hier das Kommando, deshalb hatten Fernanda und sie sich ständig in den Haaren. Die zwei kamen überhaupt nicht klar, da sind geradezu Welten aufeinandergeprallt. Das war ein richtiger Generationenkonflikt.«

»Fernanda würde sich bestimmt diebisch freuen, wenn sie die Alte mit ihren lila Haaren sehen könnte«, spöttelte Käthe.

Sigrid schlug sich vor Lachen die Hand vor den Mund, dann sagte sie: »Fernanda hätte nur noch ein knappes Jahr ausharren müssen, denn eine eheliche Lebensgemeinschaft muss mindestens drei Jahre halten, damit der Partner mit dem ausländischen Pass nicht in sein Herkunftsland abgeschoben wird. Es kommt dabei auf den Zeitpunkt der Trennung an - nicht auf die offizielle Scheidung, der das Trennungsjahr vorausgeht. Dies hat uns ein befreundeter Anwalt mitgeteilt.«

»Aber wenn Fernanda hier bei euch lebte und Christoph in Hamburg, führten sie doch eigentlich gar keine richtige Ehe mehr, oder?«, schlussfolgerte Käthe.

»Pst! Verrate ihn bloß nicht bei der Ausländerbehörde«, sagte Sigrid augenzwinkernd und gab ein kleines Schmatzgeräusch von sich. Der Weißburgunder schmeckte ihr hervorragend. Dann seufzte sie und erklärte: »Ich bin ja fast schon ein bisschen neidisch, dass ihre Scheinehe nur drei Jahre dauern sollte – ich mache das Spiel hier seit fünfundvierzig Jahren mit. Verrückt, oder?«

»Du willst mir doch nicht sagen, dass deine Ehe auch nur Fake ist?«, fragte Käthe erstaunt.

»Ups, ich habe nichts gesagt.« Sigrid kicherte und nippte schnell am Wein.

Doch Käthe ließ nicht locker, sie wollte wissen, was diese Anspielung zu bedeuten habe. »Ihr beiden wirkt so harmonisch«, fügte sie hinzu. »Jetzt, wo Georg in Rente ist, könnt ihr zwei die freie Zeit mit Hobbys und Reisen verbringen.«

»Nee, ich habe panische Flugangst und stehe voll auf Tennis. Er halt auf seine Blümchen und Pflänzchen. Wir zwei passen einfach nicht zueinander.« Nachdenklich blickte sie auf ihr Glas.

»Warum trennst du dich dann nicht? Du brauchst dich doch nicht wegen einer Abschiebung ins Ausland zu fürchten.«

Die gelangweilte Ehefrau winkte ab. »Mein Ehevertrag ist knallhart, den hat übrigens meine Schwiegermutter, dieses Monster, aufgesetzt. In unserer Ehe hatte immer sie das Sagen. Ich werde erst frei sein, wenn sie endlich unter der Erde ist.«

Diese harten Worte musste Käthe erst einmal sacken lassen. Sie konnte noch immer nicht verstehen, wieso Herta einen so großen Einfluss auf alle hier hatte.

»Als ich siebzehn war, habe ich ein Praktikum bei Lindholm Cosmetics absolviert und mich in Georg verliebt, der damals schon in dem Unternehmen arbeitete«, fuhr Sigrid ungefragt mit ihrer Erzählung fort. »Tja, dann wurde ich schwanger und musste heiraten, so war das nun mal zu der Zeit. Ab diesem Zeitpunkt hat meine Schwiegermutter über mich, ach, was sage ich, über uns bestimmt. Nun muss ich eben noch ein bisschen warten, damit ich nicht leer ausgehe. Sie wird ja hoffentlich nicht ewig leben.«

»Gilt denn der Ehevertrag nach Hertas Tod nicht mehr?«, erkundigte sich Käthe.

»Nur wir drei wissen von diesem Abkommen.« Sigrid verengte die Augen und trank einen weiteren Schluck. »Du jetzt auch, also behalte es bloß für dich.«

Käthe versicherte, dass sie als Haushälterin selbstverständlich absolut verschwiegen sei.

Sigrid stöhnte laut. »Weißt du, Georg und ich leben seit ein paar Jahren wie Bruder und Schwester in einer WG zusammen, wenn du verstehst, was ich meine.«

Käthe nickte. »Deshalb trinkst du auch so viel Alkohol, um deinen Frust und Kummer zu vergessen?«

»Na ja, es gibt an sich keinen Grund, zu jammern«, erwiderte sie ausweichend. »Fernanda ist tot, aber ich darf immer noch im Luxus leben, also sollte ich mich nicht beschweren.«

»Sigrid, du bist mit einem Mann verheiratet, den du nicht mehr liebst, und musst dazu das strenge Regiment deiner Schwiegermutter ertragen. Ich finde, da darfst du schon jammern. Liebe ist nämlich etwas Wundervolles«, widersprach Käthe voller Mitgefühl.

Sigrid räusperte sich verschmitzt und verriet: »Wer sagt denn, dass ich keine Liebe mehr erlebe? Georg und ich genießen beide unsere Freiheiten, wir sprechen nur nicht darüber.«

»Ihr führt also eine offene Ehe?«

»Nenn es, wie du willst«, erwiderte sie vielsagend, dann schaute sie auf die Uhr, stand auf und verabschiedete sich, da sie sich noch mit einer Freundin treffen wolle. Zum Weintrinken.

Käthe hielt das für eine Ausrede, um das Gespräch über ihre Beziehung abrupt zu beenden, doch sie wollte sie nicht darauf ansprechen, stattdessen brachte sie eine Bitte vor: »Sag mal, Sigrid, hast du vielleicht eine Luftpumpe für mich? Mein Fahrrad hat zwei platte Reifen.«

»Nein, leider nicht und Georg ist gerade im Gartencenter, aber frag doch mal Jannis. Der fährt gern Rennrad und hat ein Trekkingbike.« Sie sah Käthe noch einmal intensiv in die Augen und verlangte, dass alle Informationen aus diesem Gespräch nicht an die Öffentlichkeit gelangen dürften.

»Selbstverständlich«, versicherte Käthe. »Was im Gartenpavillon besprochen wurde, bleibt im Gartenpavillon. Das ist doch Ehrensache.«

Ein paar Minuten später betrat Käthe den rechten Flügel des Wohnkomplexes, wo offiziell Fernanda, Christoph und Jannis Lindholm lebten und der jüngste Sprössling des Vier-Generationenhauses seit Neuestem auf sich allein gestellt war.

»Jannis? Bist du da?«, rief Käthe, als sie bereits im Wohnzimmer der stylishen Wohnung stand. Die Einrichtung bestand ausschließlich aus teuren Designermöbeln, an den Wänden hing abstrakte Kunst. »Jannis?«

Keine Antwort.

Vorsichtig öffnete sie eine Tür, an der ein gelbes Schild hing: »Elternfreie Zone«. Sie lugte durch den Spalt und konnte unschwer erkennen, dass es sich hierbei um das Reich eines Jugendlichen handelte. In dem Zimmer sah es aus, als wäre eine Bombe eingeschlagen. Kein Wunder, Jannis wünschte nicht, dass die Haushälterin bei ihm sauber machte, und daran hielt Käthe sich. Da er allerdings nicht anwesend war, nutzte sie den günstigen Moment, um ein wenig in seinen vier Wänden herumzuschnüffeln. Vielleicht fand sie ein Indiz dafür, dass er tatsächlich unsterblich in Fernanda verliebt gewesen war, wie Jule behauptete.

Nachdem sie seinen Schreibtisch und den Kleiderschrank nach verdächtigen Liebesbekundungen an die Stiefmutter durchforstet hatte, hob sie seine Matratze vom Bett.

Bingo!

Angewidert schob sie zwei Pornoheftchen zur Seite und angelte nach einem weißen Briefumschlag. Neugierig öffnete sie ihn und Fassungslosigkeit breitete sich auf ihrem Gesicht aus: In der Hand hielt sie drei große Farbfotos, auf denen Fernanda Lindholm zu sehen war, wie sie sich im Garten der Villa sonnte. Oben ohne, schlafend auf einer Sonnenliege. Da hatte Jannis wohl seine Stiefmutter heimlich fotografiert.

Im selben Moment knallte eine Tür laut zu und Schritte ertönten. Hastig schob Käthe den Briefumschlag zurück unter die Matratze und versuchte, sich zu verstecken.

Zu spät.

»Was machst du in meinem Zimmer?«, brüllte Jannis sie an.

»Ich wollte nur ein bisschen sauber machen, bei dir sieht's ja aus wie bei Hempels unterm Sofa«, reagierte sie geistesgegenwärtig.

»Das geht dich einen feuchten Dreck an. Du hast hier nichts zu suchen. Raus!« Sein vor Wut zitternder Zeigefinger unterstrich seine Worte unmissverständlich.

»Du, Jannis, könnten wir mal kurz reden, weil ...«

»Nein! Hau ab!«

»Es geht um deine Stiefmutter.«

»Sie war für mich keine Stiefmutter!«, giftete er.

»Ja, das glaube ich allerdings auch. Sie war viel mehr für

dich, nicht wahr?«, erwiderte Käthe und versuchte, ihn in den Arm zu nehmen, doch er wich sofort aus.

»Du sollst abhauen! Bist du schwerhörig, oder was?«

»Du warst verliebt in Fernanda. Dafür musst du dich nicht schämen«, sagte Käthe tröstend.

»Verzieh dich!«

»Leider hat sie deine Gefühle nicht erwidert, weil du ihr zu jung gewesen bist und sie ja mit deinem Vater verheiratet war«, fuhr Käthe ungerührt fort.

Jannis starrte auf den Boden, sein Gesicht war rot vor Zorn. »Du hast hier rumgeschnüffelt«, zischte er.

»Ach was, ich habe es aus deiner Reaktion geschlossen, als wir uns in der Küche unterhalten haben. Nenn es weibliche Intuition oder den Oma-Instinkt.« Sie lächelte ihn an.

»Sie hat mich geküsst«, schoss es plötzlich aus Jannis hervor. »Sie wollte mich auch, ich hab das gewusst.«

Käthe legte ihm erneut den Arm um die Schulter, was er jetzt anstandslos geschehen ließ, und setzte sich mit ihm aufs Bett. Dann tätschelte sie sein Knie, denn der Teenager weinte auf einmal wie ein kleiner Junge. Wegen Liebeskummer und Trauer um die Tote.

»Wer wusste denn von eurem Verhältnis? Deine Uroma?«, fragte Käthe sanft.

»Auf keinen Fall! Wenn der Drache herausgefunden hätte, dass wir uns geküsst haben, hätte sie Fernanda gelyncht oder auf dem Scheiterhaufen verbrannt.«

»Sie wurde ermordet und im Sand verbuddelt«, korrigierte Käthe ihn. »Das ist dem sehr ähnlich.«

Jannis schluchzte laut auf, dann schüttete er ihr sein Herz aus. Es sei nur ein einziger Kuss gewesen und sie habe gesagt, dass das nichts zu bedeuten hätte. Es sei ein großer Fehler ihrerseits gewesen. »Sie hat mich angefleht, meinem Vater nichts davon zu sagen«, beendete Jannis sein Liebesgeständnis.

»Du hast tatsächlich nichts verraten?«

Mit glasigen Augen schaute der Teenager Käthe an. »Ich habe Fernanda geliebt. Natürlich habe ich meinem Dad nichts gesagt. Ich habe ihr versprochen, dass er nie etwas davon erfahren wird, wenn wir zusammen schlafen, aber das wollte sie nicht.«

»Sie hat also kein Verhältnis mit dir angefangen?«, hakte Käthe nach.

Betrübt schüttelte er den Kopf. »Nein, wenn sie einmal einen Entschluss gefasst hatte, war sie sehr konsequent. Seit diesem Vorfall ging sie mir ständig aus dem Weg, sie konnte so eiskalt sein. Wie ein Eisberg.«

Käthe versuchte weiter, ihm Trost zuzusprechen, dachte jedoch gleichzeitig darüber nach, ob er wegen der unerwiderten Liebe zu Fernanda zum Mörder geworden sein könnte. So richtig vorstellen konnte sie es sich nicht, aber nachdem sie von Fernandas Scheinehe und Sigrids Bekenntnis zur offenen Ehe erfahren hatte, wusste sie gar nicht mehr, was sie über die Familie Lindholm denken sollte.

»Was hast du jetzt eigentlich in meinem Zimmer gesucht?« Mit rot verweinten Augen sah er sie an, dabei zog er lautstark den Rotz hoch.

»Ähm, eine Luftpumpe«, antwortete Käthe zum zweiten Mal geistesgegenwärtig. »Sigrid meinte, du hättest eine. Ich habe nämlich zwei platte Reifen.« Auf diese eine Notlüge mehr kam es nun auch nicht mehr an, wenn man bedachte, wie oft im Hause Lindholm gelogen wurde.

»Luftpumpe?«, wiederholte er irritiert. »Erinnert mich irgendwie an den Satz: ›Ich habe eine Wassermelone getragen‹.

Ich hab letzte Woche ›Dirty Dancing‹ mit meiner Schwester geschaut, da sagt Baby das, als sie erwischt wird.« Er grinste.

»Nein, nein, ich bin definitiv wegen einer Luftpumpe hier«, beteuerte Käthe.

»Dann lass uns mal in die Garage gehen, da wirst du erfolgreicher sein als in meinem Zimmer«, sagte er und stand auf. »Frag mich nächstes Mal lieber persönlich, ich kann es nämlich überhaupt nicht ausstehen, wenn in meinen Sachen rumgeschnüffelt wird.«

»Natürlich, Jannis, das war dumm von mir. Ich wollte halt einfach nur schnell heimradeln, weil ich schon lange Feierabend hab.«

»Kein Problem. Komm, Oma Käthe, ich werde dir beim Aufpumpen helfen«, bot er ihr an, was Käthe dankend annahm.

Käthe war entzückt und eines beruhigte sie: Jannis war ein wirklich reizender junger Mann - wenn man ihn nicht reizte. Der arme Teenager war bis über beide Ohren in seine Stiefmutter verknallt gewesen und hatte längst gewusst, dass es eine Schwärmerei ohne Happy End bleiben würde, Mord hin oder her.

Kapitel 15

Den Abend verbrachte Käthe allein in Hinnerks gemütlichem, maritim eingerichteten Wohnzimmer. Ungeduldig zählte sie die Minuten, bis der Ex-Kommissar von seinem Ausflug nach Flensburg heimkommen würde, denn sie brannte förmlich darauf, ihm endlich von den Geschehnissen in der Villa Lindholm und im Friseursalon berichten zu können. Als erfahrener Ermittler hatte er ja doch ein anderes Gespür für die Zusammenhänge als Hobbyermittlerin Käthe.

Nach einer gefühlten Ewigkeit öffnete sich die Haustür und sofort lief Oskar schwanzwedelnd seinem Herrchen entgegen. Auch Käthe sprang vom Polster auf und begrüßte ihn mit einem Küsschen auf die Wange.

»Wo hast du denn Ellen gelassen?«, fragte sie.

»Ich habe sie zu Nils und Diana gefahren, sie wollte den Jungs unbedingt ihre Geschenke vorbeibringen. Sie hat ihnen Spielzeug gekauft«, erklärte er beiläufig und zog seine Schuhe aus.

»Sie sind Babys«, gab Käthe erstaunt zurück. »Was waren das denn für Spielsachen?«

»Ach, es gibt für jeden ein Matchboxauto, Wachsmalstifte und einen kleinen Fußball.«

»Deine Schwester hat echt einen Knall. Man schenkt so kleinen Hosenscheißern eine Rassel, ein Schnuffeltuch oder eine Spieluhr.« Belustigt schüttelte sie den Kopf. »Hat sie eigentlich nie den Wunsch verspürt, selbst Kinder zu bekommen?«

Hinnerk zuckte mit den Achseln, nahm sich ein Bier aus dem Kühlschrank und setzte sich gegenüber von Käthe an den Esstisch im Wohnzimmer.

»Bleibt nur zu hoffen, dass die bekloppte Tante den Kleinen nichts aus ›Cats‹ vorsingt oder vortanzt, statt sie mit einem Gute-Nacht-Lied in den Schlaf zu wiegen«, spottete Käthe weiter. »Die kriegen doch einen Schreikrampf. Hoffentlich erleiden sie keine bleibenden Schäden.«

Hinnerk räusperte sich und sah seine Käthe streng an.

»Tut mir leid, das war gemein«, lenkte sie sofort ein. »Deine Schwester ist halt ... Ach, lassen wir das. Nutzen wir lieber die Zeit, während sie mal außer Haus ist. Wie war euer Ausflug nach Flensburg?«

Die Tagestour hatte Hinnerk nämlich nicht nur der Familie wegen unternommen. Er hatte sich spontan entschieden, seine alten Kontakte bei der Gerichtsmedizin anzuzapfen und »rein zufällig« bei den Kollegen aufzukreuzen, um nach dem Stand der Dinge in Sachen Obduktion zu fragen.

Er lehnte sich zurück und drehte nachdenklich seine Bierflasche in der Hand. »Fernanda wurde nicht am Strand ermordet, ihre Leiche wurde dort nur bis zur Hüfte vergraben, nachdem man sie erwürgt hat.«

»Dann tippe ich als Tatort auf die Villa«, mutmaßte Käthe. »Die Überwachungskamera am Eingangstor wurde nämlich absichtlich außer Betrieb gesetzt. Da hat einer die Leiche aus der Villa weggeschafft und wollte dabei natürlich nicht gefilmt werden. Ich wette, das war jemand von den Lindholms.«

»Klingt logisch, deine Schlussfolgerung«, lobte Hinnerk seine Lebensgefährtin. »Fernanda Lindholm wurde allerdings mit sehr hoher Wahrscheinlichkeit in einem Auto getötet. Nicht in ihrem eigenen Fahrzeug, den Porsche hat man bereits untersucht. Er stand ja in unmittelbarer Nähe des Fundorts auf dem Parkplatz. Der Gerichtsmediziner sagte mir, dass man unter ihren Fingernägeln Fasern festgestellt habe, die eindeutig einem Anschnallgurt zugeordnet werden können.«

Käthe sah zu, wie er einen Schluck Bier aus seiner Flasche trank, und ließ ihre Gehirnzellen arbeiten.

»Dann müssen wir uns jetzt die Fahrzeuge von Herta, Georg, Sigrid und Jannis Lindholm näher anschauen, jeder von denen hat ja sein eigenes Auto«, sinnierte sie. Plötzlich schüttelte sie sich. »Oh Gott, ich bin heute bei der alten Lindholm im Jaguar mitgefahren. Wenn ich mir vorstelle, dass in diesem Auto ein Todeskampf stattgefunden hat - unter dem Gurt, mit dem ich mich angeschnallt habe!«

»Es gibt da nur ein Problem«, wandte Hinnerk ein. »Der Haupttatverdächtige sitzt in U-Haft und hat bereits zugegeben, dass er am Tatort war. Mit welcher Begründung soll die Spurensicherung also sämtliche Autos der Lindholms auseinandernehmen?«

»Aber wir sind uns doch sicher, dass man den Gärtner in eine Falle gelockt hat. Wenn Fernanda mit einem Anschnallgurt stranguliert wurde, wird es in dem betreffenden Fahrzeug ja wohl weitere Spuren geben, die dem wahren Killer zuzuordnen sind.«

»Falsch! Sie wurde mit bloßen Händen erwürgt, nicht mit einem Gurt stranguliert«, berichtigte Hinnerk. Das Opfer habe nämlich nur unter den Fingernägeln Fasern von Polyesterfäden, woraus die Sicherheitsgurte gefertigt würden. Das lege den Schluss nahe, dass das Opfer, während es gewürgt wurde, irgendwo Halt gesucht habe, um den tödlichen Griff um den Hals abzuwehren, führte er aus.

»Hat man denn Fingerabdrücke vom Gärtner bei ihr festgestellt?«

»Nein, der Täter hat Handschuhe benutzt.«

»Dann muss eben der Wagen vom Gärtner auf den Kopf gestellt werden. Da sitzt ein offensichtlich unschuldiger Mensch hinter Gittern«, regte Käthe sich auf.

»Jetzt genießen die Kollegen erst mal ihr Wochenende, das Auto von unserem Verdächtigen fährt ja nicht von allein fort«, beschwichtigte Hinnerk seine entrüstete Liebste. »Außerdem wird sich der wahre Täter momentan noch sehr sicher fühlen. Er weiß, dass alle glauben, Herr Brandstetter wäre der Täter. Dadurch bleibt dir mehr Zeit, die Lindholms unter die Lupe zu nehmen, klar?«

»Stimmt, das ist clever«, gab sie ihm recht.

»Was hast du denn noch herausgefunden?« Neugierig sah er sie an und gönnte sich einen genüsslichen Schluck Bier.

Käthe stützte die Arme auf den Tisch und berichtete in allen Einzelheiten von ihren skurrilen Erlebnissen: von Massimo und seinem ominösen Koffer, von Herta Lindholms lila Haaren, Sigrids offener Ehe sowie Jannis' heimlicher Liebe zur Toten und der Luftpumpe. »Georg Lindholm erinnert mich übrigens irgendwie an Loriots Film ›Ödipussi‹. Er steht komplett unter der Fuchtel seiner strengen Frau Mutter. So was habe ich noch nicht erlebt.«

»Käthe, es ist jetzt viel wichtiger, herauszufinden, was es für Verbindungen zwischen diesen Personen und dem Opfer gab. Nur so lässt sich ein Motiv erkennen, warum die attraktive Millionärsgattin sterben musste.«

»Entschuldige, ich bin halt keine pensionierte Kriminalkommissarin«, erwiderte Käthe etwas beleidigt.

»Das weiß ich doch, tut mir leid.« Schnell tätschelte er ihre Hand und lächelte.

Käthe holte tief Luft und begann noch einmal von vorn, indem sie nun den Schwerpunkt auf die Beziehungen zwischen den einzelnen Familienmitgliedern legte: »Der Stiefsohn war heimlich in Fernanda verknallt, die wiederum eine Scheinehe führte, nur um nach Deutschland zu kommen. Laut ihrem besten Freund Massimo wollte sie hier ihr eigenes Business aufziehen mit so billigen Taschen und Schmuck aus China, wofür sie natürlich Geld brauchte. Vielleicht hat sie das Startkapital von der Familie eingefordert, die nicht erfreut war, dass die ewige Strohwitwe auf einmal auf eigenen Füßen stehen wollte.«

»Eifersucht und Geld sind typische Motive«, bestätigte Hinnerk. »Wieso eigentlich Strohwitwe?«

Käthe erklärte die Zusammenhänge und fügte hinzu, dass mit der aufbrausenden Brasilianerin und der strengen Herta Lindholm in der Villa Welten aufeinandergeprallt seien - nicht nur vom Alter her, sondern vor allem in Sachen Lebenseinstellung. »Sie hat Fernanda wohl gern mal Flittchen genannt«, führte Käthe aus und ergänzte, wie die Familienvorständin den armen Massimo bezeichnet habe. »Auf einem solchen Niveau sind wir bei den Lindholms. Total krank, diese Leute.«

»Würdest du der alten Dame einen Mord zutrauen?«

»Theoretisch schon, aber aufgrund ihres fortgeschrittenen Alters scheidet sie in der Praxis für mich aus. Sie könnte einen Auftragskiller engagiert haben.«

»Die Lindholms sind eine Sylter Unternehmerfamilie, kein Teil der sizilianischen Mafia«, wandte Hinnerk ein. »Was ist mit dem Ehemann von Fernanda?«

Käthe schüttelte den Kopf und erklärte, dass dieser sich in Tokio auf einer Geschäftsreise befinde. »Er hat es nicht mal für nötig befunden, heimzukommen, obwohl seine Frau gestorben ist. Bei denen geht das Geschäft über alles, das hat die alte Lindholm ihrem Sohn sehr deutlich zu verstehen gegeben. Deshalb haben sie sich auch ganz schön Zeit gelassen, ehe sie Christoph über Fernandas Tod informiert haben.«

»Hat er möglicherweise einen Auftragskiller engagiert?«, kombinierte Hinnerk mit einem Augenzwinkern.

»Glaube ich nicht. Ihre Scheinehe wäre in einem knappen

Jahr eh vorbei gewesen, dann hätte Fernanda eine dauerhafte Aufenthaltsgenehmigung bekommen. Ich kann mir nicht vorstellen, dass er diese paar Monate nicht abwarten konnte, bevor er seine Gattin loswerden würde.«

»Bleibt noch der verknallte Stiefsohn«, ergänzte Hinnerk. Verliebte seien leider zum Unmenschlichsten fähig, denn wenn Liebe in Hass umschlage, könnten einem schon mal die Sicherungen durchbrennen.

»Nee, der Jannis ist gerade mal achtzehn, der ist wie ein Enkel für mich. Er hat vorhin an meiner Schulter Rotz und Wasser geheult, der war es nicht.«

»Käthe! Du kannst ihn jetzt nicht ausschließen, bloß weil er so ein süßer Junge ist«, mahnte Hinnerk. »Du darfst dich nicht von deinen Omagefühlen in die Irre leiten lassen.«

»Ach, der ist doch noch grün hinter den Ohren, total unerfahren. Er erlebt seine erste Liebe und die hat ihn abblitzen lassen.«

»Was ist mit diesem besten Freund und dem Handtaschenbusiness?«, unternahm Hinnerk den nächsten Anlauf.

»Massimo? Der Friseur hat in meinem Arm genauso bitterlich um seine tote Geschäftspartnerin und Freundin geweint.«

»Käthe, so kommen wir nicht weiter«, beschwerte sich Hinnerk. »Mörder weinen schon mal, um ihre Tarnung nicht zu riskieren.«

»Dann scheiden Georg und Sigrid Lindholm als Verdächtige aus, die haben nicht um ihre Schwiegertochter geweint – zumindest nicht vor mir«, erwiderte Käthe spitzfindig. »Außerdem geben sie sich gegenseitig ein Alibi zur Tatzeit.«

»Darauf kannst du dich nicht einfach so verlassen. Haben die beiden denn ein Motiv?«

Sie überlegte kurz. »Hm, vielleicht war Sigrid eifersüchtig, dass ihre Schwiegertochter bald aus dem goldenen Käfig würde entfliehen können, während sie selbst weder die Courage noch die finanziellen Mittel hatte, sich zu trennen. Sie ist nämlich auch todunglücklich in ihrer Beziehung.«

»Komm, das ist ein schwaches Motiv. Was ist mit ihrem Mann?«, trieb Hinnerk sie zu neuen Schlussfolgerungen.

»Bei Georg fällt mir kein Grund ein. Wobei ...« Sie hielt kurz inne, dann fügte sie hinzu: »Er könnte den Mord in Auftrag gegeben haben, damit seine Mutti stolz auf ihn ist, dass er für sie das ›Flittchen‹ eliminiert.«

»Du und deine Auftragskiller, an denen hast du dich festgebissen, was?«

Käthe hob die Schultern. »Vielleicht liegen wir auch komplett falsch und Fernanda hat sich mit einem Typen getroffen, den sie über eine Dating-App kennengelernt hat. Es gab Zoff und am Ende des Rendezvous steckte sie kopfüber im Sand – tot.«

»Guter Ansatz, Frau Kollegin, aber weißt du, was dagegenspricht, dass Fernanda von einem unbekannten Date getötet wurde?«

»Jetzt sag mir bitte nicht, es ist der Anschnallgurt, weil man sich für ein Date nicht im Auto trifft.«

»Nein, das meine ich nicht. Das Opfer lag kopfüber im Sand, das sieht für mich so aus, als hätte der Täter ihr das Maul stopfen wollen, damit sie für immer schweigt.«

»Also doch Mafia-Methoden. Dann war es einer der Lindholms, nur wer?«, grübelte Käthe.

»Oder der beste Freund mit dem eigenen Business. Es gibt zig Fälle, in denen gute Freunde gemeinsam eine Firma gründen und einander später spinnefeind sind. Du musst dir diesen Kerl genauer anschauen, du darfst dich nicht nur auf die

Familie konzentrieren. Man muss immer in mehrere Richtungen ermitteln, verstehst du das?«

»Bitte sprich nicht mit mir wie mit einem kleinen Kind. Du kannst ab morgen liebend gern selbst mit dem Staubwedel durch die Villa rennen und den Lindholms den Haushalt schmeißen«, reagierte Käthe angesäuert. Sie jedenfalls gab sich die allergrößte Mühe, diesen komplexen Fall aufzuklären, während Hinnerks Sohn sich auf seinem vermeintlichen Erfolg ausruhte, dass er einen Verdächtigen hinter Gitter gebracht hatte - und wenn es auch nur die U-Haft war.

Der Ex-Kommissar entschuldigte sich umgehend bei Käthe und verriet ihr, es komme durchaus vor, dass während der Ermittlungen die Nerven bei den Kollegen blank lägen, wenn sie mit einem Täter Katz und Maus spielten. Das wisse er aus seiner langjährigen Berufslaufbahn. »Wir müssen aufpassen, dass wir Privates und Berufliches nicht vermischen«, erklärte er.

»Ja, Herr Paartherapeut«, witzelte Käthe, worauf sie sich lachend umarmten.

Allerdings nur kurz, denn da platzte Ellen ins Wohnzimmer und die beiden fuhren wie zwei erwischte Teenager erschrocken auseinander.

»Oh My God, I love kids, aber nur als Tante! Ich glaube, ich habe einen Hörschaden, die zwei schreien ja wie am Spieß.« Völlig erschöpft ließ sie sich auf das Sofa fallen. Nils habe sie dankenswerterweise nach Hause gefahren, ergänzte sie dann.

»Haben die Geschenke den Jungs etwa nicht gefallen?« Käthe verkniff sich ein breites Grinsen.

»Igitt, das ist ja Kotze!« Ellen zog ihre Bluse mit dem Leopardenmuster nach vorn und verzog angeekelt das Gesicht.

»Stell dich nicht so an, Ellen, wir haben eine Waschmaschine«, versuchte Käthe sie aufzumuntern.

»Das ist eine Designerbluse, weißt du, wie viel die gekostet hat?«, echauffierte sie sich.

»Man geht ja auch nicht in einem teuren Fummel zu zwei Babys, so was weiß man eigentlich«, murmelte Käthe vor sich hin.

»Ob ich wohl eher die liebe Tante bin, wenn die Jungs älter sind?«, sagte Ellen mehr zu sich selbst.

»Wie alt denn?«, wollte Hinnerk wissen.

Sie sah auf. »Ach, volljährig würde ich schon gut finden, dann können sie die Tante Ellen über die Insel kutschieren oder mal nach Flensburg oder Hamburg, das würde mir gefallen.«

»Das würden sie bestimmt tun«, bekräftigte Hinnerk und trank von seinem Bier.

»Ellen, du wohnst doch in New York, wie sollen Henry und Louis da in achtzehn Jahren mit dir hier bei uns durch die Gegend gondeln?«, fragte Käthe alarmiert. Sie hatte plötzlich ein ganz komisches Bauchgefühl.

»Ups, na ja, also auf jeden Fall dann, wenn ich mein Bruderherz mal besuche.« Sie lächelte Hinnerk freundlich an.

»In achtzehn Jahren willst du dir den langen Flug über den Großen Teich noch antun?« Käthe sah sie zweifelnd an.

»Zerbrich dir mal nicht den Kopf darüber, ob ich mit über achtzig in ein Flugzeug steigen will. Du wirst das eh nicht mehr erleben. Die Zwillinge werden mich dann wohl eher zum Friedhof fahren, damit ich dir ein paar Blümchen aufs Grab stellen kann. Willst du eigentlich hier mit Meerblick beerdigt werden oder doch lieber in deiner Heimat im Saarland?« Ellen grinste diabolisch.

»Elfriede! Es reicht! So sprichst du nicht mit meiner

Freundin«, ging Hinnerk energisch dazwischen. »Du bist hier auf Besuch, also verhalte dich gefälligst respektvoll.«

»Bei Nils war ich eben auch auf Besuch und da wurde ich angekotzt«, jammerte die Schauspielerin. »Ich hätte dir eine jüngere Freundin gewünscht - keine ältere.«

»Wenn du schlechte Laune hast, lass das nicht an Käthe aus, sie hat dir nichts getan. Außerdem geht es dich einen feuchten Dreck an, in wen ich mich verliebe. Wenn es dir bei uns nicht passt, musst du gehen. Sofort!«, sprach Hinnerk ein Machtwort.

Endlich, dachte Käthe im Stillen.

Ellen sprang auf und stampfte wütend aus dem Zimmer - allerdings nicht zur Haustür, sondern zur Treppe und hoch in ihr Gästezimmer.

Käthe war glücklich, dass Hinnerk sich so für sie eingesetzt hatte, zugleich jedoch traurig, dass sie statistisch betrachtet tatsächlich nicht mehr erleben würde, wie die Zwillinge den Führerschein machten. Sie war nun mal ein paar Jahre älter als Hinnerk. Dieser Altersunterschied spielte in ihrer Beziehung zwar bisher keine Rolle, dennoch musste sie sich mit der Realität abfinden, dass der Tod nun mal zum Leben dazugehörte. Für den einen kam er früher, für den anderen später.

Fernanda Lindholm war gerade mal dreiundzwanzig Jahre alt geworden, deshalb empfand Käthe es als großes Glück, mit Anfang achtzig immer noch kerngesund und topfit zu sein. Aus diesem Grund hatte sie sich auch so darauf gefreut, ihren Lebensabend in aller Ruhe mit ihrer besseren Hälfte an der See zu genießen - natürlich ohne einen stressigen Haushälterinnenjob. Doch meistens kam es anders, als man dachte. Der Besuch einer nervigen Schwester aus Amerika war dafür das beste Beispiel. Ein Paradebeispiel.

Kapitel 16

Am nächsten Morgen war die Stimmung am Frühstückstisch nahe dem Gefrierpunkt. Hinnerk war zu einer Gassirunde mit Oskar aufgebrochen, sodass nur Käthe und Ellen beisammensaßen. Wortlos löffelte Käthe ihr Ei, ohne die Schwägerin eines Blickes zu würdigen.

»Du musst heute nicht arbeiten?«, durchbrach der ungebetene Gast die Stille.

»Nein.«

»Am Wochenende frei zu haben, kenne ich als Musicaldarstellerin überhaupt nicht.«

»Augen auf bei der Berufswahl«, erwiderte Käthe knapp.

Ellen schob der Freundin ihres Bruders zwischen dem Marmeladen- und dem Honigglas die Hand entgegen. »Sorry, Käthe, es tut mir leid, dass ich mich gestern im Ton vergriffen habe. Meine Nerven lagen irgendwie blank. Frieden?«

Käthe nickte stumm. Sie hatte schließlich andere Sorgen, als sich jetzt auch noch mit Ellen herumzuärgern, die eh bald den Rückflug antreten würde.

»Ich habe mir überlegt, dass wir mal gemeinsam was machen sollten, damit wir uns ein bisschen besser kennenlernen. Wir lieben doch den gleichen Mann, I love my Bruderherz über alles, und wenn er happy ist, dann bin ich es auch.«

»Vergiss es, Ellen. Ich werde nicht bei deiner Laiendarstellergruppe eine Rolle übernehmen und mich am Strand lächerlich machen, dafür habe ich keine Zeit und nicht die Nerven.«

»Na, dann könnten wir heute ein ganz besonderes Wellnessprogramm starten. Im Hotel Silbermöwe habe ich gute Connections, da kann ich zwei heiße Masseure für uns klarmachen. Vitali und Vladimir haben wirklich riesengroße Hände, damit werden sie unsere Rücken mal ordentlich durchkneten. Na, bist du dabei?« Sie strahlte Käthe erwartungsvoll an und ergänzte vergnügt: »I love big hands!«

Käthe zögerte. Sich mal anständig massieren zu lassen, statt mit Ellen zu streiten, klang nach einem wunderbaren Kontrastprogramm zu den letzten Tagen. Allerdings hatte sie sich eigentlich vorgenommen, Friseur Massimo genauer unter die Lupe zu nehmen, so wie Hinnerk es ihr am vorigen Abend geraten hatte. Daher machte sie Ellen einen Gegenvorschlag: waschen, schneiden, föhnen, statt massieren, einölen und genießen.

Eine halbe Stunde später saßen Käthe und Ellen in Hinnerks Auto, Ellen hinter dem Steuer. Sie ließ den Motor an, dann machte der Wagen einen Satz nach vorn und das Motorengeräusch erstarb.

»Du musst die Kupplung langsam kommen lassen«, gab Käthe ihr einen Tipp, obwohl sie selbst gar keinen Führerschein besaß.

»Sorry, ich glaube, ich bin seit zehn Jahren kein Auto mehr gefahren«, entschuldigte sie sich und probierte es gleich noch einmal. Ruckelnd setzte sich der Wagen in Bewegung.

Ellen war bester Laune - im Gegensatz zu Käthe, die sich unwillkürlich fragte, ob sie »Bernds Schnittpunkt« ohne eine Gehirnerschütterung erreichen würde. Ständig musste sie sich am Handschuhfach abstützen, da Ellen mit der Gangschaltung kämpfte, andauernd Gas gab und wieder abrupt bremste.

Als sie auf die Hauptstraße abbogen, drehte die ungeübte Fahrerin das Radio an.

»Oh my God, das ist Cher!«, kreischte sie sofort. »Der Song ›Believe‹ hat mich während meiner letzten Scheidungen begleitet, er war wie ein Rettungsanker für mich. Du kennst doch Cher?«

»Ich komme aus dem Saarland - nicht vom Mond«, reagierte Käthe kurz angebunden.

»Do you believe in life after love«, trällerte Ellen lauter als Cher, dann warf sie Käthe einen Blick zu. »Komm, sing mit, das macht Spaß, das gibt uns a very good energy!«

Käthe sah ihre Schwägerin entgeistert an. Sie wollte hier auf keinen Fall mitsingen, obwohl »glauben an ein Leben nach der Liebe« ganz in ihrem Sinne war, doch Ellen lief zu Hochtouren auf. Voll guter Energie eben.

»No, I don't need you anymore ...«, brüllte sie, dann stoppte sie und sagte: »Ach, Käthe, Cher müsste uns allen ein Vorbild sein. Ist sie nicht dein Jahrgang?«

»Keine Ahnung, wann die geboren wurde, aber wenn du mich fragst, sind bei der einige Körperteile garantiert noch nicht volljährig, die ist doch komplett gemacht und runderneuert worden«, lästerte Käthe.

»Du, ich verrate dir was«, sagte Ellen verschwörerisch. »Meine Brüste hab ich mir auch mal machen lassen - wenigstens das ist mir von meinem letzten Ex geblieben. Diesem blöden Idioten.«

»Du warst mit einem Schönheitschirurgen verheiratet?«

»Nein, Ted war ein langweiliger Bilanzbuchhalter, er hat nur die OP bezahlt.« Sie hob den Zeigefinger und ergänzte: »Das ist aber auch das Einzige, was ich habe machen lassen.«

Käthe schaute sie skeptisch von der Seite an: »Und was ist mit deinen Lippen?«

»Ach, das ist doch nur Hyaluronsäure, das zählt nicht«, wiegelte sie ab. »Hast du dich schon mal unters Messer gelegt?«

Käthe rollte genervt mit den Augen. Sie hatte keine Lust, plötzlich auf beste Freundin mit Ellen zu machen, daher sagte sie, ohne lange nachzudenken: »Krampfadern, Gallensteine und grauer Star. Noch Fragen?«

Die Rechnung ging auf. Ellen war mucksmäuschenstill. Endlich!

In Bernd Mattiesens Salon herrschte an diesem Morgen tote Hose. Käthe fragte sich, ob der Farbunfall von Herta Lindholm sich bereits herumgesprochen hatte und die Kunden daher einen großen Bogen um den Figaro machten. Oder waren die Preise für die Insulaner einfach zu gesalzen? Es tummelten sich ja mittlerweile immer öfter Punks statt Promis auf Sylt, und die konnten sich solche horrenden Summen für einen Irokesenschnitt sicher nie und nimmer leisten. Die gähnende Leere hatte aber auch ihr Gutes, so würden sie ohne Termin schnell an die Reihe kommen.

Inhaber Bernd begrüßte sie mit offenen Armen und erkundigte sich fast im selben Atemzug: »Wie geht es denn Ihrer Chefin, unserer geschätzten Frau Lindholm?«

»Den Umständen entsprechend – sie sieht dank Ihnen aus wie eine lila Milka-Kuh«, witzelte Käthe.

Der Friseur drückte nochmals in aller Form sein Bedauern über die verpatzte Haarfarbe aus. »Das muss an dem neuen Lindholm-Shampoo gelegen haben, ich kann mir nicht erklären, wie da sonst plötzlich Lila rausgekommen sein soll und nicht der goldblonde Ton, den Frau Lindholm seit vielen Jahren von mir bekommt.«

»Sie wird es überleben, sie ist ja kein Sensibelchen, das wegen einer verpfuschten Haarfarbe mit dem Föhn in die Wanne steigt«, beruhigte Käthe ihn, dann deutete sie auf Ellen. »Ich habe heute die Schwester meines Lebensfährten mitgebracht.« Raunend fügte sie hinzu: »Sie braucht dringend einen neuen

Schnitt. Hat Massimo heute frei? Ich würde mich gern in seine kompetenten Hände begeben.«

Bernd nickte Ellen freundlich zu und fuhr an Käthe gewandt fort, dass sein Angestellter gleich zurück sei, da er zum Glück nur schräg gegenüber wohne.

Dann servierte er beiden Kundinnen je eine Tasse Cappuccino, worauf Ellen sofort lossprudelte wie ein Wasserfall. Höchstens einen Zentimeter ihrer Haarpracht dürfe er abschneiden, denn ihre Haare seien ihr Kapital. »Wissen Sie, ich bin Musicaldarstellerin und Schauspielerin, meine Agentin kriegt die Krise, wenn ich auf einmal mit einem Kurzhaarschnitt bei ihr auf der Matte stehe. Dann bin ich nicht mehr vermittelbar. I love my hair!« Sie rekelte sich auf dem Stuhl und formte einen Kussmund - für den Spiegel.

Käthe hatte keine Lust, sich ihr affektiertes Gerede weiter anzuhören, deshalb ging sie vor die Tür, um dort auf die Ankunft Massimos zu warten.

Nur wenige Minuten später kam er abgehetzt auf sie zugerannt. »Was machen Sie denn schon wieder hier?«, fragte er, während er sich ein paar Schweißtropfen von der Stirn wischte. Sein längeres schwarzes Haar hatte er zu einem hippen Dutt zusammengebunden, der ihm trotz seiner Nervosität eine gewisse Coolness verlieh.

»Ich möchte mich nur kurz mit Ihnen unterhalten, anschließend dürfen Sie meinem stumpfen Haar etwas neuen Glanz verleihen.«

»Hat die Alte meinen Chef etwa verklagt? Soll ich jetzt als Zeuge aussagen?«, erkundigte sich Massimo beunruhigt.

Statt zu antworten, griff Käthe nach seinem Arm und zerrte ihn zu der Bank, auf der sie schon am Vortag gesessen hatten, dann begann die Hobbyermittlerin mit ihrer Befragung:

»Wissen Sie als bester Freund von Fernanda, wo sie am Abend ihres Todes war? War sie vielleicht verabredet?«

»Ja, mit mir«, erwiderte er arglos. »Wir haben bei mir daheim ein Video für Instagram aufgenommen, und als wir fertig waren, ist sie nach Hause gefahren.«

»Wie spät war es da?«

»Kurz nach 20 Uhr. Wir haben noch zusammen Sushi gegessen«, antwortete er, ohne zu zögern.

»Wissen Sie, was Fernanda danach vorhatte? Sagen wir mal, bis etwa Mitternacht?«

Massimo hob ratlos die Handflächen. »Keine Ahnung, wir haben ja nicht stündlich telefoniert oder uns geschrieben.«

»Wollte sie eventuell einen anderen Mann treffen?«

»Nein, das hätte ich gewusst. Es gab in ihrem Leben keinen außer ihrem egoistischen Christoph, der sie gar nicht verdient hatte. Warum fragen Sie das alles?« Er wippte nervös mit seinem linken Bein.

»Fernandas Auto war unmittelbar am Fundort ihrer Leiche geparkt. Sie könnte sich also dort mit ihrem Mörder verabredet haben«, erklärte Käthe.

»Der Gärtner hat sie doch auf dem Gewissen, und nein, sie hat mir nicht gesagt, dass sie ausgerechnet ihn treffen wollte.« Hektisch sprang er von der Bank auf. »Ich muss jetzt auch rein, schließlich arbeite ich hier.«

Doch Käthe ließ sich nicht beirren und stand ebenfalls auf. »Was haben Sie gemacht, nachdem Fernanda Ihre Wohnung verlassen hat?«, bohrte sie weiter.

»Sind Sie wirklich eine Haushälterin oder eine Hauptkommissarin?«

Das war eine berechtigte Frage. Käthe beschloss, eine kleine Lüge zu nutzen, um den jungen Mann zum Reden zu bringen. »Die Polizei glaubt nicht, dass der Gärtner der Mörder ist.

Sie sollten sich also früher oder später einen guten Anwalt besorgen. Man wird Sie ganz schön in die Mangel nehmen, was Ihre tote beste Freundin angeht. Man wird wissen wollen, was an dem Abend genau passiert ist.«

»Warum ich?«, sagte er verzweifelt. »Ich habe nichts, aber auch gar nichts mit der Sache zu tun.« Dann fügte er mit gesenkter Stimme hinzu: »Ich habe am Mittwochabend Netflix geschaut. Mitten in der Nacht bin ich wach geworden, weil der Fernseher noch lief und ich auf der Couch eingepennt war. Zufrieden?«

»Gibt es Zeugen?«, ließ Käthe nicht locker.

»Nein, es sei denn, ›Bridgerton‹ wird als Zeuge von Ihnen zugelassen.«

Ein Lächeln huschte über ihre Lippen.

»Ich hoffe, die Polizei wird auch die blöden, arroganten Lindholms ins Kreuzverhör nehmen«, schimpfte der Friseur. »Wenn der Gärtner tatsächlich unschuldig ist, findet sich unter denen der Täter.«

»Was macht Sie da so sicher?«

Massimo druckste ein wenig herum und erklärte dann ausweichend, dass ihm das sein Bauchgefühl sage. »Die Lindholms haben Fernanda gehasst. Wenn es einen Schuldigen gibt, finden Sie ihn in der Villa.« Mit diesen Worten drehte er sich um und marschierte in den Salon.

Käthe folgte ihm. Sie ärgerte sich, dass sie keine Möglichkeit gehabt hatte, ihm Fragen zu dem gemeinsamen Business für Schmuck und Taschen zu stellen, und sie fand es höchst bemerkenswert, dass der Friseur den Verdacht auf Fernandas Familie lenkte. Wollte er sich damit nur geschickt aus der Schusslinie bringen? Hatte es Streit um die Finanzen zwischen ihm und Fernanda gegeben oder war er neidisch auf ihre über eine Million Follower? Laut Käthes Instagramrecherche folgten

Massimo nämlich gerade mal dreihundert Fans - zu wenig, um mit ihnen dauerhaft Geld verdienen zu können, das hatte er ihr auch so gesagt.

Im Salon spürte Käthe die Luft zwischen sich und Massimo geradezu knistern, so unheimlich war die Stimmung. Sie fühlte sich richtig unwohl, als der junge Mann mit der Schere an ihrem kinnlangen Haar hantierte, obwohl er nur höchstens zwei Zentimeter abschneiden durfte, schließlich gehörte er für sie zum Kreis der Verdächtigen. Ein Blick zu ihrer nervigen Schwägerin zeigte hingegen, dass es nebenan viel fröhlicher zuging. Bernd und sie unterhielten sich so angeregt, als würden sie sich schon ewig kennen, und als er zugab, bei »Les Misérables« Rotz und Wasser geheult zu haben, erklärte Ellen ihn zum Seelenverwandten. Aber der Promifriseur konnte sogar noch eins draufsetzen: In der Schule habe er eine Theater-AG besucht.

Nun war es um Ellen geschehen. Sie schmachtete ihn verliebt an und klimperte mit den Wimpern, als sie verschämt wissen wollte: »Bernd, bist du Single?«

Der Angesprochene lachte verschmitzt und reagierte mit einer theatralischen Geste. »Sorry, Darling, ich liebe Frauen, ihr seid wie Prinzessinnen für mich, aber ich mag euch mehr platonisch.«

Im selben Moment betrat Georg Lindholm die Räumlichkeiten. Er begrüßte die Anwesenden und das Gegacker von Ellen verstummte abrupt, da er mit gerunzelter Stirn ihr Gesicht im Spiegelbild betrachtete und feststellte: »Ach, das gibt's doch nicht. Ich kenne dich!«

»Oh ja, das ist gut möglich. Ich habe bei ›Schatten der Leidenschaft‹ und ›Reich und schön‹ mitgespielt. Ach, Bernd, man wird einfach überall von den Leuten erkannt, ob auf der

Straße oder beim Friseur.« Sie lachte so gekünstelt, dass Käthe ihr am liebsten ein Handtuch ins Maul gestopft hätte. Dieses aufgesetzte Getue und Geschnatter war unerträglich.

»Nein, nein, das meine ich nicht. Bist du nicht die kleine moppelige Elfriede mit den süßen Zöpfen, die aus der 5b, die in mein Poesiealbum keinen Spruch, sondern ihren Berufswunsch eingetragen hat? Du wolltest nach Hollywood, um eine zweite Marilyn Monroe zu werden, stimmt's? So was Außergewöhnliches vergisst man auch nach zig Jahren nicht.« Georg lachte herzlich.

Sofort verfinsterten sich Ellens Gesichtszüge. »Nein, Sie verwechseln mich. Ich heiße Ellen«, antwortete sie kühl. »Blond war ich noch nie. Und dumm und naiv noch viel weniger.«

Bernd, der sehr feine Antennen hatte, wechselte schnell das Thema, damit sich die Neukundin nicht über weitere Kommentare ärgern musste. »Herr Lindholm, nehmen Sie doch bitte einen Moment Platz. Massimo ist gleich für Sie da, um sich wie gewohnt um Ihr Haar zu kümmern. Wollen Sie einen Cappuccino, so wie immer?«

Georg nickte. »Jawohl, der Mensch ist ein Gewohnheitstier.« Zufrieden ließ er sich auf einen der Sessel im Wartebereich gleiten.

»Ach, ich weiß doch, was meine Stammkunden lieben«, säuselte Bernd seiner neuen Lieblingskundin ins Ohr. »Sie haben wirklich verdammt schönes, dichtes Haar. Nicht so fusselig wie bei anderen Frauen in Ihrem Alter. Ich bin sofort wieder bei Ihnen, ich bereite nur rasch das Heißtgetränk für Herrn Lindholm zu.«

Ellens Mundwinkel schossen bei diesem wunderbaren Kompliment gleich zurück nach oben. Während sie auf Bernds Rückkehr wartete, bemühte sie sich darum, nicht in den Spiegel zu schauen, denn hinter ihr auf dem Besucherstuhl saß Georg Lindholm - ihr Schwarm aus der Schule. Er hatte ihr damals einen Korb gegeben, als er auf dem vom Spiralblock abgerissenen Zettel das Wort »Nein« auf ihre Willst-du-mit-mir-gehen-Frage angekreuzt hatte. Der Junge aus der Parallelklasse hatte eben »damals« nicht mit ihr zusammensein wollen, deshalb wollte Ellen »jetzt« nicht mit ihm reden - so einfach war das.

Zum Glück hatte sie ja nun Friseur Bernd, mit dem die Chemie gleich von Anfang an gestimmt hatte, und damit meinte sie nicht das Zeugs, mit dem er ihr Haar behandelte. Ihr veränderter Look würde hoffentlich für etwas Pfiff in ihrer anstrengenden Theatergruppe sorgen, sobald sie dort wie ein anderer Mensch erscheinen würde. Mit Bob und Pony - denn der Friseur hatte sie von einem neuen Schnitt überzeugt.

Kapitel 17

Käthe hatte spontan entschlossen, eine außerplanmäßige Sonderschicht am Samstagmittag in der Villa einzulegen, um den Lindholms noch einmal auf den Zahn zu fühlen. Da Massimo die komplette Millionärsfamilie beschuldigte, wollte die clevere Hobbyermittlerin den Spieß umdrehen und die Lindholms auf das Verhältnis zwischen Fernanda und ihrem besten Freund Massimo ansprechen. Beide Seiten sollten die Chance zu ihrer Verteidigung haben, fand Käthe. Außerdem konnte sie den Aussagen Massimos nicht glauben, dass tatsächlich niemand außer ihm von Fernandas Plänen gewusst hatte, ein eigenes Mode- und Schmucklabel zu gründen, und dass sie niemanden nach Geld gefragt hatte. Denn wenn es um Geld ging, war das Mordmotiv nicht mehr fern.

Als Käthe gegen 15 Uhr den Nachmittagstee in Herta Lindholms Wohnbereich servierte, versuchte sie sich zunächst in Small Talk, um die vornehme Dame aus der Reserve zu locken. Im royalblauen Kostüm mit dem passenden Hut thronte sie wie die Queen höchstpersönlich auf ihrem bequemen Sessel am kleinen Nierentischlein neben der antiken Stehlampe. Von diesem Platz aus hatte sie einen wundervollen Blick aus dem Fenster, um die Schiffe in der Ferne zu beobachten.

»Wissen Sie schon, wo Fernanda beigesetzt werden soll?«, fragte Käthe, während sie den dampfenden Ostfriesentee in die vornehme englische Porzellantasse mit Goldrand einschenkte.

»Ja, das weiß ich. Wollen Sie etwa wieder viel zu viele Platten mit Fischbrötchen dafür bestellen wie bei der Pressekonferenz, Frau Käthe?« Strafend zog sie die linke Augenbraue hoch.

»Nein, ich würde Fernanda gern die letzte Ehre erweisen.«

»Sie kannten das dumme Mädchen doch gar nicht«, hielt Herta Lindholm dagegen. Vornehm nippte sie an ihrem schwarzen Tee, dann griff sie nach einem Gebäckstück aus der Kristallschale.

»Als Hausangestellte gehört sich das so«, erwiderte Käthe unterwürfig und deutete einen kleinen Knicks an.

»Sehr aufmerksam von Ihnen, Frau Käthe, aber sobald der Leichnam freigegeben ist, wird die Überführung nach Rio de Janeiro erfolgen. Wollen Sie sich in Ihrem Alter wirklich einen dreizehnstündigen Flug antun? Denken Sie nur an die Gefahr einer Thrombose und den fürchterlichen Jetlag. Außerdem sind die Flüge extrem teuer, das können Sie sich doch gar nicht leisten.«

»Wie sieht es denn mit einer Gehaltserhöhung aus?«, entgegnete Käthe keck. »Oder einer Bonuszahlung?«

»Na, Sie haben Nerven - keine Chance!« Frau Lindholm tippte sich gegen die Stirn.

»Oder Sie schenken mir den Flug. Sie haben doch das nötige Kleingeld. Es muss ja nicht die First Class sein, aber über die Businessclass würde ich mich schon sehr freuen. Ich war noch nie in Brasilien.«

»Frau Käthe, mir gehört ein Kosmetikunternehmen, ich bin nicht die Chefin der Arbeiterwohlfahrt.«

»Ist nicht Ihr Enkel der Chef?«

»In einem Familienunternehmen bleibt man immer die Seniorchefin - da gibt es keinen Ruhestand. Wie kommen Sie überhaupt auf die Schnapsidee, dass ich ausgerechnet Ihnen einen Flug bezahlen sollte?«, giftete sie.

»Zeigen Sie einfach mal etwas Herz und Nächstenliebe. Sie haben das Geld, so ein Ticket zahlen Sie bestimmt aus der Portokasse, nicht wahr?«

»Das kommt überhaupt nicht infrage. Mein Sohn wird die

Familie beim Begräbnis in Brasilien vertreten und sonst niemand. Ende der Diskussion. Ich lasse mir doch von Ihnen nicht sagen, wem ich einen Flug schenken soll. So weit kommt es noch, dass mir das Personal Vorschriften macht - unmöglich sind Sie!«

Käthe, die sich mittlerweile an einem der leeren Stühle festhielt, nahm jetzt all ihren Mut zusammen, auch auf die Gefahr hin, dass sie sofort fristlos gekündigt werden würde, und fügte hinzu: »Keine Sorge, ich wollte nie ernsthaft nach Rio, sondern nur mal testen, wie Sie reagieren. Ich frage mich nämlich die ganze Zeit, warum Sie so hart und so kalt wie ein Eisberg sind. Was ist mit Ihren Gefühlen, Frau Lindholm?«

Vor Schreck fiel der alten Dame das Gebäck aus der Hand. »Ich werde nicht mit meiner Haushälterin über meine Gefühle sprechen. Sie sind ja komplett übergeschnappt. Was hat mir Frau Renate da nur für eine katastrophale Vertretung geschickt? Es wird Zeit, dass sie endlich wieder auf die Beine kommt.«

»Ist das nicht erbärmlich, dass niemand in diesem Haus Sie leiden kann?«, fuhr Käthe unerschrocken fort. »Ihr Sohn tanzt nur aus Angst nach Ihrer Pfeife und Ihre Schwiegertochter ertränkt den Kummer im Alkohol. Wann haben Sie Ihren Urenkel Jannis eigentlich zuletzt zärtlich in den Arm genommen?«

»Ich gehöre zu einer anderen Generation, die unter erschwerten Bedingungen aufgewachsen ist.« Die Gesichtszüge der Familienältesten verfinsterten sich.

»Ach, hören Sie auf, mir irgendwelche Geschichten vom Krieg zu erzählen. In diesem Haus gibt es zwar jede Menge Geld, aber keine Liebe. Warum? Was ist nur passiert, dass Sie zu dieser alten, bösen, verbitterten Frau geworden sind?«

Statt einer giftigen Erwiderung erntete Käthe mit diesem

Vorstoß nur Stille. Herta Lindholm schaute konzentriert auf ihre Teetasse und schluckte laut. Dann sagte sie mit gedämpfter Stimme: »Ich wurde zur Witwe, als Georg gerade mal zehn Jahre alt war. Ab diesem Zeitpunkt musste ich mich ganz allein um das Unternehmen kümmern, denn mit Finanzen kannte sich nur mein Mann aus. Das war eine wirklich schwierige Zeit. Von heute auf morgen hatte ich die Verantwortung für etliche Mitarbeiter, denen ich es schuldig war, die Firma am Leben zu erhalten. Ich habe mir in dieser Phase wohl eine Art Panzer als Schutzschild angeschafft, sonst hätte ich das alles nicht bewältigt.«

»Ist es da nicht langsam an der Zeit, diesen Panzer endgültig abzulegen?« Käthe ließ ihre Stimme besonders einfühlsam klingen. »Wollen Sie nicht lieber als die nette Oma im Gedächtnis bleiben, statt als schroffer alter Drachen, den niemand leiden konnte?«

Keine Antwort.

»Spielen Sie nicht diese gefühlskalte Witwe - es reicht doch schon, dass Fernanda ihren Ruf als die eiskalte Strohwitwe hatte. Sie haben sicherlich einen viel besseren Charakter als sie, oder nicht?«, schmeichelte Käthe weiter in dem verzweifelten Versuch, die alte Dame endlich aus der Reserve zu locken.

»So wie Fernanda bin ich definitiv nicht«, stimmte diese zu. »Ich konnte sie nicht ausstehen, so einfach ist das.«

»Genauso wie Sie auch ihren besten Freund Massimo nicht leiden konnten. Warum eigentlich?«

»Ach, dieser Junge hat sie auf wahrlich absurde Ideen gebracht.«

Obwohl Käthe natürlich eine Vermutung hatte, was das Familienoberhaupt damit meinte, bohrte sie gleich noch einmal nach.

»Fernanda stand eines Abends ganz aufgeregt vor mir und erzählte irgendwas von Handtaschen und dass sie mit Massimo eine wunderbare Geschäftsidee hätte. Sie wollte, dass ich eine halbe Million in ihr Business investiere.« Sie schnaubte abfällig. »Wenn Sie mich fragen, hat dieser kleine italienische Friseur sie einer Gehirnwäsche unterzogen, der wollte sie doch nur ausnutzen, um an ihr Geld zu kommen. Fernanda allein war viel zu dumm für eine Firmengründung, sie konnte ja nicht mal richtig Deutsch sprechen, geschweige denn schreiben. Glauben Sie mir, da steckte dieser Massimo dahinter, der ist ein Schlitzohr, ein kleiner Mafioso. Er war ein ganz schlechter Umgang für sie, hat nur dafür gesorgt, dass sie Flausen im Kopf hatte. Verstehen Sie jetzt, warum ich ihm ein Hausverbot erteilt habe? Er war bloß scharf aufs Geld, also streng genommen auf mein Geld. Deshalb habe ich Fernanda natürlich keinen Cent gegeben. Ich bin zwar alt, aber nicht senil.«

Nun war Käthe unsicher, was sie glauben sollte. Bisher hatte sie angenommen, dass Fernanda die treibende Kraft hinter dem eigenen Mode- und Schmuck-Label gewesen wäre. Die Möglichkeit, dass Massimo dahinterstecken könnte, war ihr gar nicht in den Sinn gekommen. Auf jeden Fall zählte der junge Friseur nach den Aussagen von Herta Lindholm weiterhin zum Kreis der Verdächtigen. Ob es doch Streit um das Startkapital gegeben hatte? Ohne Moos nix los - also auch kein Reich-und-Schön-Label.

»Eine Sache würde mich noch interessieren, Frau Lindholm. Warum konnten Sie Fernanda eigentlich nicht leiden? Dass sie von Ihnen eine Finanzspritze haben wollte, kann ja nicht der einzige Grund gewesen sein.«

»Sie war ein billiges Flittchen«, trompetete Herta sofort heraus. »Stellen Sie sich mal vor, sie hat mit meinem Georg

Samba getanzt! Ich habe die zwei in unserem Fitnessraum dabei erwischt, wie sie ihn in ihren High Heels und dem knappen Röckchen bezirzt hat. Wie eine kleine Nutte sah sie aus. Richtig ekelhaft.« Angewidert verzog sie das Gesicht.

»Sind Sie sich da ganz sicher?«, fragte Käthe verunsichert.

»Ich habe doch Augen im Kopf. Wer wackelt bitteschön vor seinem Schwiegervater derart mit dem Popo? So was gehört sich einfach nicht. Zum Fremdschämen ist das!« Ihre Stimme zitterte vor Empörung.

»Höchst interessant«, murmelte Käthe, laut sagte sie: »Hat Ihr Sohn denn eine Schwäche für deutlich jüngere Frauen?«

»Na, wenn das eigene Weib sich den lieben langen Tag mit Alkohol vergnügt, statt sich um ihre ehelichten Pflichten zu kümmern, kann ich es meinem Sohn nicht verübeln, dass er sich anderweitig umguckt. Er ist halt auch nur ein Mann, aber dann doch bitte nicht mit seiner Schwiegertochter, das ist pervers. So, und jetzt will ich nicht weiter darüber reden.« Sie schlug mit der Faust auf die Lehne ihres Sessels. »Die ganze Angelegenheit regt mich nur wieder auf, und das ist nicht gut für mein Herz, sagt mein Arzt. Nun kümmern Sie sich endlich wieder um das, wofür Sie bezahlt werden, Frau Käthe.«

Diensteifrig räumte Käthe das Teeservice ab und balancierte das Tablett gedankenversunken in die Küche.

Zwar wusste sie von Sigrid, dass sie und Georg eine offene Ehe führten, aber dass Sigrid es tolerierte, wenn Georg mit Fernanda auf Kuschelkurs ging, konnte sie sich nicht vorstellen. Ob also die »betrogene« Ehefrau hinter Fernandas Mord stecken könnte? Hatte ihr Gatte es zu bunt getrieben - dazu noch im eigenen Haus vor den Augen der anderen, indem er das Verhältnis mit der Schwiegertochter offen auslebte?

»Käthe, was machst du denn heute hier?«

Die Stimme von Georg ließ Käthe von der Spülmaschine herumfahren.

Der Hausherr nahm eine Flasche Orangensaft aus dem Kühlschrank und sagte grinsend: »Schicke Frisur übrigens, steht dir ausgezeichnet. Massimo ist wirklich ein kleiner Friseurgott, der wird es noch sehr weit bringen in seinem Job. Der neue Schnitt macht dich zehn Jahre jünger. Mindestens.«

»Danke«, sagte Käthe lächelnd. »Sag mal, flirtest du gerade mit mir?«

»Nein, ich bin nur höflich und nett.« Er zwinkerte ihr zu.

»Soso, ein alter Charmeur, verstehe. Sag mal, tanzt du eigentlich Samba? Im Fitnessraum?«

»Wie bitte, was meinst du?« Skeptisch schaute er sie von der Seite an.

»Na, du weißt schon, heiße Rhythmen, Hüfte schwingen, Popo wackeln.« Um zu untermalen, was sie meinte, ahmte Käthe die Bewegungen nach und wackelte mit ihrem Allerwertesten.

»Oh, Käthe, ich weiß nicht, ob das eine gute Idee ist. Noch einen Ausfall wegen einem kaputten Bein können wir uns nach dem Desaster mit Frau Renate nicht erlauben.«

»Nein, nein, ich frage nicht für mich, sondern ...« Sie hielt kurz inne.

»Du fragst für eine Freundin, mit der ich tanzen soll?«, erkundigte er sich vorsichtig.

Käthe lachte. »Nein. Ich meine, hast du heimlich mit Fernanda getanzt?«

»Pst! Nicht so laut!« Er presste den Finger an die Lippen und sah sich ängstlich um.

»Darf Sigrid nicht wissen, dass du dich mit deiner Schwiegertochter beim Tanzen vergnügt hast?«

»Genau, und Jannis soll auch nie etwas davon erfahren«, flüsterte er.

»Warum? Wollten Fernanda und du ihn auf seiner Abiparty mit einem Samba-Auftritt überraschen?«

»Blödsinn. Jannis war über beide Ohren verknallt in Fernanda, deshalb haben wir Rücksicht genommen und niemandem davon erzählt.«

»Rücksicht?« Dieses Wort war wie ein Puzzleteil, welches das Bild in Käthes Kopf an einer Stelle komplettierte. »Er hat dir die Liebe zu seiner Stiefmutter gestanden?«

»Falsch, Fernanda hat es mir berichtet. Jannis darf nicht wissen, dass ich von seiner Schwärmerei für sie wusste. Das wäre ihm garantiert total peinlich, ich will meinen Enkel ja nicht in Verlegenheit bringen. Sie war schließlich die neue Frau seines Vaters.«

»Und du bist sein Opa, der im Fitnessraum heimlich Samba mit ihr tanzt. Also hattet ihr zwei ein gutes Verhältnis?«

»Ähm, das hatten wir mal«, erwiderte er ausweichend.

»Was ist passiert?« Käthe wollte endlich Klarheit.

Georg seufzte. »Ach, wie so oft im Leben ging es ums liebe Geld. Fernanda wollte Geld. Sehr viel Geld.«

»Wie hast du darauf reagiert?«

»Ich habe sie zu Mutti geschickt. Sie hat schließlich die Kohle, nicht ich. Zumindest nicht die halbe Million Euro, die Fernanda sich wünschte.«

»Ja, das ist ein stattliches Sümmchen«, bestätigte Käthe und fügte gespielt ahnungslos hinzu: »Weißt du, wofür sie diesen Betrag wollte?«

Georg nickte. »Sie hatte die bescheuerte Idee, mit Schmuck und Taschen reich zu werden, auch deshalb habe ich sie zu Mutti geschickt. Sie ist besser darin, Menschen eine Abfuhr zu erteilen.«

Diese Aussage klang für Käthe höchst interessant. Georg schickte bei unbequemen Angelegenheiten also seine Mutti vor, und das, obwohl er ein gestandener Mann von Mitte sechzig war. »Wie ist es mit Fernanda und dir weitergegangen?«, erkundigte sie sich.

»Bei Geld hört der Spaß auf«, reagierte er abweisend. »Ich habe mich von ihr ausgenutzt gefühlt. Wahrscheinlich war sie nur deshalb so aufmerksam und nett zu mir, um ihren Willen oder vielmehr ihr Geld zu bekommen. Fernanda war eine raffinierte und skrupellose Frau.«

»Ich verstehe, also warst du ihr Sugardaddy, pardon, Sugar-Schwiegerdaddy?«

»Nein, so habe ich mich nie gesehen. Fernanda fühlte sich einsam in unserem riesigen Haus, genau wie ich«, sagte er nachdenklich, nur um entschlossen hinzuzufügen: »Aber ausnutzen lasse ich mich nicht! Niemals!«

»Dann war euer gutes Verhältnis also ab dem Zeitpunkt beendet?«

Er nickte. »Dass sie tot ist, tut mir wirklich leid. Ich konnte ja nicht ahnen, dass unser Gärtner so ein böser Mensch ist. Mir läuft ein Schauer über den Rücken, wenn ich an seine abscheuliche Tat denke. Herr Brandstetter war so lange bei uns beschäftigt. Da glaubt man, man kennt einen Menschen, und dann wird er zum Killer, das ist doch unvorstellbar. Das ist, als würde unsere Frau Renate plötzlich meine Mutti töten oder meine Frau.«

»Oder dich«, fügte Käthe sarkastisch hinzu.

»Um Gottes willen! Ich möchte mir so was gar nicht vorstellen. Es ist wirklich ein Drama. Dieser Gärtner wird vielleicht nach fünfzehn Jahren wieder auf freiem Fuß sein, während Fernanda für immer tot ist.« Er stöhnte laut und wischte sich eine Träne aus dem Auge.

Käthe beschloss, diesen schwachen Moment schamlos auszunutzen, und fragte: »Hast du Fernanda geliebt?«

»Ja«, gestand Georg.

»Wie lange ging diese Affäre schon mit euch?«

Er sah sie erstaunt an. »Moment, ich habe sie geliebt, wie man eine Schwiegertochter gernhat, aber als sie plötzlich Geld von mir wollte, um ihr eigenes Ding durchzuziehen, musste ich mich von ihr fernhalten.«

»Warum?«

»Mutti wollte das so und ich kann meiner Mutti doch nicht in den Rücken fallen. Sie wollte nicht mehr, dass wir so viel Zeit miteinander verbringen, weil Fernanda ein schlechter Mensch sei. Da habe ich die Sambaschuhe an den Nagel gehängt.« Erneut wischte er sich eine Träne von der Wange, dann verschwand er wortlos aus der Küche.

Käthe blieb wie ein begossener Pudel zurück. Nun wusste sie gar nicht mehr, was sie glauben sollte. Sagte Georg tatsächlich die Wahrheit, dass er keine Affäre mit seiner Schwiegertochter gehabt hatte, und wieso hatte er die fußkranke Renate Hahnbeck plötzlich als Beispiel für mordende Hausangestellte genannt? War das Zufall oder ein versteckter Hinweis?

Käthe schüttelte sich. Sie musste auf der Stelle Feierabend machen, sonst würde sie noch mehr Gespenster in der Villa sehen. Oder vielmehr Verdächtige!

Kapitel 18

Am Abend gingen Hinnerk, Käthe und Golden Retriever Oskar am Strand spazieren. Der Vierbeiner liebte es, wenn sein Herrchen das Stöckchen für ihn warf, und Käthe genoss es, wenn die frische Meeresbrise ihr dabei half, auf andere Gedanken zu kommen. Doch so richtig loslassen konnte sie nicht. Erst recht nicht, da der Mann an ihrer Hand ein pensionierter Kommissar war, der sich natürlich sehr für die Neuigkeiten im Hause Lindholm interessierte und den Fall Fernanda aufgrund seiner Erfahrung ganz anders einschätzen konnte als Käthe.

»Du bist halt viel objektiver als ich, ich bin als Hausangestellte irgendwie befangen«, sagte sie nachdenklich. »Friseur Massimo hat die Familie Lindholm beschuldigt, etwas mit Fernandas Tod zu tun haben, als ich andeutete, dass der Gärtner es vielleicht gar nicht war. Und die alte Lindholm lässt kein gutes Haar an Massimo, weil sie meint, der kleine Mafioso sei nur scharf auf ihr Geld gewesen.«

»Na ja, die Tatsache, dass unser Opfer im Sand vergraben wurde, erinnert mich schon ein bisschen an Mafiamethoden, das hatte ich dir ja gesagt. Wenn es allerdings wirklich ein Zeichen dafür sein soll, dass man sie ganz bildlich zum Schweigen bringen wollte, könnte Fernanda Lindholm irgendeinem Geheimnis auf die Spur gekommen sein. Nur, was könnte das gewesen sein?« Hinnerk nahm das Stöckchen aus Oskars Maul und warf es weit über den Hundestrand nach vorn.

»Ich vermute, dass Georg und Fernanda eine Affäre hatten, sie wurden im Fitnessraum beim Sambatanzen erwischt. Vielleicht wollte sie das Verhältnis nicht länger verheimlichen und hat verlangt, dass ihr Schwiegervater sich zu ihr bekennen sollte. Da hat er rot gesehen und sie erwürgt.«

»Worauf er den Gärtner in eine Falle gelockt hat, indem er ihn an den Wanderparkplatz bestellte«, vollendete Hinnerk ihren Gedanken.

»Oder der Gärtner hat für ihn die Drecksarbeit erledigt, vielleicht wurde er von den Lindholms bezahlt«, spann Käthe den Faden weiter.

»Jetzt bist du schon wieder bei deiner Theorie mit einem Auftragskiller.« Hinnerk lächelte. »Ich finde diesen Massimo viel verdächtiger, wenn es wirklich so war, dass er es nur auf Fernandas Geld abgesehen hatte.«

»Hätte sie das Geld tatsächlich bekommen, würde ich dir zustimmen, aber weder die alte Lindholm noch Georg waren bereit, ihr das halbe Milliönchen für ihre Firmengründung zu geben. Ich finde diese Summe übrigens auch komplett überzogen. Fernanda und Massimo wollten in China produzieren lassen, da ist doch alles billig.«

»Na ja, unser Opfer wird clever gewesen sein und sich gedacht haben, wenn die Lindholms schon das Portemonnaie öffnen, dann so richtig. Wen könnte sie neben Georg und Herta Lindholm denn noch gefragt haben? Vielleicht hat ja jemand anders ihr das Startkapital gegeben«, überlegte Hinnerk.

»Hm, da bleibt nur ihre Schwiegermutter Sigrid. Fernandas Stiefkinder sind noch Schüler, die haben garantiert kein so üppiges Taschengeldkonto.«

»Gut. Nehmen wir also an, dass Fernanda die halbe Million Euro von ihrer Schwiegermutter bekommen hat. Fernanda hat Massimo das Geld gegeben und der hat sie als Dankeschön getötet. Das wäre doch denkbar, nicht wahr?«

»Oh Gott, wie schrecklich«, sagte Käthe entsetzt. »Sigrid hat mir sehr viel Privates erzählt, aber sie hat kein Sterbenswörtchen darüber verloren, dass sie unserem Opfer Geld gegeben haben könnte.«

»Hast du sie denn danach gefragt?«

Käthe verneinte und wollte bestürzt wissen: »Dann ist Massimo plötzlich unser Haupttatverdächtiger?«

»Sigrid Lindholm würde ich mir an deiner Stelle auch noch mal genauer anschauen«, wandte Hinnerk ein. »Eifersucht ist ein beliebtes Mordmotiv, vielleicht hat es ihr nicht gepasst, dass ihr Mann sich mit der Schwiegertochter blendend verstanden hat.«

»Sie hat aber für den Abend ein Alibi, ich war dabei, als Nils sie befragt hat. Sigrid hat geschlafen, Georg auch.«

»Das hatten wir doch schon: Ein verdächtiges Ehepaar, das sich gegenseitig ein Alibi gibt, das im Schlaf stattfand.« Hinnerk tippte sich gegen die Stirn. »So was hab ich in meiner Karriere oft gehört. Vielleicht waren es ja die beiden zusammen. Sie haben gemeinsam die unbequeme Schwiegertochter aus dem Weg geräumt, hast du daran mal gedacht?«

In Käthes Kopf drehten sich die Gedanken plötzlich wieder wild im Kreis. Es war, als würde sie bei ihren verdeckten Ermittlungen auf der Stelle treten. Um sich abzulenken, warf sie nun zur Abwechslung mal das Stöckchen. »Und wenn doch der Gärtner der Täter ist und meine ganze Mühe mit den Nachforschungen völlig umsonst?«, fragte sie entmutigt.

»Käthe, ich bitte dich, dieses Klischee, dass der Mörder immer der Gärtner ist, ist völlig absurd, so was kommt vielleicht in dämlichen Büchern vor. Wir sind hier aber im wahren Leben, in der Realität, verstehst du?«

»Ehrlich gesagt, würde ich mich wohler fühlen, wenn ich gerade Teil eines Kriminalromans wäre, bei dem ich weiß, dass ich nur noch dreißig Seiten lesen muss, bis der Mörder entlarvt ist. Dann könnte ich zufrieden die Nachttischlampe ausknipsen und mich auf die Seite rollen, ohne mir den Kopf darüber zerbrechen zu müssen, wie ich bei den Lindholms und Massimo unentdeckt weiter ermitteln kann.«

»Du hast doch mich als deinen Mentor, du schaffst das schon«, versuchte Hinnerk sie aufzumuntern.

Käthe nickte stumm und schaute auf den Horizont, der sich langsam dunkelrot färbte. Oskar hatte das Stöckchenspiel offenbar satt, denn er rannte jetzt zielstrebig auf einen bestimmten Punkt am Strand zu, statt zu ihnen zurückzukommen.

Als sie näher kamen, erkannte Käthe, wer da in der milden Abendsonne hockte: Ellen. Missmutig starrte sie auf das Wasser und kraulte Oskar, der schwanzwedelnd neben ihr stand.

»Moin! Welche Laus ist dir denn über die Leber gelaufen?«, erkundigte sich Hinnerk.

»Lass mich in Ruhe«, reagierte seine Schwester schnippisch.

»So schlecht ist deine neue Frisur doch gar nicht, es ist mal was anderes«, lobte er ihren Bob inklusive Pony. »Du gewöhnst dich schon noch an dein neues Aussehen.«

»Nein, I love my hair, darum geht es gar nicht.«

»Gibt es wieder Ärger mit deiner Theatergruppe?«, fragte Käthe und setzte sich neben sie in den Sand. Sie hatte beim Näherkommen gesehen, dass die Senioren tuschelnd in den hoteleigenen Strandkörben hockten und immer wieder Blicke zu dem angeblichen Musicalstar warfen.

»Diese Dummköpfe haben sich gegen mich verschworen. Sie finden, dass ich mich zu ernst nehme, also meine Arbeit. Das ist ja wohl voll daneben!«

»Das sind Urlauber, die statt Bingo oder Nordic-Walking halt ein bisschen Theater spielen wollen«, warf Hinnerk ein.

»Das sind keine Profis, die wollen nur ein wenig Spaß in ihrer Freizeit - mehr nicht.«

»In diesem Haufen ist ganz bestimmt kein einziger Profi. Das sind Laiendarsteller, die komplett niveaulos sind«, machte Ellen ihrem Ärger Luft. »Wisst ihr, ich habe ja schon einen gewissen Anspruch an meine Arbeit. Der Hotelmanager wird mich nicht dafür bezahlen, dass wir das Märchen von Hänsel und Gretel aufführen. Es soll eine Megashow für alle Hotelgäste geben, mit ganz großem Tam-Tam, und ihr wisst, I love Tam-Tam.«

»Bist du jetzt so was wie eine Animateurin, die man vom Cluburlaub kennt?«, erkundigte sich Käthe.

»Ich bin Regisseurin, Choreografin und Sängerin in einer Person. Der Manager hat mit mir ... Na, wie sagt man das noch mal auf Deutsch ...« Sie schnipste mit den Fingern.

»Eine egozentrische Musicaldarstellerin engagiert?«, beendete Käthe den Satz.

»Nein!« Sie schüttelte entrüstet den Kopf. »Oh my God, ich lebe einfach schon zu lange in den Vereinigten Staaten.«

»Eine eierlegende Wollmilchsau eingekauft?«, startete Hinnerk einen Versuch und lag damit goldrichtig. Genau diesen Vergleich hatte Ellen gemeint.

»Sie, Miss Elly«, ertönte plötzlich eine bayrische Stimme aus dem Hintergrund.

Alle drei drehten sich zu dem Ensemblemitglied um, das wie ein Diplomat in Friedensmission zum Feldherrn marschierte.

»Mir hoaben in unserer Gruppen beschlossen, dass wir kän Grieß vorführen wollen, aber ABBA«, verkündete der Bayer namens Wolfgang.

»Aber ABBA?«, wiederholte Ellen perplex. »Als ich euch ABBA vorgeschlagen habe, wolltet ihr lieber auf den Spuren von John Travolta wandeln, auch bei ›Cats‹ habt ihr nur lange Gesichter gemacht.«

»Ja, mei, mir sin mehr die Hundefraktion. Und Grieß ist uns wegen dem Englisch zu schwer.« Er kraulte den Hals von Golden Retriever Oskar.

»ABBA ist doch auch auf Englisch?«, entgegnete die Regisseurin.

»Jo, aber das kennt jeder von uns. Mei Resi ist so a kloine Dancing Queen.« Lachend zeigte der Bayer auf seine pummelige Ehefrau, die mit Strohhut und Caprihose im Strandkorb hockte und wild zu ihnen herüberwinkte.

Ellen kratzte sich am Hinterkopf. Sie konnte sich diese Dame nur mit sehr viel Phantasie in einer Schlaghose vorstellen, doch schließlich gab sie sich einen Ruck, stand auf und klopfte sich den Sand von ihrer getigerten Leggins. »Dann lasst uns Stücke aus ›Mamma Mia!‹ aufführen, das ist sogar eines meiner Lieblingsmusicals und ABBA mag ja wohl jeder. Ihr habt den gleichnamigen Film mit Meryl Streep und Pierce Brosnan gesehen?«

Wolfgang nickte und fragte: »Hob i jetzt auch die Lizenz zum Töten oder nur zum Tanzen, wie dieser James Bond?«

Ellen überging den Scherz des Bayern und lief mit neuem Elan zu ihren Schützlingen, während Hinnerk und Käthe beruhigt den Rückweg antraten, begleitet von Ellens durchdringender Stimme, die voller Inbrunst »Money, money, money, must be funny ... « gegen das Meeresrauschen anschmetterte.

Zwanzig Minuten später erreichten sie Hinnerks schmuckes Häuschen und Käthe ging direkt ins Bad, um sich zu duschen. Der leidenschaftliche Koch kümmerte sich in der Zwischenzeit um das Abendessen.

Als es kurz darauf an der Haustür klingelte, schaute er überrascht Renate Hahnbeck in die Augen.

»Ich will nicht stören, aber könntest du mir einen kleinen Gefallen tun?«, fragte die Nachbarin auf ihre Krücken gestützt.

»Moin! Ist bei dir schon wieder der Strom ausgefallen?«

»Nein, könntet ihr bitte meine Blumen gießen? Ich fahre für ein paar Tage weg. Ich brauche einen Tapetenwechsel.« Umständlich fummelte sie einen Schlüssel aus ihrer Hosentasche und hielt ihn Hinnerk vor die Nase.

»Du bist doch krankgeschrieben, darf man da überhaupt in den Urlaub fahren?«

»Pst!« Sie schaute sich hastig um. »Deshalb darf das keiner wissen. Ich will nach Schweden. Eine gute Freundin hat mich eingeladen. Also, könntet ihr bitte nach meinen Grünpflanzen schauen? Das wäre echt nett von euch. Die Orchideen im Wohnzimmer brauchen auch nicht so oft Wasser.«

Hinnerk sicherte ihr zu, diese Nachbarschaftshilfe gern zu übernehmen »Wie lange bleibst du denn weg?«

»Keine Ahnung, kommt darauf an, wie lange meine Freundin mich aushält. Sie ist etwas schrullig, halt so eine alte Katzenlady. Ich hoffe, wir kratzen uns nicht nach ein paar Tagen die Augen aus. Es reicht ja, dass ich auf Krücken gehe, da will ich nicht noch einen Blindenstock mit mir herumschleppen.«

Hinnerk lachte. »Du weißt schon, dass Käthe nur deine Krankheitsvertretung ist und nicht ewig für dich einspringt?«

Renate Hahnbecks Wangen wurden erst blass, dann zartrosa. »Ich werde ihr ein paar Zimtschnecken mitbringen, die macht meine Freundin immer selbst. Sehr lecker. So, ich muss dann auch los, ich muss mein Auto noch vollpacken. Morgen früh nehme ich die erste Fähre nach Dänemark. Mir graut es jetzt schon vor der langen Fahrt bis nach Malmö.« Leidend verzog sie das Gesicht und entfernte sich humpelnd zum Nachbarhaus.

Kaum hatte Hinnerk die Haustür geschlossen und war zurück zum Herd gegangen, kam Käthe im Bademantel und mit einem Handtuch um den Kopf gewickelt die Treppe herunter. »Na, was gibt es Leckeres? Ich habe einen Mordshunger.«

»Zimtschnecken wird sie dir zum Dank mitbringen«, sagte Hinnerk noch immer kopfschüttelnd, dann klärte er seine Lebensgefährtin darüber auf, dass er sich ab sofort nicht nur um den Strom, sondern auch um das Grünzeug von Nachbarin Renate kümmern müsse.

Käthe war über diese Nachricht gar nicht erfreut, sie wollte schließlich nicht ewig bei den Lindholms den Haushalt schmeißen. Erst recht nicht für eine Blaumacherin, die sich mit Krankenschein einen faulen Lenz in Schweden machte. Doch Hinnerk beruhigte sie, indem er sie daran erinnerte, dass sie nicht mehr nur zum Staubwischen in der Villa ein- und ausging, sondern aus viel wichtigerem Grund: Sie war zur Privatermittlerin befördert worden. Als einziger Wermutstropfen blieb, dass keiner außer ihnen etwas davon wusste und sich die steile Karriere auch nicht positiv auf Käthes Lohnzettel niederschlagen würde. Schade!

Kapitel 19

Die 20-Uhr-Nachrichten waren gerade vorbei, als Jannis Lindholm an die Wohnzimmertür seiner Uroma klopfte, Schwester Jule stand aufgeregt neben ihm.

»Wer stört?«, rief sie gewohnt herrisch.

Schüchtern traten die Teenager vor die alte Dame und ließen sich von oben bis unten von ihr mustern. »Was habt ihr zwei angestellt, dass ihr mich mal besucht?«

»Nichts«, antworteten die beiden mit gesenktem Kopf.

»Warum unterbrecht ihr mich dann beim Fernsehen? Ich wollte mir gerade einen Krimi anschauen«, beschwerte sie sich.

»Es geht um Fernandas Beerdigung«, begann Jule. »Wir wissen von Opa, dass du entschieden hast, dass sie in Brasilien beerdigt werden soll, und Papa hat uns gesagt, dass wir dich fragen sollen, ob wir auch nach Rio fliegen dürfen.«

»Das kommt überhaupt nicht infrage. Ihr müsst zur Schule!«

»Aber weil unsere Stiefmutter gestorben ist, gibt es garantiert eine Ausnahmeregelung, damit wir freibekommen, um sie auf ihrem letzten Weg zu begleiten«, argumentierte Jannis.

»Ach, wenn es darum geht, die Schule zu schwänzen, nennt ihr sie auf einmal Stiefmutter. Vergesst es! Ihr zwei bleibt gefälligst hier und geht zum Unterricht, damit ihr gute Noten habt und eines Tages in unsere Firma einsteigen könnt.«

»Papas Nachfolge werden wir auch mit schlechten Noten antreten können«, entgegnete Jule frech.

»Moment, ihr werdet meine Nachfolge antreten, ich habe die Firma groß gemacht und ich erwarte von euch, dass ihr ein hervorragendes Abitur macht, damit ihr später an einer Elite-

Uni studieren könnt. Auf keinen Fall werden Spatzenhirne die Geschäfte von Lindholm Cosmetics führen, das werden nur Spitzenmanager. Also strengt euch gefälligst an. Es reicht ja schon, dass euer Opa kein abgeschlossenes Studium hat. Ihr seht ja, was aus ihm geworden ist: Er schneidet die Rosen im Garten und tanzt mit diesem Flittchen Samba!«

»Nenn sie nicht so«, reagierte Jannis sauer. »Außerdem hat Opa niemals mit Fernanda zusammen getanzt. Erzähl keinen Blödsinn.«

»Doch, hat er. Heimlich im Fitnessraum. Ich habe die beiden sogar dabei erwischt, wie Fernanda sich arschwackelnd wie eine Nutte an ihm gerieben hat. Ekelhaft, einfach ekelhaft«, verkündete Uroma Herta.

»Halt deinen Mund!«, reagierte Jannis aufgebracht. »Du lügst! Du lügst!«

»Sag mal, wie redest du mit mir? Ich erwarte von dir Respekt und kein flegelhaftes Verhalten.« Das Familienoberhaupt funkelte ihn wütend an. »Es ist kein Geheimnis, dass dein Opa ein Faible für junge, hübsche Frauen hat. Oder was glaubst du, warum deine Oma Sigrid ständig angetrunken mit einem Weinglas in der Hand hier herumstolpert?«

»Ich hasse dich! Du bist das Letzte, das Allerletzte!«, brüllte Jannis, dann lief er wutschnaubend davon und ließ die Haustür hinter sich ins Schloss knallen.

»Was hat er denn?«, Herta sah erstaunt ihre Urenkelin an.

Jule, die diplomatischer als ihr aufbrausender älterer Bruder war, grinste. »Ich glaube, es sind seine Hormone, deshalb reagiert er so krass. Übrigens, deine lila Haare stehen dir verdammt gut, das ist echt cool. Lässt dich viel jünger und flippiger erscheinen als dein Blond vorher.«

»Wirklich?« Überrascht strich Herta über ihre Frisur. »Na

ja, zuerst war ich geschockt von dem Resultat, aber mittlerweile glaube ich auch, dass es mir ganz gut steht.«

»Du bist eine Stilikone, liebe Oma Herta«, schleimte die Urenkelin. »Was du in deinem Leben geschafft hast, ist echt unglaublich. Ich habe echt Achtung vor deiner Lebensleistung. Du bist für mich ein ganz großes Vorbild, weil du gezeigt hast, dass man sich in einer männerdominierten Arbeitswelt durchsetzen kann. Von dir kann ich voll viel lernen, du bist für mich nämlich schon immer eine moderne Frau gewesen, die beides unter einen Hut bekommt: Familie und Karriere. Du solltest Ehrenbürgerin von Sylt werden.«

Herta Lindholm grinste zufrieden. »Ja, das sollte ich wirklich, mein Kind.«

Jule legte den Kopf schräg und fragte mit gekonntem Augenaufschlag: »Können wir nach Brasilien fliegen? Bitte, bitte!«

Die Gesichtszüge der Alten verfinsterten sich. »Nein! Ich bin nicht senil und rutsche auf deiner Schleimspur aus. Geh lieber deinen Bruder suchen, nicht dass er mal wieder Kleinholz aus seinem Zimmer macht. Wir kennen ja seine Wutanfälle. Ich habe eurem Vater schon mehrfach gesagt, dass Jannis verhaltensgestört ist, im Internat wäre er viel besser aufgehoben als hier.«

Jule starrte ihre Uroma sprachlos an. Es war ihr unbegreiflich, dass die Alte so stur sein konnte, dabei hatte sie sich alle Mühe gegeben, nett und höflich zu sein.

»Dein Bruder gehört nach dem Abitur zur Bundeswehr«, zeterte Herta weiter. »Er muss endlich mal Zucht und Ordnung lernen. Und Respekt! So ein Jammer, dass es keinen Grundwehrdienst mehr gibt, armes Deutschland!«

Kopfschüttelnd verließ Jule die Gemächer der Patriarchin und machte sich auf die Suche nach ihrem Bruder, damit er sie zur Mutter heimfahren würde, denn keinesfalls wollte sie in der Villa übernachten. Außerdem brauchten die beiden Jugendlichen einen Plan B, da sie unbedingt nach Brasilien fliegen wollten. Allerdings nicht wegen der Beerdigung von Stiefmutter Fernanda, sondern für einen Trip an die Copacabana, einem lebhaften Viertel von Rio de Janeiro. Sylt war für junge Leute nämlich definitiv zu langweilig. Jannis und Jule wollten den Duft der großen weiten Welt schnuppern, statt Mathe und Vokabeln zu büffeln. Doch die sture Uroma hatte ihnen diesen Traum versaut.

Etwa drei Stunden später, gegen 23 Uhr, lag Herta Lindholm in ihrem Bett. Sie wälzte sich schon seit einiger Zeit in ihrer Satinbettwäsche hin und her, doch sie bekam einfach kein Auge zu. An dem grottenschlechten Fernsehkrimi, dessen Anfang sie aufgrund der Unterbrechung durch ihre Urenkel verpasst hatte, konnten die Schlafstörungen wohl kaum liegen. Der Film war furchtbar langweilig gewesen - ganz im Gegensatz zu den Aussagen von Jule. War sie wirklich das Vorbild ihrer Urenkelin? Nachvollziehbar war das sicherlich. Sollte sie in ihrem hohen Alter also vielleicht nicht mehr so hart sein, sonder eher milder in Erscheinung treten und den Kindern doch den Flug erlauben und ihn sogar spendieren? Sie musste am nächsten Tag unbedingt mit Christoph telefonieren und ihn fragen, was er zu einem Kurztrip der Kinder an den Zuckerhut sagte. Zudem war sie ausgesprochen interessiert daran, zu erfahren, wie die bisherigen Verhandlungen in Tokio gelaufen waren. Es war sehr ärgerlich, dass ihr Enkel und Firmennachfolger noch keine Information an Sie rausgegeben hatte, was in ihren Augen dafürsprach, dass die Japaner kein Shampoo oder Make-up der Marke Lindholm in ihren Supermarktregalen anbieten wollten. Sie hatte das bereits geahnt, nachdem ihre Produkte auch in Südamerika keinen nennenswerten Umsatz hatten erreichen können. Christophs Idee, den dortigen Markt mit einer brasilianischen Influencerin zu erobern, hatte sich als Flop erwiesen, und Fernandas Idee, die Produkte wenigstens online via Instagram anzupreisen, fand sie einfach nur billig. So weit käme es noch, dass die Traditionsmarke Lindholm unter Wert verkauft würde, damit sich Teenie-Latinas mit deutscher Schminke aufbrezelten. Das einzig Gute an Fernandas Tod war, dass Christoph sich nun endgültig aus dem lateinamerikanischen Geschäft zurückziehen würde.

Ungehalten drehte Herta sich auf den Rücken, faltete die Hände zum Gebet und führte ein Zwiegespräch mit Buddha, da der wohl einen besseren Draht zu den Japanern hatte als Gott. Sie bat darum, dass die Asiaten zukünftig für ein rappelvolles Firmenkonto sorgen würden. Gleichzeitig wünschte sie sich, dass Christoph keinen Wiederholungsfehler begehen und demnächst mit einer anderen blutjungen, attraktiven schwarzhaarigen Frau auftauchte. Eine neue Fernanda, die statt im Miniröckchen im Kimono herumlief und Georg im Fitnessraum heimlich Karate anstelle von Samba beibrachte, brauchte sie nun wirklich nicht als Nachfolgerin der Verstorbenen.

Das Läuten der Türklingel, die nur für ihren Wohnbereich bestimmt war, riss sie aus ihren Gedanken. Mehrfach ertönte der dumpfe Gong. Das war wohl Jannis, der sich in seinem Frust betrunken und seinen Schlüssel verloren hatte. Schnell zog sich Herta ihren roséfarbenen Schlafrock an, schlüpfte in ihre Hausschuhe und hetzte, genervt von dem immer wiederkehrenden Gong, aus ihrem Schlafzimmer in den Flur. Als sie nach links zur Treppe abbog, spürte sie für einen winzigen Moment einen Widerstand an ihrem Knie, sie kam ins Straucheln und stürzte unaufhaltsam die Stufen herunter. Erst auf dem schwarz-weiß gefliesten Boden kam sie zum Stillstand und blieb dort stöhnend vor Schmerzen liegen. Sie keuchte angestrengt nach Hilfe.

Im selben Moment wurde die angelehnte Haustür einen Spalt geöffnet und eine schwarz gekleidete Gestalt huschte in das Foyer. Auf leisen Sohlen ging die Person zu der schwer verletzten Seniorin und beugte sich über sie.

Herta Lindholm bemerkte den unheimlichen Schatten, sie riss die Augen auf und setzte zu einem ängstlichen Schrei an, doch da hatte sie bereits den Geschmack von Leder am Mund und den Geruch in der Nase. Nach dem heftigen Sturz konnte sie sich nicht mehr bewegen, geschweige denn wild um sich schlagen und den Handschuh abwehren, um wieder zu Atem zu kommen. So dauerte ihr Todeskampf nicht lange, während ihre Arme und Beine noch ein bisschen zuckten.

Nach vollendetem Werk huschte die schwarz gekleidete Person die Stufen hinauf und packte die Schnur, die zwischen zwei Treppenpfosten gespannt war, wieder ein. Es hatte alles wie am Schnürchen geklappt, denn für das, was in Zukunft passieren sollte, gab es keinen anderen Plan, als dass die Alte sterben musste. Endlich!

Kapitel 20

Am nächsten Morgen fuhr Käthe gegen 10 Uhr mit ihrem E-Bike zur Villa Lindholm - wieder einmal an einem eigentlich freien Tag. Sie hatte einfach zu viele Fragezeichen im Kopf, was Fernandas Tod anging, deshalb hatte sie entschieden, auch am heiligen Sonntag den Staubwedel in die Hand zu nehmen und nebenbei im Hause der Millionärsfamilie zu schnüffeln. Sie wollte Sigrid unbedingt noch einmal unter vier Augen sprechen und von ihr wissen, ob sie Fernanda vielleicht die gewünschte halbe Million gegeben hatte. Außerdem nahm sie sich vor, ihr Alibi für den Tatabend zu prüfen, so wie es Hinnerk beim Strandspaziergang vorgeschlagen hatte. Doch als sie auf das schmucke Anwesen radelte, sah sie mit Erstaunen, dass zwei Streifenwagen sowie ein Rettungswagen in der Einfahrt parkten. Sogar das Dienstfahrzeug von Nils war vor dem Rosenbeet abgestellt. Was hatte das zu bedeuten? Kurz darauf fuhr ein schwarzer Kombi mit verdunkelten Scheiben an ihr vorbei und Käthe wurde ganz mulmig. Mit wackeligen Knien stieg sie von ihrem Rad ab und ging eingeschüchtert in das Foyer.

»Käthe, was treibst du denn hier?«, rief Nils, der sofort auf sie zugestürmt kam.

»Das Gleiche wollte ich dich fragen. Ich arbeite hier. Schon vergessen?«

»Das tue ich auch.« Er gähnte laut.

Im selben Moment fiel Käthes Blick auf die tote Herta Lindholm, die blutverschmiert auf den Schachbrettmusterfliesen lag. Erschrocken schlug sie sich die Hand vor den Mund. »Oh mein Gott, was ist denn hier passiert?«

»Treppensturz«, erklärte Nils knapp. »Wir gehen davon

aus, dass die ältere Dame in ihren Pantoffeln gestolpert und die Stufen heruntergefallen ist.«

»Nein, das glaube ich jetzt nicht, das darf doch nicht wahr sein. Sie war gestern noch topfit«, erwiderte Käthe fassungslos.

Nils Rasmussen tätschelte ihr den Oberarm. »Na ja, mit Mitte neunzig kann man schon mal ein bisschen wackelig auf den Beinen sein, vielleicht ist ihr schwindelig geworden«, erklärte er und berichtete, der Notarzt habe einen Oberschenkelhalsbruch festgestellt, vermute aber, dass eine anschließende Hirnblutung wegen des heftigen Aufpralls mit dem Kopf auf die Stufen zum Tod geführt haben könne. »Warten wir mal ab, was die Kollegen sagen werden, nachdem die Obduktion durchgeführt wurde.«

»Wo ist die Spurensicherung?« Käthe sah sich suchend um.

»Die Kollegen in Flensburg werden mir einen Vogel zeigen, wenn ich sie am Sonntag auf die Insel rufe, nur weil eine uralte Frau gestürzt ist.«

»Vielleicht wurde sie geschubst?«, brachte Käthe vor.

Nils zog sie zur Seite. »Hör zu, ich kann verstehen, dass du geschockt bist, weil deine Chefin tot ist, aber es gibt keinen ersichtlichen Grund, hier unnötig die KTU-Kollegen zu beschäftigen. Sie war eine fast hundertjährige Frau und Treppenstürze sind jetzt nichts Außergewöhnliches in diesem gesegneten Alter.«

»Dein Vater hatte recht. Du arbeitest einfach schlampig«, entfuhr es Käthe mit einem kleinen tadelnden Schnauben.

»Na, na, du bist aufgebracht und weißt nicht, was du sagst.«

»Vielleicht wurde sie von einem Einbrecher überfallen und niedergeschlagen?«, mutmaßte Käthe weiter.

»Die Haustür weist keinerlei Einbruchsspuren auf, ebenso

keines der Fenster, was die freundlichen Kollegen, die sonntags Dienst schieben müssen, mir bestätigt haben.« Nils winkte den uniformierten Streifenpolizisten zu und sagte ironisch an Käthe gewandt: »So viel dazu, dass ich schlampig arbeite.«

Käthe seufzte verzweifelt. »Ich kann das echt nicht begreifen, sie war gestern doch noch quietschfidel, ihr Tod kommt so plötzlich und unerwartet.«

»Frau Lindholms Sohn hat uns erklärt, dass seine Mutter in letzter Zeit unter Schwindelattacken und Ohnmachtsanfällen gelitten habe. Das sind Symptome einer Herzinsuffizienz, wie mir der Notarzt bestätigt hat.«

»Wie bitte?« Empört drehte sie sich um und stürmte auf Georg zu, der als stiller Beobachter am Rand des Geschehens stand. »Wieso lässt du mich mit deiner Mutter Auto fahren, wenn ihr Herz Aussetzer hat? Das ist doch lebensgefährlich.«

Georg reagierte gelassen: »Du musst verstehen, Mutti wollte nicht wahrhaben, dass ihre Gesundheit langsam nachließ. Niemand hätte sie vom Autofahren abhalten können, ihr Jaguar war nämlich ihr Lieblingsspielzeug, und einen Herzschrittmacher hat sie kategorisch abgelehnt, dieser Eingriff war ihr zu risikobehaftet.« Er sah Käthe mitfühlend an. »Ich kann nachvollziehen, dass du am Boden zerstört bist, weil ihr zwei euch so gut verstanden habt.«

»Hä? Wie kommst du denn darauf?«

Georg zuckte die Schultern und zählte auf, dass sie ja gemeinsam beim Friseur gewesen seien und Käthe seiner Mutti sogar an ihrem gestrigen freien Tag Tee serviert habe, nur um ihr Gesellschaft zu leisten. »Weißt du, sie hatte keine Freundinnen, aber dich mochte sie, das habe ich gespürt.«

»Soso, dann hatte sie eine sehr merkwürdige Art, das zu zeigen.«

»Ja, Mutti konnte ihre Gefühle nicht gut zum Ausdruck bringen. So war sie nun mal, meine geliebte Mutti.«

Käthe schnaufte nachdenklich. »Tut mir leid, was mit deiner Mutti passiert ist, mein aufrichtiges Beileid.« Sie schüttelte sich. »Bitte entschuldige, ich muss auf den Schreck erst mal ein Glas Wasser trinken.«

»Natürlich, fühl dich wie zu Hause«, rief Georg ihr hinterher, während Käthe bereits auf dem Weg in die Küche war. Den plötzlichen Tod von Herta Lindholm musste sie erst einmal verarbeiten, da blieb ihr im wahrsten Sinne des Wortes die Spucke weg.

Am Küchentisch saß eine ebenfalls durstige Sigrid, allerdings genehmigte die sich auf den Schock einen Klaren, frei nach dem Motto: Kein Alkohol ist auch keine Lösung.

»Mein Beileid, Sigrid. Wie geht es dir?«, wollte Käthe mitfühlend wissen.

»Ich konnte Herta zwar nicht leiden, aber dass sie jetzt so tragisch auf der Treppe verunglückt ist, tut mir schon leid.« Konzentriert füllte sie ein zweites Gläschen und leerte es in einem Zug, dann sah sie zu Käthe. »Willst du auch einen?«

»Nein, danke.« Käthe drehte lieber den Wasserhahn auf, statt sich aus der Willliams-Christ-Flasche zu bedienen, wie Sigrid es jetzt tat. »Wusstest du von Hertas Herzschwäche?«

Sigrid hob die Achseln. »Über ihre Gesundheit hat sie nicht mit mir gesprochen, das war Privatsphäre. Wir wissen alle, dass sie noch sehr rüstig und geistig topfit war, aber niemand lebt ewig. Der eine hat halt das Glück, uralt zu werden, und andere müssen ganz jung von uns gehen, wie Fernanda.« Andächtig stierte Sigrid auf ihr Schnapsgläslein und gönnte sich schließlich eine weitere Füllung.

»Woher kommst du eigentlich? Warst du in der Kirche?«,

fragte Käthe neugierig und musterte Sigrids auffällige Aufmachung mit rotem Kleid, Pumps und Perlenkette.

Sigrid schaute sie skeptisch an. »Ich und Kirche? Nein, mit dem Verein habe ich nichts zu tun.«

»Für wen hast du dich dann so schick gemacht? Für die Polizei doch sicherlich nicht.«

»Ich bin erst vor einer halben Stunde heimgekommen. Ich war über Nacht nicht zu Hause.« Sie lächelte augenzwinkernd und kippte sich prompt den vierten Schnaps in Käthes Beisein hinter die Binde.

»Darf ich fragen, wo du gewesen bist?«, erkundigte sich Käthe vorsichtig und nippte an ihrem Wasser. Mit einem guten Pegel hatte sich Sigrid schon einmal als angenehm redselig erwiesen.

Sigrid beugte sich ein wenig zu ihr, ehe sie antwortete: »Ich war bei Romeo.« Sie grinste über beide Backen.

»Du gehst in so einem Fummel zum Katzensitting?«

»Nein, Romeo ist kein Kater ... Wobei, vielleicht ein Schmusekater.« Sie kicherte albern.

»Du hast eine Affäre?«, kombinierte Käthe geistesgegenwärtig.

»Na ja, Affäre ist zu viel gesagt. Romeo ist mein Liebhaber für gewisse Stunden.«

»Ich verstehe nur noch Bahnhof. Was willst du mir bitteschön sagen?«

Sigrid kramte in ihrer Handtasche herum, öffnete ihre Geldbörse und legte eine Visitenkarte vor Käthe auf den Tisch. »Wenn du dich mal einsam fühlst, dann ruf ihn an. Er ist der Beste!« Sie befeuchtete ihre Lippen mit der Zunge.

Endlich fiel es Käthe wie Schuppen von den Augen. »Romeo ist ein Callboy?«

»Ein Escort, Käthe. Sag einfach Escort, das klingt nicht so billig.«

In diesem Moment platzte Georg in die Küche, hinter ihm erschien Nils im Türrahmen.

»Sigrid, der junge Mann von der Kriminalpolizei will wissen, weshalb ich Mutti erst heute Morgen entdeckt habe«, meldete Georg.

»Der Arzt geht davon aus, dass Ihre Schwiegermutter schon einige Stunden auf dem kalten Fliesenboden lag«, ergänzte der Kripobeamte, um seine Frage zu erklären. »Haben Sie denn in der Nacht kein lautes Poltern auf der Treppe gehört?«

Sigrid schluckte, ehe sie stammelnd erklärte, dass sie früh ins Bett gegangen sei und wie ein Stein geschlafen habe, dabei blinzelte sie mit gesenktem Kopf Käthe an, die nur stumm dahockte und zuhörte.

»Sie müssen wissen, Herr Rasmussen, meine Frau und ich schlafen in getrennten Zimmern, weil ich laut schnarche - zumindest behauptet dies meine liebe Frau Gemahlin.« Georg schmunzelte in die Runde und Sigrid bestätigte sofort, dass sie trotzdem noch Ohrstöpsel benötige, weil sie sein Sägen sogar durch die Wände höre.

»Okay. Wer war letzte Nacht noch im Haus?«

»Unser Enkel Jannis wohnt hier, aber ich weiß leider nicht, wo er steckt. In seinem Zimmer ist er nicht. Hast du eine Ahnung?« Fragend sah Georg seine Gattin an.

»Nein, woher soll ich das wissen. Ist das denn wichtig?«, wandte sie sich an den Kommissar. »Er hatte nie ein enges Verhältnis zu seiner Uroma, wir werden es ihm schonend beibringen.« Sie lachte ironisch - schon leicht beschwipst.

»Na ja, wenn die tote Oma stundenlang am Fuße der Treppe liegt, obwohl im selben Haus drei weitere Angehörige leben, ist es meine Aufgabe, zu überprüfen, ob es nicht zum Tod durch unterlassene Hilfeleistung gekommen ist. Laut meinen Erkenntnissen muss die Verstorbene gegen Mitternacht den Tod gefunden haben, aber der Notruf wurde erst heute Morgen gewählt.«

»Der Junge ist achtzehn - vielleicht ist er über Nacht bei einem Mädchen geblieben«, erwiderte Georg, der seine tote Mutti am Morgen entdeckt hatte.

»Ja, oder er ist in der Kirche«, warf Sigrid kichernd ein. Sie hatte bereits rote Bäckchen - ob vom Schnaps oder vom Lügen, konnte Käthe nicht einschätzen.

»Kirche?«, wiederholte Nils. »Die ganze Nacht?«

Sigrid nickte eifrig. »Jawohl, wir sind eine sehr gläubige Familie mit guten Kontakten. Für uns bleibt der Beichtstuhl in der St.-Christophorus-Kirche in Westerland rund um die Uhr geöffnet. Gott, schütze Sie, Herr Kommissar!« Sie bekreuzigte sich, stand auf und verkündete, dass sie sofort in die Kirche fahren wolle, um für ihre schmerzlich vermisste Schwiegermutter eine Kerze zu entzünden. Mit diesen Worten flitzte sie aus der Küche.

Georg hinterher. »Du fährst kein Auto, du hast doch wieder getrunken«, rief er. »Das ist unverantwortlich.«

Nils gähnte und streckte sich, dann sah er zu Käthe, die mit ihrem Wasserglas allein am Tisch zurückgeblieben war. »Diese Lindholms sind schon merkwürdig, oder?«

»Auch Millionäre sind Leute wie du und ich, mit all ihren Sorgen und Problemen.« Sie lächelte. »Dich haben die Zwillinge wohl mal wieder nicht schlafen lassen.«

»Die zwei haben die halbe Nacht geschrien, bei Diana und mir liegen die Nerven echt blank«, gab er zu.

»Soll Ellen mal wieder vorbeikommen, um dich und Diana zu unterstützen?«

Nils winkte ab. »Ich mag Tante Elfriede, oder Ellen halt, sehr gern, aber mit Babys kann sie nun wirklich nicht viel anfangen.«

»Wieso? Sie war doch gerade erst bei euch und hat ihnen sogar Geschenke gebracht.«

»Ja, das war auch echt nett von ihr, aber sie quasselt mit Henry und Louis ausschließlich auf Englisch. Dazu macht sie so komische Fratzen, dass die beiden sich total erschrocken haben.«

»Sie hat eben keine eigenen Kinder. Trotzdem finde ich, dass sie ruhig mal als Babysitterin bei euch einspringen könnte, damit ihr ein paar Stündchen Schlaf bekommt. Du siehst völlig übermüdet aus.«

Doch der gähnende Familienvater lehnte dankend ab. »Tante Ellen ist wirklich nett, aber auch schräg. Ich glaube, die lange Zeit in den USA und ihre Musical-Engagements haben sie in ihrem Verhalten stark verändert.«

»Wie kommst du zu dieser Annahme?«

»Als wir die Zwerge ins Bett bringen wollten, ist sie um ihre Bettchen herumgetänzelt und hat die ganze Zeit ›Mamma Mia‹ gesungen.«

»Oh Gott, wie furchtbar!«, sagte Käthe ehrlich bestürzt.

»Ja, das war es. Henry und Louis haben geschrien wie am Spieß.«

»Glaubst du, sie mögen Tante Ellen nicht? Kinder haben ja ein gewisses Feingefühl. Mir sind die kleinen Racker sehr sympathisch.«

»Ich denke eher, sie mögen keine Musik von ABBA«, gab Nils schmunzelnd zurück.

»Aber ABBA mag doch jeder. Behauptet Ellen zumindest.«

Nils schüttelte den Kopf. »Ich stehe auf Techno und Diana auch. Wir wollen nun mal nicht, dass Tante Ellen die

Jungs einer musikalischen Gehirnwäsche unterzieht. Frühkindliche Erziehung ist so wichtig, weil da die Weichen fürs Leben gestellt werden«, erklärte der engagierte Vater. »Wir mögen Musicals nicht, auch wenn Tante Ellen das nicht nachvollziehen kann.«

Käthe konnte sich ein Lachen nicht verkneifen. »Ach, kommt doch mal zum Abendessen bei uns vorbei. Wir würden uns riesig freuen«, sagte sie.

»Aber nur, wenn Papa mich nicht zum Lindholm-Fall löchert«, wandte Nils ein. »Es nervt mich nämlich kolossal, dass er sich ständig einmischen muss.« Erneut gähnte er herzhaft, dann verabschiedete er sich, da er dringend losmüsse.

»Fälle, Nils! Die Lindholm-Fälle«, murmelte Käthe vor sich hin, nachdem er gegangen war.

Sie wollte einfach nicht glauben, dass Herta Lindholm ohne Fremdeinwirkung auf der Treppe gestürzt war. Nachdenklich räumte sie ihr leeres Glas in die Spülmaschine, dann nahm sie die Visitenkarte von Romeo in die Hand und las laut: »Romeo - ein Mann für gewisse Stunden.«

Sie ließ die Karte gegen ihren Daumen klappen und sah zum Fenster hinaus. Ob er Sigrid ein wasserdichtes Alibi für die vergangene Nacht zugesichert hatte, da sie ja schon für seinen Körper bezahlt hatte?

Sie würde ihn wohl anrufen müssen, doch noch traute sie sich nicht, obwohl diese Alibiüberprüfung zu ihrem Job als Privatermittlerin dazugehörte. Mit Sexarbeitern hatte Oma Käthe bisher keinerlei Berührungspunkte gehabt.

Kapitel 21

Hinnerk saß rauchend auf der Terrasse und hörte aufmerksam zu, was Käthe aus dem Hause Lindholm zu berichten hatte. Nachdem sie geendet hatte, blies er eine besonders hübsche Rauchwolke in die Luft und sagte: »Das ist ja ein merkwürdiger Zufall, dass ausgerechnet ein paar Tage nach Fernanda Lindholms Tod ein weiteres Mitglied aus dem Millionärsclan stirbt.«

»Da sagst du was Wahres, das sind wirklich Clanmethoden. Vielleicht ist da eine andere Unternehmerfamilie am Werk, die aus Rache einen nach dem anderen im Hause Lindholm umbringen lässt.«

»Ach, Käthe, ich glaube, du übertreibst maßlos. Wir sind hier immer noch auf Sylt - nicht in Berlin.«

»Ich wette mit dir, dass sie absichtlich die Treppe heruntergestoßen wurde, und ich habe auch schon einen Verdacht«, beharrte sie.

Hinnerk legte den Kopf schräg und nickte ihr aufmunternd zu. »Spuck's aus, meine kleine Miss Marple.«

»Wenn wir davon ausgehen, dass Fernanda und Herta Lindholm vom gleichen Täter getötet wurden, scheidet der Gärtner jetzt definitiv aus, weil der momentan in einer Zelle hockt. Bleiben für mich nur noch Georg, Sigrid und Jannis, da sie im Haus wohnen, denn laut deinem Sohn gibt es keine Einbruchsspuren, die darauf schließen lassen, dass in der Nacht ein Fremder ins Haus eingedrungen ist.«

»Was ist mit dem Friseur, diesem Massimo?«, fragte Hinnerk und zog seelenruhig an seiner Pfeife.

»Der wohnt in Westerland, ganz in der Nähe von seiner Arbeitsstelle.«

»Als bester Freund von Fernanda könnte er einen Zweitschlüssel zum Haus besitzen. Vielleicht hat er den für einen spontanen Besuch genutzt, als er der alten Lindholm mal ordentlich die Meinung geigen wollte. Kurz danach ist sie tot.«

»Ach, Hinnerk, du hast dich so an diesem Massimo festgebissen.«

»Nein, habe ich nicht, ich will nur, dass wir ihn als Tatverdächtigen nicht ausschließen. Er hat kein Alibi für den Zeitpunkt, als Fernanda ermordet wurde, das hast du selbst herausgefunden.«

Käthe lenkte zähneknirschend ein, dann fügte sie hinzu: »Für mich rückt Georg in den Vordergrund, er war der Einzige, der im Haus war, als seine Mutter auf der Treppe gestürzt ist.«

»Bist du dir sicher?«

»Jannis war anscheinend über Nacht fort, weil er frühmorgens nicht in seinem Bett lag.«

»Na, das macht ihn nicht weniger tatverdächtig. Er könnte geflohen sein, nachdem er seine Uroma geschubst hat.«

»Herrgott, Hinnerk«, stöhnte Käthe. »Der war bis über beide Ohren verknallt in Fernanda, der hat sie niemals getötet. Er ist ein junger Kerl. Vielleicht war er in irgendeiner Disco und hat anschließend bei irgendwem übernachtet, weil er nicht mehr heimfahren konnte.«

»Sagt man überhaupt noch Disco? Ich glaube, die jungen Leute gehen jetzt in den Club«, wandte Hinnerk ein.

»Das ist doch nun völlig egal«, regte Käthe sich auf. Sie konnte es auf den Tod nicht leiden, wenn Hinnerk auf solchen Kleinigkeiten herumritt. »Unser Tatverdächtiger muss zwei Motive haben, weshalb er die zwei Frauen umgebracht hat, und da bleibt für mich nur Georg übrig. Er war allein zu Hause mit seiner Mutter.«

»Was ist mit seiner Frau?«

»Die hat ein Alibi. Sie hat die Dienste von einem Escortservice in Anspruch genommen.«

Hinnerk pfiff leise. »Wirklich?«

»Ja, sie hat es mir heute Morgen in der Küche ganz offenherzig und vielleicht auch ein bisschen stolz erzählt. Weißt du, sie hatte schon ein paar Schnäpschen getrunken, da fühlte sie sich wohl freier, um über solche intimen Details zu sprechen.«

»Und du glaubst ihr das einfach so?« Er rieb über seinen grauen Bart.

»Ja, sie führen eine offene Ehe. Weshalb sollte sie mich anlügen?«

»Falls Sigrid Lindholm ihre Schwiegertochter und ihre Schwiegermutter getötet hat, wird sie jeden anlügen, damit niemand hinter ihr dunkles Geheimnis kommt. Verstehst du, worauf ich hinauswill?«

»Sie hat für den Zeitpunkt des Mordes an Fernanda ein Alibi, ihren Georg ...« Käthe brach ab. »Oh mein Gott, du hast recht, sie hat gelogen.«

»Aha, und wieso?«

»Die beiden schlafen getrennt, weil Georg schnarcht, das hat er heute so nebenbei ausgeplaudert. Das heißt ... «

»Dass die beiden für den Abend beziehungsweise für die Nacht, in der Fernanda getötet wurde, kein Alibi haben, weil sie gar nicht mitbekommen haben, ob der andere sich heimlich aus seinem Schlafzimmer entfernt hat.«

»Stimmt!« Käthe tippte mit dem Finger auf den Gartentisch, während sie eins und eins zusammenzählte. »Das heißt, wenn Sigrids Alibi mit ihrem Gigolo Romeo stimmt, dann ist es Georg, der für beide Abende kein Alibi hat.«

Hinnerk nickte zufrieden. »Du bist sehr clever! Wenn du

jetzt noch mal bei dem Friseur nachforschst, wird der Kreis der Verdächtigen immer kleiner.«

Zögernd zog Käthe die Visitenkarte des Liebesanbieters Romeo aus der Tasche und drehte sie nervös in den Händen. »Sigrid meinte, ich könnte ihn kontaktieren, wenn ich mich einsam fühle.«

»Na, nur zu. Ruf an!«, ermunterte Hinnerk sie.

»Magst du das nicht machen?«, wand sich Käthe. »Du bist viel erfahrener als ich. Du warst schließlich bei der Kripo – nicht ich. Ich habe so was doch noch nie gemacht.«

»Auf gar keinen Fall, ich rufe keinen Escort an. Dank der Lindholm hast du den Kontakt, also nutze ihn.« Er spielte an seiner Pfeife herum und grinste seine Lebensgefährtin schelmisch an.

Eine Viertelstunde später hatte Käthe die Handynummer von Romeo gewählt und tigerte nervös im Wohnzimmer auf und ab, bis am anderen Ende abgehoben wurde.

»Hi, hier ist Romeo, wer bist du denn?«, meldete sich eine tiefe, sympathische Stimme.

»Schönen guten Tag, mein Name ist Kä..., also ich bin die Kathy und ich habe Ihre Daten von einer Freundin bekommen.«

»Hi, Kathy, du hast eine wirklich süße Stimme.«

Vor Schreck fiel Käthe fast das Handy aus der Hand. »Gleichfalls! Sie klingen auch sehr nett«, erwiderte sie verlegen.

»Was kann ich denn Schönes für dich tun?«

»Ähm, tja, darüber habe ich mir noch gar nicht so viele Gedanken gemacht, aber vielleicht könnte ich das Gleiche bekommen wie meine Freundin, Sigrid Lindholm, die hat in den höchsten Tönen von Ihnen geschwärmt.«

Er lachte. »Die liebe Siggi ist aber ein ganz schön versautes

Luder! Bist du dir sicher, dass du das Gleiche willst? Du wirkst ein bisschen schüchtern am Telefon.«

»Ach, wirklich?« Käthe schluckte. »Am Telefon bin ich immer etwas zurückhaltend, aber wenn man sich live sieht, bin ich wie ausgewechselt.«

»Das heißt, dann wird die schüchterne Kathy zur wilden Drecksau?«

Käthe hustete, ihr Hals war auf einmal ganz trocken. »Sie, Herr Romeo, war denn meine Freundin Sigrid gestern Nacht bei Ihnen?«

»Warum willst du das wissen?«

»Puh, na ja, weil ich so gar keine Ahnung habe, was mich da kostenmäßig erwartet. Einen Kostenvoranschlag machen Sie nicht, oder?«

»Die Stunde dreihundert, für die ganze Nacht nehme ich zweitausend, da sind dann zwölf Stunden inklusive, weil man schläft ja auch ein paar Stündchen«, begründete er den günstigeren Preis.

Käthe lachte. »Das ist schon ein happiges Sümmchen für so eine Nacht. Was hat denn die Sigrid gestern Abend bei Ihnen gebucht?«, unternahm sie einen erneuten Anlauf, ein paar Fakten aus ihm herauszukitzeln.

»Sigrid ist eine Stammkundin, die keine halben Sachen bei mir bestellt«, antwortete er kryptisch.

Jetzt nahm Käthe all ihren Mut zusammen. »Ich habe die Sigrid heute Morgen in der Kirche getroffen, und da hat sie so davon geschwärmt, was sie heute Nacht für einen Spaß mit Ihnen hatte. Das war doch letzte Nacht, oder?«

Romeo lachte und bestätigte endlich, dass seine Kundin tatsächlich erst am frühen Morgen das Hotelzimmer verlassen habe.

Käthe schnaufte zufrieden. »Wunderbar, das Gleiche hätte

ich dann auch gern, weil sie hat danach so beseelt auf mich gewirkt.«

»Sehr gerne, Kathy. Bringst du deine eigene Augenbinde mit oder willst du etwas aus meinem Fundus? Ich habe auch eine große Auswahl an Peitschen und Gerten hier, da finden wir schon was, was dir und deinem Popo gefallen wird.«

Diesmal fiel Käthe das Handy wirklich vor Schreck aus der Hand. Sie bückte sich und tippte hastig auf das rote Hörersymbol, dann ging sie zurück zu Hinnerk nach draußen, der sie mit einem breiten Grinsen erwartete. »Na, wie war es, das erste Mal einen Callboy anzurufen?«

»Schrecklich!« Käthe schüttelte sich. »Ich bin echt nicht konservativ, aber Geld dafür zu zahlen, dass ein Mann mit mir schläft, das finde ich schon ekelhaft.«

»Für wen jetzt?«

»Sehr witzig, Hinnerk. Warst du denn mal in einem Bordell?«

»Selbstverständlich.« Genüsslich zog er an seiner Pfeife.

»Aha, interessant, und das posaunst du einfach so frech heraus, als wenn es das Natürlichste auf der Welt wäre.«

»Es ist das älteste Gewerbe der Welt, und ja, Sex ist etwas Natürliches. Jeder hat nun mal andere Bedürfnisse. Ich finde, Sexarbeit ist eine Dienstleistung wie Haareschneiden oder Pediküre.«

Bei Käthe entglitten die Gesichtszüge. »In meinen Augen ist es schon ein riesengroßer Unterschied, ob man für Geld pedikürt oder penetriert wird.«

»Jeder hat seine eigene Meinung dazu, ich finde das nicht schlimm.«

Käthe zog die Augenbraue hoch und lehnte sich auf ihrem Stuhl zurück. »War es denn gut im Bordell? Bist du auf deine Kosten gekommen?«

»Ich war aus rein beruflichen Zwecken dort, immer im Rahmen von Ermittlungen, niemals privat«, antwortete er gelassen.

Schlagartig besserte sich Käthes Stimmung. »Dieser Romeo hat übrigens bestätigt, dass er die Nacht mit seiner Siggi verbracht hat. Damit ist ihr Alibi wasserdicht und wir können uns auf Georg und Massimo fokussieren.«

»Du, Käthe, nicht wir. Ich bin nur dein Mentor, der dafür sorgt, dass du über dich hinauswachsen kannst. Du schlägst dich bisher ganz schön tapfer, ich bin sehr stolz auf dich.« Er beugte sich zu ihr vor und gab ihr ein Küsschen auf den Mund.

Im selben Moment kam Ellen um die Ecke geschossen. »Ratet mal, wen ich gerade getroffen habe«, rief sie.

»Deine mysteriöse Theatergruppe?« Käthe rollte mit den Augen.

»Nein, Bernd. Der ist echt ein Schatz, wir liegen auf der gleichen Wellenlänge. Wir haben zusammen Eis gegessen, der ist so eine Naschkatze wie ich.«

»Bernd? Welcher Bernd?«, wollte Hinnerk wissen. »Ist da etwa ein Funke übersprungen und wir können uns auf eine fünfte Hochzeit einstellen?«

Ellen verneinte lachend und begründete, dass Bernd vom anderen Ufer sei. Die Erfahrung habe sie ja schon einmal gemacht, also einen Mann zu ehelichen, der auf Kerle stand. Ein zweites Mal werde ihr so ein Fehler nicht passieren. »Es wäre natürlich toll, einen neuen Mann fürs Herz kennenzulernen, aber das ist so verdammt schwer. Tinder ist für mich wie Schrottwichteln, was man da abbekommt, kann man bloß in die Tonne kloppen.«

»Lohnt sich das denn für dich, hier auf Datingapps unterwegs zu sein, wenn du eh bald nach New York zurückfliegst?

Wann genau geht überhaupt dein Flug von Hamburg?« Käthe setzte ein künstliches Lächeln auf.

»Nächste Woche. Ach, bis dahin habe ich mit der Theatergruppe noch so viele Proben. Dieser Bayer quatscht ja schon ein unterirdisches Englisch, aber habt ihr mal gehört, wie ein Sachse Döncing Queen singt? Boah, da rollen sich mir jedesmal die Fußnägel hoch.«

»Aber ABBA können und mögen doch zum Glück alle, nicht wahr?«, wandte Käthe ein. »Wann genau fliegst du jetzt?«, hakte sie dann erneut nach.

»Da muss ich noch mal auf mein Ticket schauen«, erwiderte Ellen ausweichend. »Was habt ihr denn heute so gemacht?«

»Meine Chefin ist tot - Treppensturz«, berichtete Käthe. »Aus diesem Anlass habe ich gerade bei einem Escortservice angerufen und mich erkundigt, wie hoch die Preise für eine halbe Nacht sind.«

Ellen fiel die Kinnlade herunter, worauf die beiden anderen in lautes Gelächter verfielen.

»Würdest du uns bitte trotzdem bald mal deinen Abflugtermin nennen? Dann könnten Hinnerk und ich nämlich auf die Reeperbahn gehen, nachdem wir dich am Airport abgesetzt haben. Wir wollen mal die Preise vergleichen und schauen, ob die käufliche Liebe auf Sylt im Rahmen liegt oder ob mich mein Gigolo Romeo übers Ohr hauen will.« Käthe grinste verschmitzt.

»Nerv mich nicht! Verarschen kann ich mich selber.« Wütend trampelte Ellen davon.

»Warum ist sie jetzt so stinksauer?« Irritiert sah Hinnerk ihr nach.

»Getroffene Hunde bellen halt ... «

»Du glaubst nicht wirklich, dass meine Schwester für Sex

bezahlt, bloß weil sie bei Tinder nur Müll statt toller Männer findet?«, entrüstete sich Hinnerk.

»Nein, natürlich nicht. Ich vermute einfach, dass sie gar kein Rückflugticket hat.«

»Quatsch. Wie kommst du denn auf die Schnapsidee? Sie arbeitet doch am Broadway und ist nur hier, weil das Theater aktuell Ferien hat.«

Käthe blieb bei ihrer Meinung. Ellen war ihr von Anfang an suspekt gewesen, und leider hatte sich an dem Zustand bislang nichts geändert.

Kapitel 22

Am nächsten Morgen fuhr Käthe mit ihrem Fahrrad nach Westerland zu Bernds Salon. Normalerweise wäre sie um diese Uhrzeit schon im schwarz-weißen Outfit bei den Lindholms tätig gewesen, doch Georg hatte sie darum gebeten, später zur Arbeit zu erscheinen. Nach dem Tod seiner geliebten Mutti könne man nicht einfach zum Alltag übergehen, hatte er ihr per WhatsApp mitgeteilt. Käthe war das nur recht, das frühe Aufstehen war ihr sowieso schwergefallen. Deshalb freute sie sich, dass sie nun ganz entspannt Massimo befragen konnte, was er am vergangenen Tag zu später Stunde so getrieben habe, schließlich wusste sie von Nils, dass Herta Lindholm gegen Mitternacht verstorben war.

Als sie gegen 9:30 Uhr das Geschäft betrat, war sie verwundert, dass wieder einmal gähnende Leere herrschte. Nur Friseurmeister Bernd Mattiesen war anwesend und gerade dabei, einen Spiegel blitzblank zu putzen.

»Guten Morgen. Sie haben geöffnet, oder?«, erkundigte sich Käthe. Sie hatte vorher extra noch einmal auf der Webseite nachgeschaut, da Friseure montags oft geschlossen hatten, daher war sie ein wenig verunsichert.

»Ja, solange die Touristen auf der Insel sind, bin ich an sechs Tagen die Woche im Einsatz. Man muss jeden Euro mitnehmen, bevor es in der Nebensaison ruhig wird. Sie waren doch erst vorgestern bei uns, waren Sie nicht zufrieden?«, wollte er misstrauisch wissen und legte den Lappen beiseite.

»Doch, doch, ich bin äußerst zufrieden. Massimo hat einen guten Job gemacht«, versicherte Käthe.

»Ja, er ist einfach klasse. Ein wirklich talentierter junger Mann, der sein Handwerk sozusagen blind beherrscht. Ich hoffe, er wird mal meinen Salon übernehmen, auch wenn die Geschäfte gerade nicht so gut laufen.« Nachdenklich blickte er auf die leeren Frisierplätze. »Leider ist nun eine meiner besten Kundinnen gestorben. Es ist so traurig, was der lieben Frau Lindholm passiert ist. Wie schnell das Leben vorbei sein kann, von einer Sekunde auf die andere. Erst Fernanda, dann sie.« Mit glasigen Augen griff er nach einem Taschentuch und tupfte sich ein paar Tränen unter seiner schwarzen Hornbrille weg.

»Sagen Sie mal, Herr Mattiesen, Sie kennen doch Massimo ganz gut, nicht wahr?«, begann Käthe.

»Ja, er ist wie ein Sohn für mich. Er hat die Ausbildung bei mir durchlaufen und arbeitet für mich, seit er sechzehn ist. Seit zehn Jahren, um genau zu sein. Ein toller junger Mann!«

»Dann wussten Sie ja auch, dass er und Fernanda beste Freunde waren. Wie haben Sie das Verhältnis zwischen den beiden wahrgenommen?«

Bernd lachte auf. »Freunde?«

»Nicht? Waren Sie etwa Feinde?«, bohrte Käthe sogleich nach.

»Okay, Frau Käthe ...«

»Sagen Sie bitte Frau Bohneberger«, unterbrach sie den Friseur. »Frau Käthe sagte nur die alte Lindholm. Sollten Sie sich das bei ihr abgeguckt haben, als wir zusammen bei Ihnen waren, vergessen Sie das bitte ganz schnell wieder.«

»Gut, Frau Bohneberger.« Er beugte sich ein wenig zu ihr und setzte eine verschwörerische Miene auf. »Bitte versprechen Sie mir, dass Sie niemandem etwas davon sagen.«

»Ich kann schweigen wie ein Grab. Gab es Zoff zwischen Massimo und Fernanda?«

Bernd schüttelte den Kopf, dann flüsterte er: »Die zwei waren ein Liebespaar!«

»Wie bitte? Sie nehmen mich auf den Arm. Massimo hat

mir selbst gesagt, dass er schwul ist«, sagte Käthe verständnislos.

Bernd lachte. »Das ist doch die allerbeste Tarnung! Wenn man Ehemann, Stiefsohn, Schwiegereltern und der alten Lindholm weismacht, dass man homosexuell ist, schöpft keiner von denen Verdacht.«

Nun war Käthe baff. Damit hatte sie nicht gerechnet. Diese neue Information erhärtete allerdings den Verdacht, dass Massimo tatsächlich hinter dem Mord an Fernanda stecken könnte, denn er hatte gleich zwei Motive: Habgier wegen der halben Million Euro sowie Eifersucht, falls er mitbekommen hatte, dass Fernanda mit ihrem Schwiegervater heimlich Samba getanzt und vielleicht sogar ein Verhältnis mit ihm gehabt hatte.

»Hat Massimo heute frei oder fängt er später an?«

Der Friseurmeister zuckte die Achseln. »Ich weiß nicht, wo er steckt. Er hätte längst hier sein müssen und krank hat er sich auch nicht gemeldet.« Er zückte sein Handy und rief seinen Angestellten an. »Da geht sofort die Mailbox an - das Telefon ist aus«, meldete er anschließend.

»Wo wohnt Massimo?«, wollte Käthe wissen. »Ich müsste ihn nämlich dringend sprechen.«

»Gleich schräg gegenüber, da drüben«, sagte er und zeigte aus dem Schaufenster. »Warten Sie, ich begleite Sie.« Bernd zog ein Schlüsselmäppchen aus einer Schublade und wedelte damit. »Den hat Massimo im Laden hinterlegt, weil er sich schon mehrfach ausgesperrt hat, der kleine Schussel.«

Gemeinsam verließen sie den Salon, und nachdem Bernd hinter sich abgeschlossen hatte, gingen sie auf die andere Straßenseite. Nach etwa zweihundert Metern blieb er vor einem Mehrparteienhaus aus den Achtzigerjahren stehen. Das Gebäude war ein echter Schandfleck, es passte überhaupt nicht in die Gegend.

Als Massimo auf ihr mehrfaches Klingeln nicht reagierte, wurde der Friseur nervös. »Da wird doch hoffentlich nichts passiert sein?«

»Vielleicht liegt er im Delirium, weil er gestern zu viel getrunken hat. Er ist ein junger Mann«, mutmaßte Käthe.

»Nein, das ist ausgeschlossen. Massimo trinkt keinen Alkohol. Dass er nicht erreichbar ist, ist wirklich sehr ungewöhnlich für ihn.« Er ging ein Schritt zurück, um an der Hausfassade hochzublicken. »Die Rollläden sind auf.«

»Öffnen Sie doch einfach die Tür, Sie haben den Zweitschlüssel ja nicht ohne Grund mitgenommen.«

»Stimmt, Sie haben recht.« Beim Aufsperren der Haustür zitterte Bernds Hand. »Irgendwas ist hier faul«, murmelte er.

»Vielleicht ist er verreist«, versuchte Käthe ihn zu beruhigen, da ihr nicht verborgen blieb, dass der Friseur immer nervöser wurde, je mehr sie sich der obersten Etage näherten. Fahrig wischte er sich mit dem Handrücken den Schweißfilm von der Stirn.

»Sie müssen unbedingt an Ihrer Ausdauer arbeiten! Ich komme in den dritten Stock, ohne dabei aus dem letzten Loch zu pfeifen«, scherzte Käthe, um die Situation etwas aufzulockern, denn Bernd wirkte extrem angespannt und in sich gekehrt.

»Oh Gott, was ist, wenn er tot hinter der Tür liegt?«

»Herr Mattiesen, jetzt malen Sie bitte nicht den Teufel an die Wand. Nur weil Ihr Mitarbeiter nicht zur Arbeit erschienen ist, muss er nicht gleich tot sein. Vielleicht liegt er krank im Bett und hat die Klingel nicht gehört, weil er schläft.«

»Massimo ist absolut zuverlässig. Irgendwas ist hier seltsam«, beharrte Bernd und klopfte gegen die Wohnungstür, nachdem sein Sturmklingeln nicht erfolgreich war. Da nichts passierte, schloss er auf.

Sie traten ein und Käthe rief Massimos Namen. Wieder keine Reaktion. Vorsichtig lugte sie in jeden Raum der kleinen Zweizimmerwohnung - in die spartanisch eingerichtete Küche, das Wohnzimmer und das Bad. Bernd folgte ihr, die Hand schützend vor die Augen haltend, da er offenbar mit dem Schlimmsten rechnete. Er war das reinste Nervenbündel. Mit zitterndem Finger zeigte er auf die Schlafzimmertür. »Ich kann da nicht reingehen. Nein, das packe ich nicht.«

Resolut drückte Käthe die Klinke nach unten und sah in ein leeres Zimmer. Das Bett war gemacht, von dem Gesuchten keine Spur. Sie drehte sich um. »Herr Mattiesen, haben Sie eine Vorstellung, wo Ihr Mitarbeiter sein könnte?«

»Tut mir leid, ich habe keine Ahnung. Ich bin erst mal nur glücklich, dass ihm augenscheinlich nichts zugestoßen ist. Sie müssen wissen, ich habe mal einen Freund gefunden, der sich in seiner Wohnung mit einem Gürtel erhängt hat. Das hat tiefe Narben bei mir hinterlassen«, sagte er und lieferte damit die Erklärung für sein aufgewühltes Verhalten der letzten Viertelstunde.

»War Massimo denn depressiv oder hatte er psychische Probleme, wenn Sie bei ihm an einen Suizid denken?«

»Nein, aber seine Freundin Fernanda wurde ermordet, das ist eine absolute Ausnahmesituation. Vielleicht ist er abgehauen.«

»Hm, hier scheint tatsächlich jemand auf der Flucht zu sein«, bemerkte Käthe, die den Kleiderschrank geöffnet hatte. Sie deutete auf die Stange, auf der nur noch leere Bügel hingen.

»Es geht nach wie vor nur die Mailbox an«, meldete Bernd mit dem Handy in der Hand.

Käthe seufzte und überlegte einen Moment. Dann ging sie entschlossenen Schrittes zurück ins Wohnzimmer, wo ein Stativ sowie mehrere Scheinwerfer vor einer grünen Wand aufgestellt waren.

»Hier haben die beiden wohl ihre Filmchen gedreht.«

»Filmchen?«, fragte Bernd entsetzt. »Sie glauben, Fernanda und Massimo haben Pornos gedreht? Oh mein Gott, die zwei waren doch nicht etwa bei Only Fans?«

»Quatsch, es handelt sich um das vollkommen harmlose Instagram. Sie war Influencerin, und Massimo hat sie aufgehübscht, damit sie ihren Followern die Produkte von Lindholm Cosmetics schmackhaft machen konnte. Hat Massimo Ihnen gegenüber mal erwähnt, dass die beiden eine eigene Taschen- und Schmuckkollektion über Instagram verkaufen wollten?«

»Nein, das höre ich zum ersten Mal. Ich nutze aber auch kein Social Media, dafür bin ich zu alt..«

Kurz darauf fiel Käthes Blick auf den Couchtisch, auf dem ein DIN-A4-Blatt lag. Sie nahm es hoch und las laut die handgeschriebenen Zeilen vor:

»Liebe Familie, liebe Freunde, lieber Bernd,

seit Fernanda tot ist, fühle ich mich innerlich leer. Mein Leben auf Sylt ergibt gerade so wenig Sinn, dass ich beschlossen habe, irgendwo anders neu anzufangen. Sucht mich nicht, denn ich brauche Abstand. Ich werde mich bei Euch melden, wenn ich wieder die Kraft dazu habe. Ich liebe euch für immer. Euer Massimo.«

»Oh Gott, das ist ein Abschiedsbrief«, kreischte Bernd mit auffallend heller Stimme.

Käthe runzelte die Stirn. »Hat er denn in letzter Zeit angedeutet, dass er ein neues Leben beginnen will? Vielleicht mit jeder Menge Geld?«

Der Friseur verneinte. »Woher sollte er das haben? Er hat doch nicht im Lotto gewonnen und meines Wissens nach auch nicht geerbt.«

»Möglicherweise hat er aus einer anderen Geldquelle eine stattliche Summe erhalten, dank seiner Freundin«, murmelte Käthe.

Bernd rang die Hände. »Was mache ich jetzt nur? Ich kann den Salon doch nicht allein führen.«

»Na ja, Ihre beste Stammkundin ist verstorben, die fällt schon mal weg. Ich will Ihnen ja nicht zu nahe treten, aber jedes Mal, wenn ich Ihren Salon besucht habe, war da niemand«, gab Käthe zurück.

»Das stimmt überhaupt nicht. Ellen war da, und Herr Lindholm«, erwiderte er schnippisch und verschränkte die Arme vor der Brust.

Käthe faltete den Brief und steckte ihn ein, dann zog sie eine Visitenkarte aus ihrer Handtasche und hielt sie Bernd hin. »Bitte melden Sie sich bei mir, falls Massimo es sich doch anders überlegt und Sie kontaktiert.«

»Wow, eine Haushälterin mit Visitenkarte, nicht schlecht«, sagte er beeindruckt.

»Ich arbeite ja auch in der Villa Lindholm und putze nicht die Sparkasse«, reagierte sie augenzwinkernd.

»Ja, die Lindholms haben Geld wie Heu.« Er grinste. »Ich verspreche Ihnen, dass ich mich sofort melde, falls ich was von Massimo höre.«

Käthe dankte ihm für seine Kooperationsbereitschaft und verabschiedete sich von Bernd Mattiesen.

Voller Elan schwang sie sich draußen auf ihr Fahrrad und radelte zur Villa Lindholm - ohne am Polizeirevier anzuhalten, das sie auf der Fahrt passierte. Sie wollte Nils zunächst nicht über ihren Verdacht informieren, dass Massimo nach zwei mysteriösen Todesfällen auf der Flucht sein könnte. Erst einmal wollte sie klären, ob der junge Mann sich mit einer halben Million Euro im Gepäck abgesetzt haben könnte, weil doch ein Familienmitglied das Portemonnaie aufgemacht hatte. Da die Schüler Jannis und Jule in der Hinsicht für sie ausschieden und Georg sowie Herta die Zahlung nach eigener Aussage abgelehnt hatten, blieb nur noch Escort-Luder Sigrid übrig. Hoffentlich hatte sie wieder ordentlich gebechert, damit sie schnell zugeben würde, das Geld lockergemacht zu haben. Dann hätte Käthe nämlich einen triftigen Grund, der Nils davon überzeugen würde, den heimlichen Geliebten Fernandas zur Fahndung auszuschreiben. Von wegen bester Freund!

Was aber war das Motiv für den Mord an Herta Lindholm? Käthe glaubte nicht an den Zufall eines Sturzes - kurz nachdem Fernanda getötet worden war. Vielleicht war es Rache, weil die Alte Massimo als Schwuchtel betitelt hatte und generell nicht nett zu ihm gewesen war. Er könnte der alten Dame daher vor seinem Verschwinden einen gemeinen Denkzettel verpasst haben: die Treppe herunterschubsen oder ihr ein Bein stellen. Das klang für Käthe plausibel, und während sie noch darüber nachdachte, lief es ihr eiskalt den Rücken herunter, und das lag nicht am Fahrtwind. Die Tatsache, dass ein mutmaßlicher Mörder ihr erst kürzlich die Haare geschnitten hatte, hatte einen bitteren Beigeschmack - einen verdammt bitteren.

Kapitel 23

Als Käthe das schmiedeeiserne Tor der Villa erreichte, lag das Anwesen noch wie im Dornröschenschlaf. Es herrschte eine himmlische Ruhe. Kein Vergleich zu dem Trubel der letzten Tage, als die Pressekonferenz stattgefunden oder die Einfahrt mit Einsatzfahrzeugen zugeparkt gewesen war, nachdem das Oberhaupt der Familie das Zeitliche gesegnet hatte. Lediglich das Zwitschern der Vögel in den Bäumen und das Knirschen der Kieselsteinchen unter Käthes Sohlen durchbrachen die Stille, während sie auf den Eingang zusteuerte.

Als sie etwas später das Wohnzimmer betrat, konnte sie Georg dabei beobachten, wie er ein Blatt Papier in der zitternden Hand hielt und eine Ansprache probte: »Liebe Pressevertreter, da mein Sohn Christoph sich noch immer auf einer Geschäftsreise in Asien befindet, habe ich die traurige Aufgabe, Sie über den Verlust unserer Seniorchefin, meiner über alles geliebten Mutti, zu informieren. Sie war eine außergewöhnliche Frau, die für ewig in meinem Herzen sein wird. Ganz besonders werde ich vermissen, dass ...« Er machte eine Denkpause und blickte gedankenverloren auf das Papier.

»Na, Georg, was wirst du am allermeisten vermissen?«, machte sich Käthe bemerkbar.

Stumm ließ der Trauernde sich auf das Sofa sinken und legte die Hände vors Gesicht.

»Ist es ihre Dominanz, die Art, wie sie euch alle hier beherrscht hat? Ich bin ja erst seit ein paar Tagen eure Haushälterin, aber Liebe konnte ich bei ihr nicht feststellen, sondern eher die Tatsache, dass die komplette Familie unter ihrem Pantoffel stand. Sie hatte das Zepter in der Hand und hat euch alle unterdrückt oder liege ich da falsch?«

Georg schluchzte auf. »Du hast ja so recht, mein ganzes Leben lang habe ich versucht, Muttis Vorstellungen zu entsprechen, trotzdem hat sie ständig an mir herumgenörgelt. Georg, du bist viel zu sensibel, um eine Firma zu führen, Georg, lach nicht so laut, Georg, schlag die Beine nicht übereinander, Georg, du hast nicht Samba zu tanzen, Georg, verhalte dich endlich mal wie ein richtiger Mann«, zählte er auf. »Egal, was ich getan habe, ich war nicht gut genug.« Traurig wischte er sich mit dem Handrücken ein paar Tränen aus den Augen. »Wenn sie mich hier so weinen sehen würde, würde sie nur sagen, ich solle mich gefälligst zusammenreißen, ein Mann zeigt keine Gefühle.«

»Das ist Quatsch«, sagte Käthe, die sich inzwischen zu ihm gesetzt hatte, und legte den Arm um ihn. Er solle seiner Trauer ruhig freien Lauf lassen, es gebe keinen Grund, sich dafür zu schämen.

»Ach, Käthe, ich weiß ja nicht mal, ob es Tränen der Freude sind. Ich bin fast ein Stück erleichtert, dass Mutti tot ist, denn jetzt kann ich mein Leben endlich so leben, wie ich es möchte, ich werde nicht mehr von ihr schikaniert.«

Bei diesen Worten schrillten bei Käthe sofort sämtliche Alarmglocken. »Was meinst du damit konkret?«

»Das wird sich zeigen. Als Erstes werde ich nach Mamas Beisetzung allein nach Brasilien reisen, um Fernandas Sarg in die Heimat zu überführen, und mir dort eine Auszeit auf unbestimmte Zeit nehmen. Ich will das Land und die Leute besser kennenlernen, ich will mich besser kennenlernen - ohne dass Mutti mir im Genick sitzt und mir vorschreibt, was ich zu tun habe. Jetzt zähle nur ich - ich, Georg Lindholm!«

»Wieso hast du dich nicht früher von ihr gelöst - du bist schließlich über sechzig und keine zwanzig mehr?«

»Ach Käthe, ich war finanziell abhängig von ihr. Sie hatte

die Kontrolle über Sigrid und mich, weil wir so jung geheiratet haben und Eltern geworden sind. Aber das wird sich ja nun endlich ändern.« Er lächelte.

»Als ihr Sohn wirst du sehr viel Geld erben, stimmt's?«, fragte Käthe.

Sein Lächeln wurde breiter. »Ich freue mich auf mein neues Leben - nur mal an mich denken und es keinem anderen recht machen müssen.«

»Das hört sich für mich so an, als würdest du deine Zukunft gar nicht mehr mit Sigrid planen.«

Er sah Käthe nickend an. »Meine Ehe war ein großer Fehler, aber man ist doch nie zu alt, um sein Leben komplett umzukrempeln, oder nicht?«

»Absolut. Wenn man unglücklich ist, muss man etwas ändern.« Sie räusperte sich. »Sag mal, Georg, hast du eigentlich gewusst, dass Massimo gar nicht schwul war, sondern eine geheime Beziehung mit Fernanda hatte?«

»Was? Wer erzählt denn solche Märchen?«, reagierte er entsetzt.

»Bernd Mattiesen, sein Chef.«

»Nein, das ist eine dreiste Lüge! Fernanda hätte mir das gesagt, wir hatten schließlich ein gutes Verhältnis, wir haben viel Zeit miteinander verbracht und konnten über alles reden.« Er zeigte ihr einen Vogel.

»Dieses Verhältnis hat aber irgendwann einen Knacks bekommen, weil deine Mutti nicht wollte, dass ihr zwei heimlich zusammen tanzt, nicht wahr?«

»Ja, das stimmt. Hinzu kam, dass ich ihr kein Geld geben wollte, weil ich das auch gar nicht hatte. Deshalb habe ich mich komplett von ihr distanziert.«

Jetzt fasste Käthe all ihren Mut zusammen und fragte:

»Warst du in Wahrheit Fernandas bester Freund und nicht Massimo, weil er ja ihre Affäre war?«

Georg räusperte sich, bevor er antwortete: »Ich war ihr Schwiegervater - nicht ihr bester Freund.«

»Wusste Fernanda denn, wie unglücklich du mit deinem Leben warst? Habt ihr darüber mal gesprochen?«

»Nein!« Hektisch nestelte er an seinem obersten Hemdknopf und stand vom Sofa auf. »So, jetzt muss ich an meiner Rede weiterarbeiten. Heute Mittag werde ich die Presse informieren und Muttis Beerdigung muss auch noch organisiert werden. Es gibt jede Menge zu tun, da habe ich keine Zeit für deine psychologischen Spielchen.« Entschlossen verließ er schnellen Schrittes das Wohnzimmer. Auf Käthe wirkte es wie eine Flucht.

Sie ärgerte sich, dass sie offenbar nicht behutsam genug vorgegangen war, denn sie hatte das Gefühl, dass Georg beinahe ein Geheimnis ausgeplaudert hätte. Vielleicht hatte er sich vor Fernanda als Homosexueller geoutet, was sie wiederum dazu genutzt haben könnte, ihn mit der halben Million zu erpressen. Sollte er nicht zahlen, würde sie seiner Mutter alles erzählen. Aus Angst davor hatte er Fernanda ermordet und die dominante Mutti gleich mit, damit er endlich frei wäre für sein neues Leben.

Käthe beschloss, ihm noch einmal auf den Zahn zu fühlen, und folgte ihm nach draußen.

Georg stand am Swimmingpool, in der Hand eine Zigarette.

»Du rauchst?« Sie stellte sich direkt neben ihn und blickte auf das Wasser.

»Ja, aber sehr selten und nur heimlich. Mutti mochte das nicht. Tja, darauf muss ich jetzt keine Rücksicht mehr nehmen.« Genüsslich zog er an seinem Glimmstängel und schloss die Augen, um den Moment zu genießen.

»Wo ist eigentlich Sigrid?«, erkundigte sich Käthe. Genau genommen hatte sie ja mit ihr reden wollen, um herauszufinden, ob sie Fernanda die halbe Million gezahlt hatte.

»Sie ist unterwegs, keine Ahnung wohin. Weißt du, Käthe, sie braucht mir gegenüber keine Rechenschaft ablegen und ich ihr gegenüber auch nicht.«

»Ist das euer Geheimnis einer glücklichen Ehe?«, versuchte sie erneut, ein paar Details aus Georg herauszukitzeln.

Statt einer Antwort gab Georg ein heiseres Husten von sich, das sich in einen ausgewachsenen Hustenanfall steigerte. Käthe schlug ihm mehrfach auf den Rücken, während der ungeübte Raucher verzweifelt nach Luft rang. Nachdem Georg sich einigermaßen wieder erholt hatte, legte er sich auf eine der Sonnenliegen und Käthe reichte ihm ein Glas Wasser. Schließlich war sie im Hause Lindholm als Haushälterin angestellt. Dass sie zugleich als private Ermittlerin agierte, musste ihr Geheimnis bleiben.

»Gibt es eigentlich schon einen Termin für Hertas Beisetzung?«, wechselte sie daher sicherheitshalber das Thema, damit ihre Tarnung nicht aufflog.

»Ich hoffe auf nächste Woche, aber ich muss noch mit dem Pfarrer Genaueres besprechen. Du weißt nicht zufällig, was mit unserer Frau Renate los ist? Ich erreiche sie seit gestern nicht.«

Käthe druckste ein wenig herum und gab sich ahnungslos. Sie wollte nicht petzen, dass ihre Nachbarin auf Krankenschein Urlaub in Schweden machte, statt zu Hause ihre Verletzung auszukurieren.

Georg seufzte. »Frau Renate war Muttis engste Vertraute – und das seit über vierzig Jahren. Ich möchte ihr gern persönlich mitteilen, dass sie gestorben ist. Ich will nicht, dass sie aus der Zeitung von ihrem Ableben erfährt, das gehört sich nicht, sie war ja quasi wie ein Familienmitglied für mich.«

Käthe nickte und lobte ihn dafür, dass er Renate Hahnbeck zur Familie zählte, das sei eine wahre Auszeichnung für die treue Seele.

»Mutti würde sich tierisch darüber aufregen, sie hat Frau Renate immer kleingehalten. So war sie nun mal, sie war halt die Chefin, die das Personal herumkommandierte.«

»Ja, aber sie ist tot, und ich finde es gut, dass du dich von ihrem autoritären Führungsstil abwendest.«

»Das stimmt. Ich brauche auch gar keine Angestellten. Wie du siehst, bricht ohne unseren Gärtner nicht gleich alles zusammen.«

»Du willst Frau Renate kündigen?«, fragte Käthe besorgt.

»Na ja, sie ist schon älter und hat sich ihren Ruhestand verdient. Ich werde mit ihr reden müssen, wenn die Beerdigung vorbei ist. Ihr Handy ist wie gesagt seit gestern Mittag tot. Ich habe es bestimmt zwanzigmal probiert und meine WhatsApp-Nachrichten kommen auch nicht bei ihr an. Da mache ich mir halt so meine Gedanken.« Er kratzte sich am Kopf. »Ob ich mal bei ihr vorbeifahren soll, um zu schauen, ob alles in Ordnung ist? Nicht, dass sie hilflos in ihrem Haus liegt. Mit den Krücken kann man schnell mal stolpern.«

Käthe wehrte ab und versprach, sofort zu Frau Renates Haus zu fahren, er habe schließlich gerade andere Sorgen. »Kümmere du dich mal um die Rede für die Pressekonferenz, die muss sitzen, wenn du vor die Journalisten trittst. Deine Mutti soll stolz auf dich sein, gell. Soll ich mich wieder um ein Catering kümmern? Fischbrötchen?«

Doch Georg lehnte ab. »Nein, ich mache das auf meine Weise. Vielleicht kommt ja gar keiner. Bei einem tragischen

Mord sind die Reporter interessierter als bei dem natürlichen Tod einer alten Frau.«

»Natürlicher Tod?«, entfuhr es Käthe. »Ein Treppensturz ist für mich genauso tragisch, aber wie du meinst, dann sparen wir uns die ganzen Schnittchen mit Räucherlachs, Matjes und Nordseekrabben. Mir soll es recht sein.«

»Danke, Käthe, du bist wirklich eine große Stütze, aber denk nicht so viel nach, denn dafür wirst du gar nicht bezahlt«, hauchte er ihr zum Abschied von der Liege zu.

Kurze Zeit später stand Käthe neben ihrem Fahrrad vor der Villa und rief Hinnerk an. »Du, ich bin es. Können wir uns in dreißig Minuten am Haus von Renate treffen?«, fragte sie.

»Moin! Warum? Ich bin gerade mit Oskar am Strand unterwegs«, antwortete er.

»Renates Handy ist seit gestern ausgeschaltet und Georg Lindholm macht sich Sorgen.«

»Du weißt schon, dass sie zu einer Freundin nach Schweden wollte? Jetzt mache ich mir eher Sorgen, dass du dir das nicht gemerkt hast.«

»Vielleicht hat sie einen Abschiedsbrief hinterlassen«, mutmaßte Käthe, schließlich wäre Renate nicht die Erste, die heute spurlos verschwand.

»Ich kann dir immer noch nicht folgen. Weshalb sollte Renate einen Brief schreiben? Sie hat sich vorgestern doch persönlich von mir mit den Worten verabschiedet, dass sie am nächsten Tag die erste Fähre nehmen will.«

»Nein, hör zu«, flüsterte Käthe, »ich habe heute schon einen Abschiedsbrief von Massimo gefunden, er gönnt sich eine Auszeit, und auch Renate ist weg und plötzlich nicht erreichbar.«

»Du glaubst, dass sie mit dem Friseur durchgebrannt ist?«

»Nein! Mensch, du stehst heute aber ganz schön auf der Leitung«, pampte sie ihn an. »Renate verkündet dir abends, dass sie in den Urlaub fahren wird, und ausgerechnet am nächsten Morgen wird ihre Chefin unter mysteriösen Umständen tot aufgefunden. Das ist doch ein komischer Zufall, oder nicht?«

Endlich platzte der Knoten bei Hinnerk. »Das ist nicht dein Ernst! Meinst du wirklich, dass meine Nachbarin die alte Lindholm in den Tod geschubst hat? Ich kenne Renate schon ewig. Du verrennst dich, meine Liebe.«

»Ich verrenne mich nicht, ich radele jetzt zu Renates Haus«, grummelte Käthe, »und dich erwarte ich dort in einer halben Stunde. Ich will prüfen, ob sie ein paar handschriftliche Zeilen hinterlassen hat, so wie der Friseur. Verstanden?«

»Du kannst ja richtig dominant sein«, bemerkte Hinnerk.

»Tja, da siehst du mal, was ein paar Tage in der harten Schule von der Lindholm bewirken können. Das macht einen anderen Menschen aus dir.« Käthe legte auf und schwang sich auf den Sattel.

Während sie auf dem E-Bike wie von allein über die Straßen glitt, überschlugen sich ihre Gedanken. War Renate Hahnbeck eine neue heiße Spur, die sie bisher gar nicht auf dem Schirm gehabt hatte? Hatte die Haushälterin aus Rache gehandelt, da sie jahrelang von Herta Lindholm getriezt und unterdrückt worden war? Steckte sie also möglicherweise mit Georg unter einer Decke, der sich auf sein neues Leben freute? Hatte Renate auch einen Neuanfang gewollt - etwa mit Georg gemeinsam?

Käthe konnte nur hoffen, dass auf Hinnerk Verlass war, denn der hatte dem Treffen nicht zugesagt. Er wollte erst abends bei der Nachbarin die Blümchen gießen - zu spät für Käthe. Viel zu spät!

Kapitel 24

Als Hinnerk das schmucke Backsteinhaus seiner Nachbarin Renate erreichte, war von seiner Lebensgefährtin weit und breit nichts zu sehen. Ungeduldig schaute er auf die Uhr und lehnte sich gegen den Gartenzaun. Kurz darauf brauste Nils in seinem Auto mit Karacho an ihm vorbei, bremste abrupt ab, als er seinen winkenden Vater bemerkte, und fuhr ein paar Meter zurück.

»Moin! Das ist hier immer noch eine Dreißigerzone«, mahnte Hinnerk an.

»Papa, was soll der Scheiß? Warum mischst du dich ständig in fremde Angelegenheiten ein?«, begrüßte Nils ihn unfreundlich.

»Könntest du mir bitte sagen, wovon du sprichst?«

»Jetzt tu nicht so! Denkst du, ich bin bescheuert und merke es nicht, wenn du in der Dienststelle mit unterdrückter Nummer anrufst?«

Hinnerk schaute seinen Sohn verwundert an. »Ich habe keinen blassen Schimmer, was du meinst. Ich war mit Oskar spazieren, eben habe ich ihn heimgebracht und jetzt warte ich auf Käthe.«

»Kann es sein, dass du unter beginnender Demenz leidest? Dein Haus ist da drüben, hier wohnt Frau Hahnbeck. Außerdem hast du ganz offensichtlich vergessen, dass du mich angerufen hast, oder tust du nur so? Ich bin doch nicht blöd!«

»Was denn für ein Anruf?«, fragte Hinnerk noch immer ahnungslos.

»Na, wer außer dir soll mich sonst mit verstellter Stimme anrufen und behaupten, dass Herta Lindholm ermordet wurde und es kein Unfall war?«

»Das war ich nicht«, widersprach Hinnerk. »Außerdem müsstest du die Stimme deines Vaters gut genug kennen.«

»Ich habe eben gesagt, dass die Stimme verstellt wurde, auch wieder vergessen? Du hast wie ein Roboter gesprochen - nur ein Satz, dann hast du aufgelegt.«

»Nils, das war ich nicht. Glaubst du wirklich, dass ich so feige wäre, es dir nicht ins Gesicht zu sagen, wenn ich den Treppensturz für einen hinterhältigen Mord halten würde? Dass du ernsthaft in Betracht ziehst, ich würde dich mit einer Roboterstimme anrufen, enttäuscht mich sehr. So einen Kindergarten habe ich überhaupt nicht nötig.«

»Wer soll es sonst gewesen sein? Käthe?«, stichelte sein Sohn weiter.

Hinnerk zuckte die Achseln. »Frag sie doch selbst, da kommt sie gerade.«

Sofort drehte Nils sich um und stellte sich mitten auf die Straße, um ihr den Weg zu versperren.

»Bin ich zu schnell unterwegs?« Schmunzelnd stieg Käthe von ihrem E-Bike.

Ohne darauf einzugehen, berichtete Nils ihr von dem mysteriösen Anruf und konfrontierte sie mit seinem Vorwurf, doch Käthe versicherte ihm, ebenfalls nichts damit zu tun zu haben.

»Allerdings muss ich zugeben, dass ich sofort daran gedacht habe, dass mit ihrem Tod etwas nicht stimmt. Du musst das genauer untersuchen«, forderte sie ihn auf.

»War das eigentlich eine Frauen- oder eine Männerstimme?«, wollte Hinnerk wissen.

»Ein Mann«, antwortete Nils. »Warum gibt man mir so einen Hinweis anonym?«

»Es gibt vielleicht einen Mitwisser, der den Täter ans Messer liefern will«, tippte Hinnerk.

»Warum sagt er dann nicht seinen Namen? Das ergibt doch keinen Sinn«, hielt Nils dagegen.

»Der Anrufer will, dass wir selbst darauf kommen, dass die alte Lindholm absichtlich geschubst wurde«, erwiderte Hinnerk.

»Massimo«, raunte Käthe. »Vielleicht steckt der italienische Friseur mit Georg Lindholm unter einer Decke und sie haben den Mord zusammen geplant.«

»Wieso soll ausgerechnet Herr Lindholm seine Mutter getötet haben?«, fragte Nils befremdet.

»Er war ein Muttersöhnchen und freut sich auf sein neues Leben. Seine Mutti, wie er sie stets nennt, war ihm im Weg bei dem Versuch, sich endlich von ihr abzunabeln. Also könnte er sie beseitigt haben.«

»Und was hat er bitteschön mit diesem Massimo zu tun?« Nils kratzte sich nachdenklich am Kinn.

»Vielleicht wurde der von Georg mit dem Mord beauftragt, hat aber abgelehnt und ist jetzt verschwunden.«

»Du und deine Auftragskiller«, bemerkte Hinnerk spöttisch. »Warum soll Massimo überhaupt abgehauen sein?«

»Na, weil er verdächtig ist, Fernanda getötet zu haben, und jetzt garantiert mit einer halben Million Euro auf der Flucht ist.«

Nils war für einen Moment sprachlos. »Kann es sein, dass ihr gerade in eine komplett andere Welt abgedriftet seid? Der Gärtner hat Fernanda Lindholm getötet, nicht ... «

»Dafür gibt es keine Beweise«, fiel Hinnerk ihm ins Wort.

»Er war am Tatort und er hat kurz zuvor eine Textnachricht von Fernanda bekommen«, widersprach er.

»Mensch, Nils, das war doch eine Falle. Der Täter läuft hier frei herum und mit dem anonymen Anruf will man dich wachrütteln, damit du den Treppenunfall genauer untersuchst.«

»Also steckt ihr zwei wirklich nicht hinter diesem Anruf?«, vergewisserte sich Nils.

Die beiden Senioren schüttelten im Gleichtakt den Kopf und schworen, nichts damit zu tun zu haben.

Daraufhin verabschiedete sich Nils von ihnen und versprach, zu veranlassen, dass Herta Lindholm von der Gerichtsmedizin genau unter die Lupe genommen würde, denn er werde den Hinweis jetzt sehr, sehr ernst nehmen.

Käthe und Hinnerk atmeten auf und winkten ihm hinterher, als er mit durchdrehenden Reifen zurück zu seiner Dienststelle fuhr.

»Weißt du, ich glaube, es gibt zwei Täter. Vielleicht hatten die Komplizen plötzlich Krach, sonst würde man den anderen doch nicht verpfeifen«, sagte Hinnerk und kraulte sich nachdenklich seinen Bart.

»Massimo und Renate«, schoss es aus Käthe hervor. »Beide könnten Fernanda und Herta Lindholm auf dem Gewissen haben.«

»Oder Massimo und Georg«, erwiderte er.

»Oder Georg und Renate«, nannte Käthe eine dritte Variante. »Ich glaube, Renate hat mit beiden Fällen etwas zu tun, denn sie ist wie Massimo nicht mehr telefonisch erreichbar. Vielleicht ist sie gar nicht fußkrank und ihre Krücken waren nur Tarnung, damit niemand auf die Idee kommt, sie könnte am Wanderparkplatz auf Fernanda gewartet haben.«

»Oh mein Gott, das wäre ja schrecklich. Weißt du, wie das Verhältnis zwischen Fernanda und Renate war?«, erkundigte sich Hinnerk.

»Ich fürchte, es war nicht so besonders, aber dazu müsste ich die Lindholms noch mal befragen. Lass uns reingehen und nachschauen, ob sie einen Abschiedsbrief hinterlegt hat«, schlug Käthe vor.

»Glaubst du, Renate hat sich umgebracht?«

»Nein, aber vielleicht hat sie uns ein paar Zeilen hinterlassen, genau so wie Massimo. Sie könnte Fernanda in dem Wagen getötet haben, mit dem sie jetzt auf der Flucht ist. Der Gerichtsmediziner hat doch Fasern eines Sicherheitsgurts unter Fernandas Fingernägeln gefunden.«

»Mist! Da hat uns Renate mit ihrem Humpeln ganz schön an der Nase herumgeführt«, ärgerte sich Hinnerk und plötzlich fiel ihm ein, dass sie schon bei seinem Besuch wegen des Stromausfalls ohne Gehstützen durch ihr Haus gegangen war.

»Und Massimo hockt auf dem Beifahrersitz und lacht sich ins Fäustchen, weil die zwei sich ins Ausland abgesetzt haben.«

»Oder er ist mittlerweile als Tramper unterwegs, weil sie sich im Auto gezofft haben. Vielleicht war er die mysteriöse Roboterstimme, und mit dem Anruf wollte er sich bei Renate rächen, damit die Polizei ihr auf die Schliche kommt«, spekulierte Hinnerk, während er die Haustür aufsperrte.

Auf leisen Sohlen bewegten sich die zwei durch die Räumlichkeiten, als erwarteten sie, dass Renate seelenruhig auf der Couch schlummerte. Doch statt der Haushälterin starrten Käthe im Wohnzimmer zahllose tote Glasaugen entgegen, Hinnerks Nachbarin war offensichtlich eine Puppenfanatikerin. Überall standen kleine Püppchen aus Porzellan herum, auf spießigen Häkeldeckchen platziert. Die Wände waren voll von gestickten Bildern - mit Puppenmotiven. Käthe schüttelte sich und ging einen Raum weiter. Es war das Schlafzimmer der Haushälterin und auch hier fiel ihr Blick sofort auf eine weitere Porzellanpuppe. Ihre Nackenhaare stellten sich senkrecht auf, als sie erkannte, dass die Puppe keinen Kopf mehr hatte, der lag hübsch drapiert neben dem Rumpf. Waren sie hier in das Haus einer Psychopathin geraten?

Hastig zog Käthe die Tür hinter sich zu und ging zu Hinnerk, der in der Zwischenzeit in die Küche vorgedrungen war und sämtliche Schubladen und Schränke durchwühlte. Sogar in den Mülleimer schaute er, der jedoch leer war. Anschließend widmete er sich dem Stapel Altpapier, der in einer Kiste neben dem Kühlschrank lag.

»Was suchst du denn da?«, fragte Käthe argwöhnisch. »Kein Mensch interessiert sich für die Schlagzeilen der letzten Woche.«

Doch Hinnerk ließ sich nicht beirren und stöberte weiter, bis er sich aufrichtete und triumphierend mit zwei in der Mitte durchgerissenen gelben Zetteln durch die Luft wedelte. »Treffer! Schau mal, was ich hier habe.«

»Das ist eine AU-Bescheinigung zur Krankmeldung«, sagte Käthe. »Ich dachte, die gelben Scheine wurden abgeschafft, das läuft doch mittlerweile alles digital, oder irre ich mich?«

Hinnerk legte die Papiere auf den Küchentisch und schob die Hälften zusammen. Es gebe bestimmt Ausnahmeregelungen, damit man noch eine Papierausfertigung für die eigenen Unterlagen bekomme, erklärte er. »Auf Sylt ist man nicht so fortschrittlich wie auf dem Festland«, ergänzte er und zückte sein Handy. »Unsere liebe Renate hat ihre Krankmeldung auf jeden Fall ins Altpapier geworfen. Schau mal, sie ist weitere vier Wochen krankgeschrieben.«

»Was? Spinnt die?« Entrüstet stemmte Käthe die Hände in die Hüften. »Aber uns erzählt sie, dass sie bald wieder laufen kann und erst mal in den Urlaub fährt. Das ist wirklich frech!«

»Du, Käthe, sie ist überhaupt nicht wegen eines Bänderrisses krankgeschrieben, sondern wegen einer posttraumatischen

Belastungsstörung aufgrund von Mobbing am Arbeitsplatz«, meldete Hinnerk, der das Kürzel auf der rosafarbenen Ausfertigung für Versicherte rasch gegoogelt hatte.

»Du nimmst mich auf den Arm. Die Frau Renate konnte nicht arbeiten, weil sie von den Lindholms gemobbt wurde?« Käthe runzelte erstaunt die Stirn.

»Hm, vielleicht nicht von allen, aber vermutlich von Fernanda und Herta Lindholm«, erwiderte Hinnerk vielsagend.

»Ach du lieber Himmel, die Haushälterin ist die Mörderin! Sie hat dem Gärtner die Schuld untergejubelt, und während alle noch glaubten, er wäre Fernandas Mörder, hat sie die alte Lindholm die Stufen runtergeschubst und alle denken, sie wäre gestolpert.«

Im selben Moment läutete es an der Tür und beide verharrten in eine Art Schockstarre. Die Klingel ertönte erneut, gefolgt von heftigen Faustschlägen gegen die Tür, dann hörten sie, wie jemand draußen rief: »Frau Renate? Hallo? Sind Sie zu Hause? Ich bin es, Frau Lindholm. Machen Sie bitte mal auf, wir machen uns Sorgen um Sie. Ist alles in Ordnung?«

Käthe atmete auf und eilte zur Tür. »Hallo, Sigrid, was machst du denn hier?«

»Käthe? Das Gleiche könnte ich dich fragen«, gab Georgs Ehefrau erschrocken zurück. »Seit wann wohnst du mit Frau Renate zusammen, habt ihr so eine Alt-Weiber WG?«

»Nein, wir leben in einem Harem, so eine Art Kommune, weißt du.«

»Was, echt? Das ist ja abgefahren. Mann, ich lebe im goldenen Käfig und ihr treibt es bunt und schamlos.«

»Das war ein Scherz, Sigrid. Ich gieße nur Renates Blümchen, kleine Nachbarschaftshilfe. Gibt es ein Problem?«

Sigrid seufzte und erzählte, dass Georg die Haushälterin seit gestern nicht erreichen könne. »Wir sind so ein Verhalten von unserer Renate gar nicht gewöhnt, deshalb habe ich vorgeschlagen, mal vorbeizufahren und zu schauen, ob alles in Ordnung ist.«

»Sie ist im Krankenhaus«, log Käthe.

»Wirklich? Ich hoffe, nichts Ernstes?« Sie wirkte ehrlich betroffen.

»Mit ihrem Bein stimmt irgendwas nicht und im Krankenhaus herrscht absolutes Handyverbot.«

»Dann werde ich gleich mal vorbeifahren und ihr ein paar hübsche Blumen bringen, damit in dem tristen Krankenzimmer etwas Farbe einzieht.«

»Ähm, sie ist nicht in Westerland in der Klinik, sondern in Hamburg, das ist eine orthopädische Spezialklinik, weil ihr Bänderriss total kompliziert ist«, fantasierte Käthe weiter.

»Die Ärmste, das ist ja wirklich traurig, dann kann sie gar nicht am Begräbnis meiner Schwiegermutter teilnehmen.« Sigrid machte ein bedauerndes Gesicht.

»Meinst du denn, dass sie das wollen würde?«

»Natürlich, sie war doch seit Ewigkeiten bei uns beschäftigt. Wieso fragst du?«

Käthe machte ein unschuldiges Gesicht. »Ach, nur so. Sag mal, hast du mitbekommen, dass Renate von Fernanda oder deiner Schwiegermutter gemobbt wurde?«

Sigrid lachte auf. »Sicher, die zwei hatten einen Befehlston drauf, aber von Mobbing kann man da nun wirklich nicht sprechen.«

»Jeder empfindet Mobbing anders«, wandte Käthe ein und verschränkte die Arme. »Ach, Sigrid, ich hätte noch eine sehr persönliche Frage an dich: Kann es sein, dass Fernanda dich um Geld gebeten hat? Und zwar exakt um eine halbe Million Euro.«

Der Angesprochenen klappte sofort der Mund auf. »Wer hat dir davon erzählt?«

»Das ist doch egal. Hat sie dich um Geld angepumpt?«, wiederholte Käthe.

Sigrid nickte. »Ich habe das aber selbstverständlich abgelehnt. Ich bin schließlich keine Bank, außerdem gebe ich für eine Person, die mit meinem Sohn eine Scheinehe führt, keinen Cent aus.«

»Apropos Ehe«, hakte Käthe gleich ein. »Jetzt, wo Herta tot ist, kannst du dich ja von Georg scheiden lassen und ihr zwei könnt endlich ein glückliches Leben führen. Jeder für sich.«

»Was geht dich meine Ehe an?«, grollte Sigrid. »Georg und ich kommen seit Jahren sehr gut klar mit unserem Leben, also mach dir um uns keine Gedanken. Du wurdest eingestellt, um dich um unseren Haushalt zu kümmern, nicht um uns therapeutische Beziehungstipps zu geben.«

Käthe war verblüfft. Die Millionärsgattin war auf einmal wie ausgewechselt. Allerdings war sie auch nüchtern und hatte keinen Tropfen Alkohol zur Hand. Dennoch wagte Käthe noch einen winzigen Vorstoß, um ihr mehr Details zu entlocken. »Weißt du, ich habe ja den Eindruck, dass Georg schwul ist und sich ein ganz anderes Leben erfüllen will, seit seine Mutti ihn nicht mehr kontrollieren kann.«

»Du bist ja völlig übergeschnappt!«, brauste Sigrid auf. »Hör auf mit deinen Lügengeschichten, sonst wirst du fristlos gekündigt, du blöde Kuh.«

»Du hör auf, mich zu beleidigen, du alte Schnapsdrossel«, zickte Käthe zurück.

»Das ist eine Unverschämtheit, was bildest du dir ein?«, zischte Sigrid.

»Du musst wirklich dein Alkoholproblem in den Griff bekommen, obwohl du mit einem guten Pegel viel netter und gesprächiger bist. Du hast mir doch erzählt, dass du eine offene Ehe führst, und mir deinen Romeo für gewisse Stunden empfohlen, schon vergessen?«

»Halt sofort deinen Rand, sonst raste ich aus, du niederträchtiges Schandmaul!« Wutschnaubend stöckelte Sigrid Lindholm zu ihrem schwarzen SUV, der vor dem Zaun parkte, stieg ein und fuhr wie eine gesengte Sau davon.

Kaum war Ruhe eingekehrt, kam Hinnerk aus der Küche. Er hatte alles mitgehört. Teilnahmsvoll legte er seinen Arm um Käthe. »Na, was denkst du, mein Schatz?«

»Die Lindholm hat mich tatsächlich blöde Kuh genannt. Das ist doch eindeutiges Mobbing, oder?«

»Ich glaube, das war einfach eine übliche Beleidigung.« Er schmunzelte.

Käthe jedoch fuhr wieder ein Schauer durch die Glieder, als sie an die Porzellanpuppe ohne Kopf in Renates Schlafzimmer dachte. Sie erzählte Hinnerk davon und schlussfolgerte: »Ich glaube, die Renate ist eine Psychopathin im Körper einer Haushälterin, und sie hat sich jetzt endlich nach jahrelangem Mobbing in der Villa Lindholm gewehrt, und zwar zweimal.«

Kapitel 25

Nur wenig später, am frühen Nachmittag, zog die fünfzehnjährige Jule Lindholm im Swimmingpool ihrer Großeltern ihre Bahnen. Wie ein kleiner Delphin bewegte sie sich zielstrebig durch das Wasser, um eines Tages zu den Besten in ihrem Schwimmverein zu gehören. Als sie nach einer harten Trainingseinheit am Rand des 25-Meter-Beckens ankam, wurde sie mit Applaus empfangen.

»Wow, du bist ja wirklich verdammt schnell«, sagte Käthe bewundernd.

»Danke, Oma Käthe«, japste Jule und zog sich die Schwimmbrille vom Kopf. »Ohne Fleiß und Disziplin werde ich es nie zu Olympia schaffen. Meinen Ehrgeiz habe ich übrigens von Oma Herta, sie hat mir nämlich eingetrichtert, dass man immer alles geben muss, um auf ein Siegertreppchen zu kommen.«

»Ja, ja, deine sehr spezielle Uroma Herta«, sinnierte Käthe. »Wie geht es dir eigentlich damit, dass sie so unerwartet gestorben ist?«

Jule stieg aus dem Wasser. »Ich war die Letzte, die sie gesehen hat«, sagte sie traurig, während sie sich abtrocknete. »Jannis und ich waren am Samstagabend noch mal bei ihr.«

»Oh, das ist aber nett von euch. Ich dachte immer, dass die jungen Leute gerade am Wochenende lieber auf coolen Partys abhängen statt bei der uralten Oma.«

»Ach, wir haben Monopoly gespielt«, log Jule sie frech an. »Das war Oma Hertas absolutes Lieblingsspiel.«

»Ein kapitalistisches Spiel, das passt zu ihr«, sagte Käthe lachend. »Wann seid ihr denn mit dem Spiel fertig gewesen? Monopoly dauert doch oft stundenlang.«

Jule überlegte kurz, dann erklärte sie, dass ihr Bruder sie gegen 21 Uhr heimgefahren habe. Der öffentliche Nahverkehr sei abends so grottenschlecht – da müsse sie kompliziert in Westerland umsteigen und sei mindestens eine Stunde unterwegs bis zu ihrer Mutter in Hörnum, ganz im Süden der Insel. »Ohne meinen Bruder wäre ich niemals mehr nach Hause gekommen«, fügte sie hinzu. »Jannis wollte aber sowieso noch in einen Club gehen, um mit seinen Jungs abzuhängen. Leider darf ich da noch nicht rein.« Sie zog eine enttäuschte Schnute.

»Ja, ja, wir waren alle mal fünfzehn. Du, sag mal, wie war denn die Stimmung bei eurem Spieleabend? Gab es vielleicht Streit, weil die Uroma wieder einmal gewonnen hatte?«, erkundigte sich Käthe mit einem vielsagenden Grinsen.

»Nein, Jannis und ich sind beide sehr gute Verlierer. Wir haben es ihr jedes Mal gegönnt, wenn sie uns mit der Schlossallee in die Pleite getrieben hat. Zu wissen, dass sie an ihrem letzten Abend glücklich war, ist für meinen Bruder und mich ein kleiner Trost.« Sie grinste, da es ihr ganz hervorragend gelungen war, ihr Lügenmärchen weiter auszuschmücken, ohne dabei rot zu werden. Kein Wort über den Eklat wegen der Reise nach Brasilien, die Herta ihren Urenkeln nicht erlaubt hatte.

»Wer war denn noch im Haus, als ihr euch von der Uroma verabschiedet habt?«, erkundigte sich Käthe.

»Nur Opa. Das heißt, wir haben seinen Fernseher gehört, aber wir sind nicht zu ihm gegangen, weil wir ihn nicht stören wollten. Warum willst du das alles wissen?«, fragte sie und zog das weiße Frotteehandtuch enger um sich, da sie wegen des kühlen Windes leicht zitterte.

Käthe straffte die Schultern. »Okay, ich will ehrlich zu dir sein. Ich habe irgendwie die Vermutung, dass eure Uroma absichtlich die Treppe heruntergestoßen wurde, daher interessiert es mich natürlich, wer sich in der Villa aufgehalten hat, als ihr weggefahren seid.«

Vor Schreck ließ Jule ihr Handtuch fallen. »Komisch, Sigrid hat mir auch schon so ähnliche Fragen gestellt«, sagte sie mit klappernden Zähnen.

Jetzt wurde Käthe noch hellhöriger. »Hast du eine Ahnung, weshalb sie das getan hat?«

Jule hob das Handtuch auf und hüllte sich wieder darin ein, ehe sie flüsternd antwortete: »Sie glaubt, dass Opa etwas mit dem Unfall auf der Treppe zu tun hat. Sie hat mich sogar gebeten, der Polizei einen anonymen Hinweis zu geben, dass sie absichtlich geschubst worden sein könnte.«

Sofort dachte Käthe an die Roboterstimme, von der Nils erzählt hatte. »Hast du es getan?«

»Nein!«, reagierte sie empört. »Ich will damit nichts zu tun haben. Sigrid war auch wieder mal angetrunken, als sie mich um diesen Gefallen gebeten hat. Keine Ahnung, was sie da für Gespenster sieht. Sie hat mir sogar eine Belohnung von tausend Euro angeboten, wenn ich mich bei der Polizei melde, aber ich bin nicht käuflich.«

Käthe nickte und hakte sogleich nach, wie Sigrid auf die Absage reagiert habe.

»Sie hat Jannis gefragt, aber der hat ebenfalls abgelehnt. Mein Bruder und ich stehen uns sehr nahe, wir halten zusammen. Wir wollen nur, dass Oma Herta in Frieden beerdigt wird, nichts weiter. Dass Sigrid ihren eigenen Mann verdächtigt, finde ich total fies von ihr. Tja, sie hat halt ein Alkoholproblem, da reimt sie sich immer irgendwas zusammen.«

»Du glaubst, dass sie nicht ganz zurechnungsfähig ist, wenn sie getrunken hat?«, vergewisserte sich Käthe.

»Ja, aber Opa ist unschuldig, er würde seiner Mutter niemals etwas antun, nie im Leben!«, verteidigte Jule ihn.

»Was macht dich da so sicher? Er war doch allein in der Villa, als seine Mutti starb.«

»Ich weiß das einfach. Jannis hat Oma Herta auch nichts getan.«

»Wie kommst du denn jetzt auf deinen Bruder? Er hat dich um 21 Uhr heimgefahren und war anschließend in einem Club feiern, oder nicht?«

»Ja, natürlich, er hat Freunde getroffen, die das bezeugen können. Sorry, ich muss reingehen, ich friere.« Zähneklappernd tapste die Schülerin barfuß ins Haus, während Käthe allein am Pool zurückblieb.

So langsam wurde ihr klar, warum Sigrid Lindholm keine Scheidung von ihrem Mann wollte. Sie wollte ihn lieber im Gefängnis schmoren sehen, denn dann würde sie in der Villa Lindholm schalten und walten können, wie es ihr in den Kram passte. Kein störender Ehemann, keine aufmüpfige Schwiegertochter und keine dominante Schwiegermutter würden sie mehr davon abhalten, ihre erotischen Stunden mit Gigolo Romeo auf der eigenen Matratze statt in einem fremden Hotelzimmer zu verbringen.

Als hätte sie sie durch ihre düsteren Gedanken herbeigerufen, erschien Sigrid plötzlich auf der Terrasse, das obligatorische Weinglas in der Hand.

»Was hast du hier zu suchen?«, sagte sie scharf.

»Ich arbeite hier, und als treu sorgende Haushälterin wollte ich mich erkundigen, wie die Pressekonferenz von deinem Mann gelaufen ist.«

»Das geht dich einen feuchten Dreck an«, blaffte Sigrid.

»Außerdem will ich mit dir darüber reden, dass du mich blöde Kuh genannt hast. Ich erwarte auf der Stelle eine Entschuldigung von dir, denn mit solchen Beleidigungen am Arbeitsplatz fängt Mobbing an.«

»Du kannst mich mal am Arsch lecken«, erwiderte Sigrid seelenruhig und nippte an ihrem Glas.

»Okay, das ist jetzt definitiv Mobbing. Deine vulgäre Sprache könnte ich gerade noch verschmerzen, weil du mal wieder was getrunken hast. Da meint man nicht alles so todernst, gell? Aber die ›blöde Kuh‹ möchte ich nicht auf mir sitzen lassen.«

»Pack dein Zeug zusammen - du bist fristlos gekündigt.«

»Wie bitte? Das ist nicht dein Ernst!« Empört schaute Käthe die neue Chefin des Hauses an.

»Doch. Verschwinde!« Mit ausgestrecktem Arm zeigte sie zum Lattenzaun.

»Das kannst du nicht machen, wir haben uns die letzten Tage ja eigentlich gut verstanden. Du hast mir sogar ein paar Geheimnisse anvertraut und ... «, hielt Käthe dagegen, doch Sigrid unterbrach sie.

»Halt deinen Mund! Das alles war ein riesengroßer Fehler von mir. Ich war wohl nicht ganz bei Sinnen, dass ich so naiv war, vor einer dahergelaufenen Hausangestellten private Details auszuplaudern.«

»Aber jetzt bist du bei Sinnen? Du bist doch wieder mal nicht nüchtern«, zickte Käthe zurück.

»Hau sofort ab! Sonst rufe ich die Polizei wegen Hausfriedensbruch!«

»Nur weil ich nicht damit einverstanden bin, dass du mich blöde Kuh nennst, musst du mich nicht gleich kündigen.« Käthe tippte sich gegen die Stirn.

»Du hast behauptet, mein Mann wäre homosexuell, das ist sehr wohl ein Kündigungsgrund«, zischte Sigrid.

»Das war bloß eine Vermutung. Ich konnte ja nicht ahnen, dass ich damit in ein Wespennest bei dir steche. Tut mir leid, dass ich geglaubt habe, er wäre schwul. Dann wären wir auch quitt wegen der blöden Kuh und wir vergessen einfach alles.« Sie streckte Sigrid die Hand entgegen. Jetzt, wo sie mitten in den Ermittlungen steckte, wollte sie keinesfalls die Schlüssel zur Villa abgeben müssen.

»Von wegen quitt, das war eine glasklare Verleumdung. Sei froh, dass wir dich nicht anzeigen, weil du falsche Behauptungen in die Welt setzt«, regte sich Sigrid auf. »Das ist Rufmord!« Käthes ausgestreckte Hand ignorierte sie.

»Rufmord ist nicht so schlimm wie Mord. Du glaubst doch auch, dass Herta nicht aufgrund eines Unfalls gestorben ist, sondern dass sie ermordet wurde. Lass uns kooperieren und ... «

»Käthe! Du verschwindest auf der Stelle aus unserem Haus. Lass dich hier nie wieder blicken«, ertönte da Georgs Stimme. Er war unbemerkt auf der Terrasse erschienen und legte nun den Arm um seine trinkende Frau, die Käthe mit einem teuflischen Grinsen bedachte. Die zwei wirkten wie eine Einheit, die sich abgesprochen hatte, um Käthe ganz schnell loszuwerden.

»Georg, lass dich von deiner Frau nicht blenden. Sie vermutet, dass du deine Mutti getötet hast ... «, startete Käthe einen letzten kläglichen Versuch, ihren Job nicht zu verlieren.

»Was redest du für einen Unsinn? Du bist krank Käthe, absolut krank«, widersprach der Hausherr.

»Georg, ich glaube dir, dass du unschuldig bist«, sagte Käthe und legte anschließend ihre Theorie dar, dass Renate diejenige sei, die gar nicht fußkrank, sondern krank im Kopf wäre, weshalb Käthe glaube, dass sie Herta umgebracht habe. Renate habe ja garantiert einen Zweitschlüssel zur Villa und könne Tag und Nacht hier ein- und ausgehen. Vielleicht habe sie sogar das Kabel von der Überwachungskamera durchtrennt.

»Du bist komplett irre«, schrie Georg. »Du kannst doch

jetzt nicht unserer lieben Frau Renate einen Mord in die Schuhe schieben.«

»Rufmord, ich sag's ja, sie macht es schon wieder«, stichelte Sigrid, dann sah sie Georg wütend an. »Verhalte dich ein Mal wie ein echter Mann und schmeiß sie endlich raus. Los! Sonst kratze ich ihr die Augen aus.« Kampflustig krümmte sie die Finger und schwenkte ihr Weinglas bedrohlich durch die Luft.

Nach dieser Ansage zerrte Georg die Haushaltsvertretung tatsächlich unerbittlich am Arm bis zur Haustür.

»Das könnt ihr doch nicht machen. Mich wie eine heiße Kartoffel fallen zu lassen, ist echt nicht fair«, jammerte Käthe, dann machte sie einen Anlauf, den Rausschmeißer in ein Gespräch zu verwickeln: »Wie war eigentlich die Pressekonferenz gelaufen?«

»Scheiße. Es ist nur ein einziger Journalist gekommen. Mutti hätte sich tierisch aufgeregt, wenn sie dieses Trauerspiel mitbekommen hätte.« Mit diesen Worten knallte er ihr die Haustür vor der Nase zu - nachdem er ihr die Schlüssel zu den heiligen Hallen abgenommen hatte.

Niedergeschlagen schnappte Käthe sich ihr E-Bike und trabte über den knirschenden Kies Richtung Ausgang. Als sie das schmiedeeiserne Tor passierte, rief Hinnerk an.

»Käthe, ich habe fantastische Neuigkeiten aus der KTU. In dem Fahrzeug des tatverdächtigen Gärtners wurden keine DNA-Spuren von Fernanda gefunden. Das heißt, unser Opfer muss sich in einem anderen Wagen an den Sicherheitsgurt geklammert haben, und ihr Porsche fällt ebenfalls aus, weil der schon untersucht wurde. Na, was sagst du jetzt?«

»Ich wurde gekündigt. Fristlos«, schimpfte Käthe. Im selben Moment fiel das Tor mit einem lauten Rums hinter ihr ins Schloss.

»Du nimmst mich auf den Arm! Wir stehen so kurz davor, den Fall aufzuklären. Es ist bewiesen, dass der Gärtner unschuldig ist, so wie wir es längst vermutet hatten.«

»Die Lindholms haben mich tatsächlich rausgeworfen«, erwiderte Käthe, »weil ich angeblich den guten Ruf von Georg geschädigt hätte, als ich seine sexuellen Neigungen angesprochen habe.«

»Das ist aber total ungünstig. Ich wollte dich nämlich fragen, ob du eine Zahn- oder Haarbürste von allen Lindholms besorgen könntest, damit die Spurensicherung checken kann, ob sich DNA-Spuren von den feinen Leuten an Fernandas Leiche befinden. Bei Renate könnte ich selbst mal im Bad in den Spiegelschrank schauen, ob da was Brauchbares dabei ist. Zum Glück bin ich ja ihr Blumengießer, da ist das für mich kinderleicht.«

Doch Käthe musste ihn enttäuschen, denn ohne ihren Haushälterinnenjob blieb ihr der Zugang zum Badezimmer der Lindholms verwehrt. Alternativ müsste sie bei einer Nacht- und Nebelaktion in die Villa einbrechen - die Überwachungskamera war schließlich teilweise außer Betrieb, aber diese Idee lehnte Hinnerk kategorisch ab. Zu groß war seine Angst, dass man sie auf frischer Tat ertappen und in Handschellen abführen würde. Damit wäre sein guter Ruf als früherer Inselkommissar für immer dahin.

»Ist der Ruf erst ruiniert, lebt es sich ganz ungeniert«, gab Käthe trocken zurück und wandte ein: »Wenn wir dadurch nicht nur einen, sondern gleich zwei Morde aufklären könnten, ist es doch egal, wie wir an die Beweismittel gekommen sind.«

Hinnerk blieb jedoch standhaft. Ein pensionierter Kriminalhauptkommissar und eine gekündigte Haushälterin sollten nicht zu Einbrechern werden. Niemals!

Kapitel 26

Beim Abendessen herrschte Katerstimmung vom Allerfeinsten in dem offenen Wohn-Essbereich in Hinnerks Haus. Käthe war fristlos gekündigt und Ellen maßlos enttäuscht von ihrer Theatergruppe. Die Herrschaften waren nicht textsicher und der englischen Sprache nicht mächtig. Für die Leiterin ein absolutes No-Go!

»Die haben scheinbar einen Knoten im Hirn, die üben nicht ordnungsgemäß. Oh my God, stellt euch mal vor, die stehen mit ihren Blättern in der Hand wie die Salzsäulen da, wenn wir Mamma Mia aufführen wollen. Das geht doch nicht, so kann ich nicht arbeiten«, empörte sie sich und kaute energisch auf ihrem Käsebrot herum.

»Deine Probleme möchte ich haben. Ich bin meinen Job los, das ist viel schlimmer«, klagte Käthe.

»Sei doch froh, dass du nicht länger bei fremden Leuten den Dreck wegmachen musst. Falls dir langweilig ist, kannst du gern in meiner Gruppe mitmachen. Sag mal, den Text von ›Waterloo‹ kannst du sicher auswendig, oder?«

»Vergiss es, Ellen. Nur über meine Leiche werde ich unter deiner Leitung irgendwas singen. Nicht mal ›Alle meine Entchen‹ wirst du von mir hören, capito?«

»Was ist sie wieder so giftig, Bruderherz?« Hilfe suchend schaute sie zu Hinnerk, der am Kopfende des Tisches hockte, die beiden Damen saßen sich gegenüber.

»Das ist viel komplexer, als du denkst. Bei Käthe geht es nicht um ein Singspiel, sondern um zwei Menschen, die unter tragischen Umständen gestorben sind, das muss man näher betrachten«, erklärte Hinnerk.

»Was habt ihr zwei damit zu tun? Der Gärtner sitzt doch im Knast und die alte Frau ist unglücklich gestürzt.«

Die beiden Privatermittler tauschten schweigend Blicke aus.

»Oh my God«, kreischte Ellen. »Käthe ist eine Geheimagentin. Für wen arbeitest du? Wer hat dich beauftragt? Die Russen? Die Amerikaner? Nein, stopp, bestimmt die Brasilianer, das Opfer in den Dünen stammte doch aus Lateinamerika, nicht wahr?«

»Ellen, du hast eine blühende Phantasie. Du guckst zu viel Actionserien«, ging Hinnerk dazwischen.

»Ich bin eine Künstlerin, es liegt in meiner DNA, kreativ zu denken«, rechtfertigte sie sich.

»Du bist da komplett auf dem Holzweg, meine Liebe«, schaltete sich Käthe ein. »Ich bin eine stinknormale Haushälterin, die einfach nur ein bisschen die Augen und Ohren aufhält.«

»Ah, du bist so eine Art Miss Marple, die mit einer riesengroßen schwarzen Lupe nach Spuren sucht?« Schon wieder sprang bei Ellen das Kopfkino an und sie fügte hinzu: »Wieso sagt ihr mir nichts davon, dass du als Privatdetektivin arbeitest? Dann hätte ich dich niemals mit meinem ABBA-Musical genervt.«

»Du bist noch immer auf dem Holzweg. Ich habe sehr gern bei den Lindholms gearbeitet, nur die Art und Weise, wie sie mich gekündigt haben, hat mich verletzt und gekränkt«, widersprach Käthe, denn sie wollte keinesfalls, dass Ellen etwas von ihren verdeckten Ermittlungen mitbekäme. Zu groß war die Angst, dass die geschwätzige New Yorkerin groß herumposaunen würde, dass Käthe heimlich versuchte, Morde aufzuklären.

»Hast du was mitgehen lassen? So ohne Grund kündigt

man doch keine Hausangestellte von einer Sekunde auf die andere.«

»Wie kannst du so etwas von meiner Käthe denken«, mischte sich Hinnerk ein.

Käthe streichelte beruhigend seine Hand. »Komm, lass gut sein, deine Schwester ist Teil der Familie, also soll sie auch von meinem düsteren Geheimnis erfahren.«

Ellen hörte schlagartig auf zu kauen und starrte ihr Gegenüber an.

Käthe hob die Schultern und erklärte: »Ich bin eine Kleptomanin. Ich habe bei den Lindholms das komplette Silberbesteck gemopst, deshalb bin ich hochkant rausgeflogen.«

Hinnerk schnaufte und schloss die Augen. Er hätte sich bei dieser haarsträubenden Lügengeschichte am liebsten in Luft aufgelöst, zugleich fühlte er sich schäbig, weil er nicht eingriff.

»Oh my God, Käthe, du kleine diebische Elster. Ich vermisse seit Kurzem einen meiner roten Spitzen-BHs. Sind da etwa deine Langfinger im Spiel?« Sie zog die Augenbraue hoch und verschränkte die Arme vor der Brust.

»Unsinn, ich vergreife mich nicht an Kleidung. Mein Spezialgebiet sind wertvolle Gegenstände, die ich zu Geld machen kann.« Käthe lächelte sie ironisch an.

Ellen fühlte sich auf einmal sichtlich unwohl dabei, mit einer zwanghaften Diebin an einem Tisch zu sitzen. Deshalb verkündete sie hastig, dass sie kurz mit dem Bus nach Westerland fahren wolle, um ihren neuen besten Freund Bernd davon zu überzeugen, Teil ihrer Theatergruppe zu werden.

»Seit wann fährst du Bus?«, fragte Hinnerk verdutzt.

»Solange es auf Sylt keine U-Bahn wie in meinem New York gibt, muss ich halt Bus fahren, weil ich schon Lust hätte, mit Bernd ein paar Cocktails zu schlürfen.«

»Du könntest auch ein Taxi nehmen.«

»Ach, Bruderherz, wenn ich jedes Mal Taxi fahre, werde ich arm wie eine ... na, wie sagt man das noch mal auf Deutsch ... Tempelmaus?«

»Kirchenmaus«, sagte Käthe und rollte genervt mit den Augen. Sie hasste es, wenn ihre Schwägerin so tat, als könnte sie sich an keine Redewendung mehr erinnern, da sie ja schon so ewig in den Vereinigten Staaten lebte.

»Drück mir die Daumen, dass ich Bernd überzeugen kann. Na ja, Schwule können doch garantiert jeden ABBA-Hit aus dem Effeff mitsingen.« Wieder ganz die optimistische Ellen verabschiedete sie sich und rauschte zur Tür hinaus.

Kaum war sie weg, wollte Hinnerk von seiner Partnerin wissen, ob die Lüge mit der Kleptomanin wirklich nötig gewesen sei.

»Tut mir leid, mir ist auf die Schnelle nichts Besseres eingefallen. Ich will halt verhindern, dass sie ihrem neuen Kumpel Bernd erzählt, ich würde im Leben der Lindholms herumstochern. Er ist doch deren Haus- und Hoffriseur, der kennt die Familie in- und auswendig und würde das ganz sicher herumtratschen. Das will ich vermeiden.«

»Und du meinst, er wird nicht herumtratschen, dass du angeblich gern mal was mitgehen lässt?«

Das war Käthe egal. »Ich bin doch sowieso entlassen. Ich will nur nicht, dass sie Bernd Mattiesen von unseren Mutmaßungen erzählt, wenn sie ihn für ihr dämliches ABBA-Musical akquiriert.«

»Diese Freundschaft wird nicht von langer Dauer sein. Nächste Woche fliegt sie schon heim.«

»Ach, hat sie dir endlich ein konkretes Datum genannt?«

»Nein, aber sie wird ja wieder in ihrem Theater auf der

Bühne stehen müssen, also muss sie zurück nach New York fliegen.«

Käthe biss sich auf die Zunge und behielt lieber für sich, dass sie vermutete, Ellen flunkere sie an, was ihren Heimflug betraf. Sie wollte nicht für noch schlechtere Stimmung sorgen.

»Übrigens, vor dem Abendessen hat Nils mir mitgeteilt, dass morgen ein Gerichtsmediziner Herta Lindholm auf die Metallpritsche legen und sie sich mal genauer anschauen wird.«

»Wenigstens eine gute Nachricht an diesem beschissenen Tag«, bemerkte Käthe und biss frustriert in eine kleine Essiggurke.

»Freu dich nicht zu früh. Was die Fahndung nach Renates Wagen angeht, hat Nils mir eine Absage erteilt.«

Käthe sah auf. »Wieso?«

»Na, weil eine weggeworfene AU-Bescheinigung wegen Mobbing und eine Porzellanpuppe ohne Kopf keine ausreichenden Anhaltspunkte sind, um eine Großfahndung nach einer fast Siebzigjährigen zu starten, das hatte ich mir schon gedacht.«

»Was ist mit der Lüge wegen ihres Bänderrisses? Dass sie ständig mit Krücken rumrennt?«

»Moment, Käthe, das wissen wir doch gar nicht. Wer sagt denn, dass sie nicht wegen Mobbings und einem kaputten Sprunggelenk krankgeschrieben ist?«

»Du willst mir also sagen, Renate sitzt jetzt seelenruhig irgendwo in der schwedischen Pampa, mampft Köttbullar und Zimtschnecken und die Polizei unternimmt nichts?«

»Ich dachte, du gehst sowieso davon aus, dass Georg und Sigrid Lindholm Dreck am Stecken haben.«

»Ja, die zwei verheimlichen irgendwas«, sagte Käthe, während sie sich das nächste Essiggürkchen angelte. »Ich scheine ihnen ganz dicht auf den Fersen zu sein, sonst hätten sie nicht so überreagiert und mich vor die Tür gesetzt. Nach dem Gespräch mit deren Enkelin Jule weiß ich, dass Sigrid ihren Mann verdächtigt, Herta getötet zu haben. Warum sonst sollte sie Jule fragen, ob sie der Polizei einen anonymen Hinweis geben könnte?«

Hinnerk sah sie zweifelnd an. »Wer war dann die männliche Roboterstimme?«

»Keine Ahnung. Jannis fällt als Verdächtiger übrigens auch aus, er war es nicht, laut seiner Schwester.«

»Meinst du denn, dass Georg auch Fernanda getötet hat? Dass er ein Zweifachmörder ist?«

»Ja, vielleicht sogar mit Renate zusammen. Weißt du, was ich mir noch vorstellen könnte?«

Hinnerk schaute sie schulterzuckend an.

»Renate und Georg könnten ein heimliches Liebespaar sein und sie wartet jetzt in Schweden auf ihn. Er hat mir nämlich erzählt, dass er ein neues Leben beginnen will. Möglicherweise hat Fernanda von dem Verhältnis der beiden Wind bekommen und eine halbe Million Euro Schweigegeld von ihrem Schwiegervater gefordert. Als der nicht zahlen wollte, hat sie der alten Lindholm alles verklickert, worauf die komplett ausgerastet ist.« Bei diesem Gedanken musste Käthe laut lachen. Frau Renate als neue Schwiegertochter von Herta Lindholm. Der Super-GAU.

»Ich dachte, Georg ist schwul? Der soll jetzt mit einer Porzellanpuppen-Fanatikerin liiert sein?«, fragte Hinnerk verständnislos.

»Mensch, Hinnerk, das weiß ich doch auch nicht. Ich versuche nur, laut zu denken, und gehe die möglichen Szenarien durch, warum hier plötzlich zwei Familienmitglieder tot sind.«

»Was ist mit den Alibis für beide Tatzeiten?«, lenkte der

altgediente Kommissar auf die Fakten zurück. Mit Mutmaßungen würden sie nicht weit kommen.

Käthe schnaufte. »Das hatten wir doch alles schon. Georg war der Einzige, der daheim war, als seine Mutter starb. Sigrid war bei ihrem Callboy und Jannis war laut seiner Schwester in einem Club feiern. Da er morgens nicht über die tote Uroma am Fuß der Treppe gestolpert ist, wird er wohl sonst wo übernachtet haben. Übrigens hat er an dem Abend mit seiner Schwester und der Uroma zusammen Monopoly gespielt. Die Geschwister sind um 21 Uhr weggefahren, wie ich von Jule heute erfahren habe.«

»Monopoly?«, wiederholte Hinnerk skeptisch. »Das Spiel ist doch prädestiniert für heftigen Streit unter den Spielern. Welches Alibi hat denn Jule?«

»Sie ist fünfzehn«, sagte Käthe entrüstet. Das Alter sei für sie Beweis genug, dass die Teenagerin keine kaltblütige Killerin sein könne.

»Wieso nicht? Vielleicht hat sie Fernanda für die Trennung der Eltern verantwortlich gemacht, und die Uroma musste sterben, weil sie die Kids beim Spielen abgezockt oder geschummelt hat.«

»Hinnerk, das ist absurd. Von dir als früherer Kommissar hätte ich schon mehr erwartet, als mir so ein dämliches Motiv zu präsentieren.«

»Wo steckte denn Jannis an dem Abend, als Fernanda in den Dünen verbuddelt wurde?«

»Keine Ahnung, ich habe ihn nicht gefragt, weil ... weil ich ihn nie als Täter in Betracht gezogen habe.«

Grübelnd kraulte Hinnerk seinen grauen Bart. »Vielleicht schützen die Lindholms ihren Enkel, weil sie Angst haben, dass du dahinterkommen könntest, dass er es war, wenn du länger bei ihnen ein- und ausgehst.«

»Nein, das kann nicht sein. Jannis war viel zu verknallt in seine Stiefmutter, er hat sie garantiert nicht getötet, und welches Motiv sollte ein Schüler haben, seine Uroma zu töten?«

»Geld«, sagte der erfahrene Alt-Kommissar, ohne lange nachzudenken. »Vielleicht hat ein üppiges Erbe von Herta gewinkt, als Schüler kommt man doch nie mit seinem Taschengeld zurecht. Habgier ist ein gängiges Motiv für Mord.«

Das Klingeln von Käthes iPhone unterbrach ihre Überlegungen. Eine ihr unbekannte Nummer leuchtete auf dem Display auf.

»Ja, bitte?«, meldete sie sich.

»Guten Abend, können Sie gerade ungestört sprechen?«, ertönte eine sympathische Männerstimme.

»Romeo? Sind Sie das? Nein, ich möchte Sie nicht mehr buchen. Ich habe mich mit meiner Freundin zerstritten und lege auf ihre Empfehlung keinen Wert mehr«, versuchte Käthe hektisch, das Gespräch abzuwürgen.

»Wie bitte? Sind Sie nicht Frau Bohneberger?«

»Doch, wer ist denn bitteschön in der Leitung?«

»Bernd Mattiesen, der Friseur. Sie haben mir Ihre Visitenkarte gegeben.«

Peinlich berührt entschuldigte sich Käthe für das Missverständnis. »Ich dachte, es wäre Romeo, unser, ähm, Fliesenleger. Wir hatten ihn um Hilfe gebeten, aber wir kriegen das jetzt doch allein hin.« Sie kräuselte ihren Mund zu einem gequälten Lächeln. »Was kann ich denn für Sie tun?«

»Also, ich wollte Ihnen nur Bescheid geben, dass sich Massimo eben bei mir gemeldet hat, das hatte ich Ihnen ja versprochen.«

»Was? Wo steckt er?«, fragte Käthe sofort.

»Das hat er mir leider nicht gesagt. Er klang sehr bedrückt und weinerlich, er wirkte angetrunken, hat ständig wiederholt, dass er mit der Schuld nicht leben könne und dass sein Leben eine einzige Lüge sei.«

»Eine Lüge? Was meint er damit, Herr Mattiesen?«, hakte Käthe nach.

»Er hat mir am Telefon gestanden, dass er und nicht der Gärtner Fernanda im Streit getötet habe. Außerdem habe Georg Lindholm ihn beauftragt, seine Mutter zu töten.«

»Was? Das hat er wirklich gesagt?« Käthes Augen weiteten sich.

»Ja, aber er war, wie gesagt, sehr betrunken, und dann hat er einfach aufgelegt. Ich dachte, ich sag Ihnen das lieber, weil ich gar nicht weiß, wie ich mich jetzt verhalten soll. Sie haben doch den Abschiedsbrief mitgenommen. Den sollten wir wohl gemeinsam als Beweis bei der Polizei abgeben.«

»Vom Telefongespräch haben Sie keine Aufzeichnung?«, erkundigte sie sich.

»Nein, natürlich nicht. Wer ahnt denn, dass einem ein Freund am Telefon plötzlich zwei Morde gesteht. Frau Bohneberger, wollen wir morgen in der Früh zusammen aufs Revier gehen? So um 8 Uhr, weil ich um 9 Uhr meinen Salon öffne?«

Käthe willigte ein. Nils befand sich sowieso schon im Feierabend, und was sollte die Polizei an diesem Abend noch erreichen? Nichts! Also bedankte sie sich bei Bernd, dass er sie und nicht die örtliche Polizei angerufen habe, dann legte sie auf und erzählte Hinnerk die unglaubliche Neuigkeit.

»Wir müssen Massimos Auto sofort zur Fahndung ausschreiben«, sagte Hinnerk tatendurstig. »Wenn Massimo seinem Chef gegenüber ein Geständnis abgelegt hat, muss Nils umgehend alle Hebel in Bewegung setzen.«

Natürlich, das leuchtete Käthe ein, daher rief sie gleich Bernd zurück und erkundigte sich nach dem Kennzeichen von Massimos Fahrzeug.

»Warum ist das wichtig?«, wollte dieser erstaunt wissen.

»Wenn Massimo mit seinem Auto auf der Flucht ist, müssen wir ihn so schnell wie möglich ausfindig machen«, erklärte Käthe.

Der Friseur lachte in den Hörer. »Massimo ist nicht mit dem Auto geflohen, das steht noch in meiner Garage. Wir teilen uns einen Wagen, weil das viel günstiger ist. Die Benzinpreise werden doch immer schlimmer.«

»Mist!«, fluchte Käthe. Sie bedankte sich für die Auskunft und legte frustriert auf.

Als sie Hinnerk davon erzählte, dass nur eine Personenfahndung und nicht die Suche nach einem Auto sinnvoll sein würde, glänzten seine Augen. Er entschied sofort, dass sie sich dieses Fahrzeug näher angucken sollten, denn sie benötigten Fasern von einem Sicherheitsgurt, womit sie das Auto des Täters eindeutig identifizieren würden. Erst dann hätten sie einen stichhaltigen Beweis, um Massimo zur Fahndung auszuschreiben.

»Aber wir haben doch das Telefonat, von dem Bernd Mattiesen mir eben berichtet hat. Außerdem habe ich noch den Abschiedsbrief von Massimo«, wandte Käthe ein. Für sie war der Fall damit aufgeklärt.

»Vertrau mir«, widersprach Hinnerk. »Wir brauchen unbedingt ein paar glasklare Beweise. Lass uns den gemeinsamen Wagen von Massimo und Bernd inspizieren, und zwar sofort!« Entschlossen stand er auf, eilte in den Keller und holte ein Teppichmesser.

Käthe stand ebenfalls auf, ging nach draußen und setzte sich auf den Beifahrersitz von Hinnerks Auto. Vor lauter Aufregung hatte sie ganz schwitzige Hände. Die Morde standen kurz vor der Aufklärung - und das nur durch ein telefonisches Geständnis des Täters. Einfacher ging es kaum.

Dabei hatte sie gerade erst Frau Hahnbeck sowie das Ehepaar Lindholm irrtümlich verdächtigt. Wobei, komplett falsch hatte sie damit nicht gelegen, immerhin hatte Massimo Georg Lindholm als Anstifter zum Mord an seiner Mutter genannt, auch wenn er seinem Chef das alles in betrunkenem Zustand erzählt hatte.

Als kurz darauf Hinnerk zu ihr ins Auto stieg, funkelten seine Augen, sein kriminalistischer Instinkt arbeitete auf Hochtouren und er drückte sofort mächtig aufs Gaspedal, um Richtung Hauptstraße zu preschen. Bei ihrer rasanten Fahrt bemerkten die beiden Hobbyermittler nicht, wie Ellen schräg gegenüber an der Bushaltestelle von Kampen wild gestikulierte, um auf sich aufmerksam zu machen. Ihr Bus hatte nämlich Verspätung und sie hatte das Auto ihres Bruders sofort erkannt. Doch Hinnerk fuhr im Karacho davon. Er wollte keine Zeit mehr verlieren. Je früher man die Fahndung nach Massimo einleiten konnte, desto besser.

Kapitel 27

Kurz nach 20 Uhr erreichten Käthe und Hinnerk den Salon »Bernds Schnittpunkt« in Westerland. Das Geschäft war bereits geschlossen, sodass sie zur Haustür um die Ecke gingen und schellten.

Bernd Mattiesen öffnete ihnen in himmelblauem Jogginganzug und Birkenstock-Sandalen und zeigte sich sehr überrascht, dass die Haushälterin der Lindholms ihn am späten Abend aufsuchte. »Frau Bohneberger? Was tun Sie denn hier?«

»Entschuldigen Sie bitte das Überfallkommando. Ich hoffe, ich störe Sie nicht?«

»Tja, ich hatte es mir gerade vor dem Fernseher gemütlich gemacht. Was gibt es denn so Dringendes? Wir haben uns doch für morgen früh um 8 Uhr auf dem Polizeirevier verabredet.«

»Das stimmt, aber wir wollen keine Zeit verlieren. Können mein Lebensgefährte und ich mal einen Blick auf das Auto werfen, das Sie sich mit Massimo teilen?« Sie zeigte auf Hinnerk, der sich im Hintergrund hielt, da Käthe den guten Draht zum Sylter Promifriseur hatte, nicht er.

»Herr Kommissar Rasmussen, was haben Sie vor?« Ängstlich blickte Bernd auf das scharfe Teppichmesser, das Hinnerk in der Hand hielt. Selbstverständlich kannte der Friseur den früheren Inselkommissar.

»Keine Sorge, wir zerkratzen den Lack an Ihrem Auto schon nicht, aber wissen Sie, es ist verdammt wichtig, dass wir da mal einen Blick reinwerfen können«, erklärte Hinnerk.

»Das hat nicht Zeit bis morgen früh?« Bernd schickte ein übertriebenes Gähnen angesichts des langen Arbeitstages hinterher.

»Tut mir leid, bei der Fahndung nach einem Doppelmörder kommt es auf jede Sekunde an. Wer weiß, was Massimo da draußen treibt. Vielleicht hat er schon sein nächstes Opfer ausgespäht.«

»Das Auto steht in meiner Garage, das bringt Ihnen doch nichts«, wandte Bernd ein. »Nach dem Geständnis müsste die Polizei längst nach Massimo Cupelli fahnden oder habe ich jetzt einen Denkfehler?«

Käthe wippte nervös von einem Fuß auf den anderen und bestand darauf, sofort das Auto zu sehen. Natürlich hatte der Friseur keinen Denkfehler, aber sie wollte ihm auch nicht erzählen, dass in dem gemeinsam mit Massimo genutzten Wagen womöglich Fernanda erwürgt worden war. Dieses Polizeiwissen ging den Haardesigner nun wirklich nichts an.

Murrend griff Bernd nach den Schlüsseln und ging voran zu seiner Garage. Ein weißer Opel Corsa stand dort einsam und verlassen auf dem rot-braunen Fliesenboden. Durch einen Druck auf die Fernbedienung öffnete er die Zentralverriegelung und Hinnerk steuerte sofort die Beifahrerseite an. Mit dem Teppichmesser bewaffnet machte er sich am Sicherheitsgurt zu schaffen - selbstverständlich mit Handschuhen.

»Gehen Sie da weg. Was machen Sie mit meinem schönen Auto?«, rief Bernd entsetzt und wollte den Ex-Kommissar wegschubsen, als Hinnerk zum Schnitt ansetzte, doch Käthe hielt den Friseur zurück.

»Sie müssen jetzt ganz tapfer sein, Bernd. Wir machen nur unseren Job, so wie Sie auch tagtäglich Ihren Job machen.«

»Ich schneide Haare ab - keine Gurte«, schrie er schockiert.

»Glauben Sie mir, das muss sein. Nur so erhalten wir handfeste Beweise, dass Ihr Angestellter schuldig ist, dann können wir ihn zur Fahndung ausschreiben lassen. Ein telefonisches Geständnis reicht da nicht aus.«

»Was hat mein Anschnallgurt mit Massimos Geständnis zu tun? Ich lasse nicht zu, dass Sie meinen Wagen beschädigen, ohne Gurt kann ich ja nie mehr jemanden auf dem Beifahrersitz mitnehmen.«

»Der Rücksitz ist doch auch noch da und zur Not der Kofferraum«, scherzte Käthe, um den aufgebrachten Bernd irgendwie abzulenken.

Im selben Moment kam Hinnerk wieder aus dem Auto hervorgekrochen und hielt strahlend ein etwa fünfzig Zentimeter langes Stück vom Sicherheitsgurt wie eine Trophäe in die Höhe. Bernd stand aufgewühlt daneben und wischte sich ein Tränchen weg.

»Keine Sorge, für die Unannehmlichkeiten werden wir schon aufkommen«, tröstete Käthe und tätschelte seinen Oberarm.

»Es geht mir doch gar nicht mehr um den Gurt, sondern darum, dass Massimo ein Mörder ist. Wissen Sie, er war nicht einfach nur mein Mitarbeiter, er war wie ein Ziehsohn für mich. Ich habe mir immer Kinder gewünscht, aber ... « Er schluchzte laut auf. »Aber einen Zweifachmörder will man ja auch nicht in der Familie haben.«

»Ja, Familie kann man sich leider nicht aussuchen. Seien Sie doch froh, dass Sie sich nur das Auto mit Massimo teilen und nicht die Gene«, plapperte Käthe weiter, dabei beobachtete sie, wie Hinnerk nun an der Fahrerseite das Messer am Gurt ansetzte, getreu dem Motto: Doppelter Gurtbeweis hält besser!

Bernd bekam davon kaum noch etwas mit. Er starrte gedankenversunken auf den Garagenboden und brabbelte vor sich hin: »Massimo hat sogar seine Ausbildung bei mir gemacht. Nie im Leben hätte ich gedacht, dass ich mich in einem Menschen so täuschen könnte. Stellen Sie sich mal vor, wie viele Menschen er hätte umbringen können, während er mit der Schere bewaffnet an den Haaren der Kunden herumgeschnippelt hat. Ein kleiner Ausrutscher und die scharfe Klinge hätte ihnen die Halsschlagader aufgeschlitzt.«

Bei diesem Gedanken gefror Käthe das Blut in den Adern, denn auch sie hatte unter Massimos Schere gesessen. Um sich abzulenken, wandte sie sich erneut an den Promifriseur: »Sagen Sie mal, Herr Mattiesen, können Sie sich erklären, weshalb Georg von Massimo verlangt haben könnte, seine Mutter zu töten?«

»Woher soll ich das wissen, wir waren Kollegen - keine Komplizen«, schniefte er.

»Könnte es sein, dass Massimo und Georg eine Affäre hatten?«

Bernd sah auf und schüttelte plötzlich lachend den Kopf. »Nein, Georg würde sogar ich nicht mit der Kneifzange anfassen, dieses jämmerliche Muttersöhnchen. Außerdem war Massimo nicht schwul, er war mit Fernanda zusammen, aber das hatte ich Ihnen doch schon erzählt. Der Trick dabei ist, dass der eifersüchtige Ehemann keinen Verdacht schöpft, wenn sich die Frau mit dem besten schwulen Freund trifft, das können Sie mir glauben.« Er rückte seine dicke schwarze Hornbrille gerade.

»Aber wieso hat Massimo dann für Georg Lindholm gemordet? Hat er etwa auch in dessen Auftrag Fernanda umgebracht?«

Der Friseur seufzte. »Fragen Sie doch Herrn Lindholm selbst. Er war ein guter Kunde in unserem Salon, vielleicht haben die beiden ja ihren mörderischen Plan ausgeheckt, als Massimo ihm gerade den Nacken ausrasiert hat. Warum interessiert Sie das eigentlich so sehr? Sind Sie gar keine Haushälterin, sondern Detektivin?«

Panisch verneinte Käthe. Ihre Tarnung durfte unter keinen Umständen auffliegen. Da hätte sie auch Ellen gleich die Wahrheit sagen können.

»Fertig!«, unterbrach Hinnerk die zwei, in der Hand hielt er ein zweites Stück Gurt, diesmal von der Fahrerseite.

Erst jetzt bemerkte Bernd, dass Hinnerk die Sachbeschädigung fortgeführt hatte, während er von Käthe geschickt in ein Gespräch verwickelt worden war. »Das ist Vandalismus vom Allerfeinsten«, motzte er. »Ich wollte morgen wegfahren, und wenn ich mir nun Ihretwegen das Genick breche oder ein blödes Knöllchen kassiere, werde ich Sie beide höchstpersönlich dafür verantwortlich machen.«

»Wo wollen Sie denn hin? Wir haben doch eine Verabredung bei der Polizei«, erinnerte Käthe ihn.

Verärgert nahm der Friseurmeister seine Brille ab und wischte sich mit dem Taschentuch über die Augen. Die ganze Situation mache ihm so sehr zu schaffen, dass er erst einmal etwas Abstand brauche, erklärte er. »Wenn ich da so allein in meinem Salon rumstehe, vermisse ich meinen Massimo noch viel mehr. Er war so ein guter Junge. Ich kann mir wirklich nicht erklären, wie er sich zu so einer Bestie entwickelt hat. Mein Gott, Fernanda war blutjung, sie hatte ihr ganzes Leben vor sich. Das ist einfach alles so schrecklich.«

»Frau Lindholm war zwar das komplette Gegenteil, aber ihr Tod ist nicht weniger bedauernswert«, mischte sich Hinnerk ein.

»Wohin wollten Sie denn nun morgen fahren?«, erkundigte sich Käthe.

»Warum fragen Sie das?«

»Na, ohne Anschnallgurt nehmen sie wohl besser die Bahn«, sagte sie grinsend.

»Ich wollte morgen Mittag spontan nach Schweden, weil ich dort Bekannte habe, die ein Ferienhaus an einem einsamen See besitzen. Ein Tapetenwechsel tut mir bestimmt gut.«

Hinnerk und Käthe tauschten schweigend Blicke.

»Sagen Sie mal, Herr Mattiesen, kennen Sie eine gewisse Frau Hahnbeck?«, ließ Hinnerk wie nebenbei fallen.

»Hahnbeck? Nein, wer soll das sein? Ist das eine Politikerin?«

»Nein, sie ist die Haushälterin der Lindholms.«

»Ach, Sie sprechen von der Frau Renate. Die alte Frau Lindholm hat sie ein paar Mal erwähnt, wenn sie auf meinem Frisierstuhl saß, aber persönlich habe ich sie nie kennengelernt. Warum?«

»Wie hat Herta Lindholm von ihrer Haushälterin gesprochen? Eher abwertend oder in den höchsten Tönen?«, hakte Käthe nach.

Bernd überlegte, ehe er antwortete: »Ich glaube, sie wollte ihre Haushälterin rauswerfen, weil sie zu alt war und ständig etwas vergaß, sie wurde einfach schusselig. Wenn ich mich recht erinnere, war ihr Sohn allerdings dagegen, weil sie ein Teil der Familie sei. Mehr kann ich Ihnen dazu nicht sagen. Fragen Sie Herrn Lindholm lieber selbst, warum er so an seiner Mitarbeiterin hing. Vielleicht war Frau Renate eine Art Mutterersatz für ihn, weil seine eigene eine herzlose, dominante Herrscherin war. Warum sonst sollte er Massimo beauftragen, seine eigene Mutter zu töten?«

Die beiden Undercoverermittler gingen auf diesen Kommentar nicht ein. Stattdessen entschuldigten sie sich für die entstandenen Unannehmlichkeiten und Käthe bestätigte erneut ihre Verabredung am kommenden Morgen bei der Polizei, um die Personenfahndung endgültig einzuleiten. Hinnerk bot sogar an, ihn abzuholen, da der Corsa ohne funktionierende Sicherheitsgurte ja nun erst einmal stillgelegt war. Aber Bernd lehnte dankend ab, da das Polizeirevier nur ein paar Gehminuten von seinem Salon entfernt war.

Nachdem die beiden sich verabschiedet hatten, blieb Bernd Mattiesen noch so lange in der Garageneinfahrt stehen, bis die Rücklichter des Autos seiner Besucher hinter der nächsten Kurve verschwunden waren. Anschließend zog er das Garagentor von innen zu und warf kopfschüttelnd einen Blick in den Vorderraum seines Kleinwagens.

»Ihr verdammten Schweine«, grummelte er.

Dann ging er durch die Verbindungstür zurück in seinen Wohnbereich und schloss zweimal hinter sich ab. Als er gerade über die Treppe in den Keller gehen wollte, klingelte es erneut an seiner Tür.

Genervt marschierte er zum Eingang und schrie beim Öffnen der Tür: »Wollt ihr jetzt auch noch meine Reifen abmontieren?«

Entsetzt blickte Ellen ihn an. »Alles gut bei dir?«

Bernd sammelte sich. »Tut mir leid, ich bin gerade ziemlich gereizt. Deine Schwägerin war mit so einem alten Sack hier, die haben die Sicherheitsgurte in meinem Auto abgeschnitten.«

»Oh My God!«, reagierte Ellen zutiefst bestürzt. »Der alte Sack ist übrigens mein Bruderherz und Käthe ist nicht wirklich meine Schwägerin, die beiden sind zum Glück nicht verheiratet. Sei froh, dass sie dir nicht gleich das Auto gestohlen hat, sie ist eine Kleptomanin.«

»Was willst du eigentlich hier?«, fragte Bernd angesäuert.

»Ach, ich war gerade in der Gegend und dachte, wir zwei

könnten in eine Cocktailbar gehen und ein bisschen plaudern.«

»Gern ein anderes Mal, ich bin wirklich sehr müde heute«, antwortete er gähnend. »Ich hatte einen verdammt langen und anstrengenden Tag im Salon.«

»Na gut, aber sag mal, ich brauche noch einen textsicheren Sänger für das ABBA-Musical, das ich mit meiner Theatergruppe aufführen möchte. Da dachte ich an dich als Unterstützer.«

»An mich?«, Bernd legte die Stirn in Falten.

»Ja, natürlich. Wenn jemand alle ABBA-Songs auswendig schmettern kann, dann sicherlich du.« Ellen strahlte ihn erwartungsvoll an.

»Vergiss es. Ich hasse ABBA!«

»Was? Aber ABBA lieben doch alle!«

»Ich eben nicht! Ich kotze bei ABBA und flippe nur bei AC/DC aus – du weißt schon, ›Highway to hell‹. Das ist meine Welt.«

»Oh, wirklich? Damit hätte ich jetzt bei dir überhaupt nicht gerechnet.«

»Dieses Klischeedenken muss endlich aufhören, und nein, ich mag auch keine Marianne Rosenberg oder sonstige Schlager. Gute Nacht!« Genervt donnert er ihr die Tür vor der Nase zu. Er war es leid, dass man ihm aufgrund seines Berufs und seiner sexuellen Orientierung automatisch einen bestimmten Musikgeschmack unterstellte. Das war doch kaum zum Aushalten. Erst das Desaster mit seinem Auto und nun auch noch Ellen mit ihren dummen Ideen. Bernd Mattiesen war sauer. Mordssauer!

Kapitel 28

Hinnerk parkte ein gutes Stück vor der Villa, dann stellte er Käthe die Frage aller Fragen: »Willst du allein reingehen oder soll ich mitkommen?«

»Ich bin unsicher«, sagte sie und knetete ihre Hände. »Auf der einen Seite könnte das so aussehen, als würde ich mit meinem Freund angeschlichen kommen, um mir meinen Job zurückzuholen. Auf der anderen Seite ist ein gewisser Begleitschutz sicherlich nicht verkehrt. Was mache ich denn, wenn Georg komplett ausrastet, sobald ich ihn mit der Beschuldigung konfrontiere, dass er Massimo mit dem Mord an seiner Mutter beauftragt hat?«

»Ich habe seit meiner Pensionierung leider keine Dienstwaffe mehr, aber ich könnte dich mit dem Teppichmesser beschützen«, schlug der Ex-Kommissar augenzwinkernd vor.

»Sei nicht albern.«

»Na gut, dann öffne mal das Handschuhfach. Ich habe immer eine Schreckschusspistole dabei, man weiß ja nie ... «

»Um Himmels willen, ich will doch jetzt nicht in der Villa eine Schießerei veranstalten, ich will Georg nur zur Rede stellen. Vielleicht ist es doch am besten, wenn du hier wartest.« Käthe haderte mit sich, was die geschickteste Vorgehensweise wäre. Gemeinsam oder allein bei den Lindholms um Einlass bitten?

Am Ende nahm Hinnerk ihr die Entscheidung ab. Er steckte die Pistole unter seine Lederjacke und stieg aus dem Wagen. Käthe folgte ihm in die Stille des Abends. Es war mittlerweile 21 Uhr, der Garten der Villa lag im Dunkeln.

»Ich fühle mich hundsmiserabel, ich habe bei den Leuten

schließlich mal gearbeitet«, bemerkte Käthe, während sie sich dem schmiedeeisernen Tor näherten.

»Wie gesagt, wir können auch morgen früh Nils ins Boot holen und er kümmert sich um den Fall, aber dann hat er zwei Morde aufgeklärt und nicht du. Ich finde halt, du hast als die Ex-Haushälterin die Exklusivrechte für eine Befragung unter vier Augen, und ich als Alt-Kriminalhauptkommissar begleite dich.«

Käthe nickte zustimmend. Hinnerk hatte ja recht. Sie hatte sich die letzten Tage um die Drecksarbeit wie Staubsaugen und Wäschewaschen gekümmert, da hatte sie es sich redlich verdient, den Auftraggeber eines Mordes zu überführen, während der eigentliche Killer auf der Flucht war.

Mit so gestärktem Rücken drückte sie auf die Klingel an dem großen Tor.

»Wer ist da?«, war kurz darauf Sigrids schlecht gelaunte Stimme durch die Gegensprechanlage zu hören.

»Ich bin es, Käthe! Ich würde gern meinen Schlüssel abgeben«, flunkerte sie, denn den hatte sie bereits am Mittag Georg ausgehändigt.

»Schmeiß ihn in den Briefkasten und hau ab«, forderte Sigrid.

»Das möchte ich lieber nicht, ich hätte nämlich gern eine Quittung, sonst könnte ja behauptet werden, ich hätte euren Schlüssel verschlampt, und dann muss ich für den Austausch aller Schlösser aufkommen. Nein, danke!«

Sofort öffnete sich das Tor mit leisem Summen und Käthe schritt, untergehakt bei Hinnerk, über den Kies zur Villa. Es kam ihr ein bisschen vor wie der Weg zum Schafott.

An der Haustür erwartete Sigrid Lindholm sie mit glasigem Blick. »Wer ist das denn?« Abfällig musterte sie Hinnerk.

»Schönen guten Abend, Frau Lindholm, mein Name ist

Rasmussen, ich war früher der zuständige Kriminalhauptkommissar auf Sylt und begleite Frau Bohneberger in dieser ernsten Angelegenheit.« Höflich deutete er einen Handkuss an.

Die Hausherrin war verblüfft. »Aha, ich hatte zum Glück mit der Kripo noch nie was zu tun. Wieso kommt die Polizei mit, wenn eine ehemalige Angestellte einen Schlüssel zurückbringen will?«

»Lassen Sie uns das bitte drinnen besprechen«, sagte Hinnerk und machte einen Schritt nach vorn. »Sehr hübsches Anwesen übrigens, mein Kompliment!«

Die perplexe Sigrid trat zurück und beschrieb eine einladende Geste Richtung Wohnzimmer.

»Du alter Schleimer«, raunte Käthe ihm zu. »Sie ist auch wieder angetrunken, das merkt man an ihrem Gang, ihrem Blick und ihrer Sprache.«

»Ich weiß halt, mit welchen kleinen Tricks man ohne einen Hausdurchsuchungsbeschluss Zugang zu einem Haus bekommt«, wisperte er schmunzelnd zurück.

»Möchten Sie auch ein Glas? Das ist ein Weißburgunder aus Rheinhessen, sehr lecker und süffig.« Sie zeigte mit einem schnalzenden Laut auf die Weinflasche, die im Kühler neben dem Sofa stand.

Die beiden Besucher lehnten ab.

»Mein herzliches Beileid, Frau Lindholm«, sagte Hinnerk dann. »Frau Bohneberger hat mir davon berichtet, dass Ihre Schwiegermutter plötzlich und unerwartet verstorben ist.«

Sigrid lachte und trank einen Schluck. »Ja, ja, mein liebes Schwiegermonster, ups ... habe ich gerade Monster gesagt? Ich meine natürlich: Schwiegermutter.« Erleichtert ließ sie sich auf das Sofa plumpsen. »Für meinen Mann ist es viel schlimmer als für mich, er hing ja sehr an ihr. Um genau zu sein, hing er an ihrem Rockzipfel.« Sie kicherte albern, während Käthe und Hinnerk sich ebenfalls setzten.

»Wo ist Georg?« Käthe ließ ihren Blick durch den Raum wandern, als könnte der Gesuchte jeden Moment hinter einer Gardine hervorspringen.

»Georg! Georg!«, schrie Sigrid auf einmal so laut, dass Hinnerk vor Schreck zusammenzuckte und sich ans Herz fasste.

Keine fünf Sekunden später kam der Ehegatte in das heimelige Wohnzimmer geflitzt. Als er Käthe auf dem Sessel entdeckte, blieb er wie angewurzelt stehen. »Was willst du denn hier?«, fragte er ungehalten.

»Sie will uns den Schlüssel zurückgeben«, erklärte Sigrid, ihre Worte klangen verwaschen.

»Den habe ich doch längst.« Georg schüttelte den Kopf und wandte sich an Käthe: »Wenn du glaubst, dass wir deine Kündigung rückgängig machen, hast du dich getäuscht. Es bleibt dabei, wir wollen dich nicht mehr auf unserem Anwesen sehen.«

»Guten Abend, Herr Lindholm, mein Name ist Rasmussen, ich begleite Ihre frühere Mitarbeiterin, denn ...«, begann Hinnerk, wurde jedoch sogleich von Georg unterbrochen.

»Sind Sie ihr Anwalt? Wollen Sie eine Abfindung aushandeln oder warum tauchen Sie extra am späten Abend bei uns auf?«

»Georg, es besteht der Vorwurf, dass du jemanden damit beauftragt haben sollst, deine Mutter zu töten«, rückte Käthe endlich mit der Sprache heraus.

»Ich wusste es«, murmelte Sigrid und gönnte sich einen großen Schluck von ihrem geschätzten Weißburgunder.

»Ich soll bitteschön was?« Der Beschuldigte tippte sich gegen die Stirn. »Käthe, was hab ich dir nur getan, dass du mich mit solch absurden Lügen konfrontierst? Erst behauptest du, ich wäre homosexuell, und jetzt soll ich für Muttis Tod verantwortlich sein? Was willst du mir als Nächstes unterstellen? Dass ich meine Frau schlage?«

»Hahaha, ich lach mich tot«, kicherte Sigrid. »Schön wär's, du mit der Peitsche im Bett statt mit deiner Rosenschere im Blumenbeet.«

»Sigrid! Du bist betrunken«, sagte Georg streng und forderte sie auf, sofort still zu sein.

Ob er von den geheimen sexuellen Wünschen wusste, die seine Gattin mit Gigolo Romeo auslebte, weil er das offenbar nicht fertigbrachte? Für Käthe taten sich hier ganz neue Abgründe auf.

Da sie einen Moment sprachlos war, übernahm Hinnerk und lenkte das Gespräch wieder in die richtige Bahn: »Bitte beruhigen Sie sich, Herr Lindholm. Ich kann absolut nachvollziehen, dass Sie über den Vorwurf, am Tod Ihrer geliebten Frau Mutter mitschuldig zu sein, äußerst irritiert sind, aber wir haben einen anonymen Hinweis bekommen und diesem müssen wir natürlich nachgehen.«

»Wieso kommt dann nicht die Polizei statt des Rechtsanwalts unserer gekündigten Haushälterin? Wie viel Geld wollt ihr?«

Hinnerk beeilte sich, das Missverständnis umgehend aufzuklären. »Kennen Sie mich denn gar nicht? Ich war früher der Inselkommissar, mittlerweile bin ich aber im Ruhestand.«

»Nein, wir hatten mit der Polizei noch nie was zu tun«, entgegnete Neu-Rentner Georg und verwies, dass er bis vor Kurzem beruflich zwischen Hamburg und Sylt gependelt sei.

»Macht ja nix, dann lernen wir uns jetzt kennen. Da mein Sohn aus familiären Gründen sehr eingespannt ist, springe ich für ihn ein. Sie kennen das doch sicherlich, die Familie hält in schweren Zeiten zusammen, nicht wahr?«

Georg runzelte die Stirn. »Wer behauptet denn, dass ich meine Mutter lieber tot statt lebendig sehen wollte?«

»Tut mir leid, darüber dürfen wir Ihnen keine Auskunft geben. Ich kann nur so viel sagen, dass der Täter auf der Flucht ist, daher ist es für uns enorm wichtig, dass Sie offen mit uns sprechen«, erklärte Hinnerk sachlich. »Wir wollen nicht, dass diesem Zweifachmörder noch weitere Menschen zum Opfer fallen.«

»Zweifachmörder?« Georg sah ihn irritiert an.

»Ja, der Täter hat seiner Vertrauensperson gegenüber gestanden, dass er auch Ihre Schwiegertochter Fernanda Lindholm ermordet hat. Der Gärtner ist unschuldig, ihm wurde eine Falle gestellt, um ihm die Tat in die Schuhe zu schieben, und in Zusammenhang mit dem Tod Ihrer Mutter wurde Ihr Name genannt, weil Sie den Auftrag für den Treppensturz gegeben hätten.«

»Was für eine Unverschämtheit! Ich bin fassungslos! Ich weiß wirklich nicht, was Sie von mir wollen, das alles ist absolut frei erfunden.«

»Wir wollen von dir wissen, ob du weißt, wo sich Massimo aufhalten könnte«, erwiderte Käthe und erntete sofort einen Knuff in die Seite.

Reflexartig schlug sie sich die Hand vor den Mund. Nun hatte sie den Namen des Täters doch ausgeplaudert, obwohl Hinnerk sie auf der Hinfahrt eindringlich davor gewarnt hatte, kein Insiderwissen preiszugeben.

»Massimo? Der Friseur aus Westerland, der mir regelmäßig die Haare schneidet? Ihr wollt mich verarschen, oder? Wo ist die Kamera? Ihr seid doch garantiert die zwei Lockvögel von ›Verstehen Sie Spaß‹. Ich finde das wirklich nicht witzig!«, beschwerte sich Georg entsetzt.

»Nein, das ist unser voller Ernst«, widersprach Hinnerk. »In welchem Verhältnis stehen Sie zu Massimo Cupelli?«

»Ich war sein Kunde und habe Geld für seine Dienstleistungen gezahlt. Was soll dieser ganze Quatsch?«, regte sich der sonst eher ruhige Georg auf und schlug mit der Faust auf die Armlehne des Sessels, in dem Käthe saß. Die zuckte zusammen.

»Wow. Toll, wie du mal aus der Haut fahren kannst, find ich richtig scharf«, säuselte Sigrid und blickte ihren Gatten mit glänzenden Augen an. »So was hätte ich mir mal bei deiner Mutti gewünscht, aber du bist ihr ja immer nur in den Arsch gekrochen.«

Jetzt nahm Käthe all ihren Mut zusammen, um eine gewagte Theorie vorzubringen - auch auf die Gefahr hin, dass sie darauf in hohem Bogen nach draußen befördert werden könnte: »Hat Massimo sexuelle Handlungen für dich ausgeführt, war er so etwas wie ein Callboy, ein Escort oder Gigolo?«

Bei diesen Worten bekam Sigrid einen plötzlichen Lachflash und rutschte vom Sofa. »Ihr zwei seid echt spaßig. Kann man euch für Stand-up-Comedy buchen?«

»Käthe, jetzt hör mir mal gut zu, ich weiß wirklich nicht, weshalb du immer noch denkst, dass ich auf Männer stehe, aber da irrst du dich, und zwar gewaltig. Ich war Massimos Kunde fürs Haareschneiden, sonst nichts.«

»Ich kann bestätigen, dass mein Georg kein Homo ist«, meldete Sigrid, die sich wieder auf das Polster gerobbt hatte. »Allerdings ist er genauso wenig ein Hetero oder ein Bisexueller und auch kein Transsexueller. Georg ist nämlich gar nichts.«

»Sigrid! Sei still, du bist betrunken«, fauchte Georg.

»Was heißt, er ist gar nichts?«, hakte Käthe nach.

»Georg ist seit vielen Jahren asexuell. Jawohl, mein Mann will nichts mehr außer seine Ruhe, daneben neuerdings seine Rosen pflegen und hegen und ein bisschen Samba tanzen, stimmt's, Schatz?« Grinsend prostete sie ihm zu.

»Oh, entschuldige, Georg, dass ich dir unterstellt habe, dass du dich zu Männern hingezogen fühlst«, schlug Käthe jetzt versöhnliche Töne an.

»Deshalb führen wir eine offene Ehe! Prost!«, lallte Sigrid und hob erneut das Glas. »Er will nie - und ich umso öfter, eigentlich ständig.«

»Sigrid, jetzt sei endlich still«, rügte Georg seine Frau und hob die Weinflasche aus dem Kühler. Sie war mittlerweile leer.

Hinnerk fasste währenddessen noch einmal zusammen, dass Georg Massimo Cupelli - sexuelle Beziehung hin oder her - trotzdem damit beauftragt haben könne, seine Mutter zu töten.

»Das ist frei erfunden«, beharrte der Beschuldigte. »Wem hat Massimo so einen Blödsinn erzählt? Vielleicht war er betrunken, so wie meine Frau, die gar nicht mehr weiß, was sie gerade von sich gibt.«

Käthe senkte den Kopf und schwieg, um keinen weiteren Fehler zu begehen.

»Massimo Cupelli hat sich an eine Person seines Vertrauens gewandt, die uns sofort informiert hat. Mehr können und dürfen wir nicht sagen«, erklärte der Alt-Kommissar, er war ganz in seinem Element.

»Ach, und was macht euch dann so sicher, dass diese Vertrauensperson die Wahrheit sagt?«, wandte Georg ein. »Vielleicht will mich einfach nur jemand im Gefängnis sehen, und Massimo ist es egal, ob er mich da mit reinzieht, weil er bereits den Mord an Fernanda gestanden hat. Vielleicht hat diese angebliche Vertrauensperson ihm Geld gezahlt, damit er meinen Namen in den Schmutz zieht. Los, verratet es mir, wer will mich hinter Gittern sehen?«

»Ich«, sagte Sigrid schlicht.

Fassungslos drehte sich Georg zu seiner Frau, die ihn frech angrinste.

»Ich bin davon ausgegangen, dass du deine Mutti auf dem Gewissen hast, weil du mir mehrfach gesagt hast, dass du froh wärst, wenn sie endlich den Löffel abgeben würde. Dann könnten wir zwei nämlich endlich jeder für sich sein eigenes Leben führen ohne diesen dämlichen Ehevertrag, den wir damals gezwungenermaßen wegen deiner Mutter unterzeichnen mussten.«

»Du wolltest mich also aus unserem schönen Zuhause rausekeln?«

»Ja! Eine Scheidung braucht es nicht. Wenn du für ein paar Jährchen weggesperrt wärst, könnte ich hier wenigstens mein Leben weiter in Saus und Braus genießen. Prost!«

»Du steckst also mit dem kleinen Friseur unter einer Decke?« Bestürzt raufte Georg sich die Haare. »Ich fühle mich so benutzt, komplett hintergangen.«

»Moment mal«, ging Käthe dazwischen. »Sigrid, du weißt also, wo Massimo sich aufhält?«

Die Betrunkene zuckte kichernd mit den Schultern. »Mein Name ist Hase - ich weiß von nichts.«

»Hast du Massimo etwa beauftragt, deine Schwiegertochter umzubringen?«, bohrte Ermittlerin Käthe weiter.

»Nein, natürlich nicht. Fernanda war zwar ein hinterhältiges Luder, aber deshalb lasse ich sie doch nicht töten«, erklärte sie sehr überzeugend. »Wobei, Grund genug hätte ich dazu gehabt, sie hat nämlich versucht, mich zu erpressen, diese kleine Schlampe.«

»Sigrid! Rede nicht so über unsere Schwiegertochter«, maßregelte Georg seine Frau.

»Ist noch mehr Wein da?«, erkundigte sich Käthe. Sie wollte Sigrids Plauderlaune auf jeden Fall erhalten.

»Frau Lindholm, Sie sagten etwas von Erpressung. Können Sie das näher erläutern?«, ging Hinnerk dazwischen.

»Ach, jetzt ist doch eh alles egal.« Sie blickte ihren Gatten an. »Georg, ich hatte eine Affäre mit dem Friseur. Nun weißt du es!«

»Mit Massimo?«, fragten die drei wie aus einem Mund.

»Nein, mit Bernd.«

Nun fiel ihnen die Kinnlade herunter.

»Ich sag euch, Leute, dieser Bernd ist so vernarrt in mich, so was habe ich noch nicht erlebt. Wenn ich bei ihm mit den Fingern geschnipst habe, hat er mir die Füße geküsst. Aber nachdem Fernanda uns bei einem Schäferstündchen erwischt hatte und mit Fotos von uns eine halbe Million Schweigegeld erpressen wollte, habe ich die Affäre sofort beendet. Sie hat gedroht, alles Herta zu erzählen. Das war mir einfach zu risikoreich, unser Hausdrachen hätte mich doch umgehend mit meinen Koffern vor die Tür gesetzt, und dann wäre ich komplett leer ausgegangen. Nur wegen diesem blöden Ehevertrag, der garantiert sittenwidrig ist.«

»Wie hat Bernd auf deine Abfuhr reagiert?«, wollte Käthe wissen.

»Er hat versprochen, die Angelegenheit mit Fernanda zu klären, aber dann hat unser Gärtner sie umgebracht und es kam nicht mehr zu der Aussprache, so hat er es mir am Telefon erzählt. Trotzdem habe ich ihm gesagt, dass wir uns nicht weiter treffen können, solange Herta am Leben ist, weil mir das alles zu heikel wurde. Außerdem: So dolle ist Bernd im Bett auch wieder nicht, mal so unter uns. Der will immer nur kuscheln und schmusen.« Genervt rollte Sigrid mit den Augen. »Ich bin doch nicht im Streichelzoo, ich brauche einen wilden Tiger, grrrrrrrrr.« Sie fauchte und deutete mit der Hand Raubtierkrallen an.

»Glaubst du eigentlich, dass mich das überhaupt nicht verletzt, wenn du mir hier vor allen Leuten gestehst, dass du ein Verhältnis mit einem anderen Mann hattest?«, brachte Georg jämmerlich hervor.

»Ach, Georg, wir führen seit Jahren eine offene Ehe. Ich kann doch nichts dafür, dass du mit Frauen nur tanzen willst, weil Sex dich schon lange nicht mehr interessiert. Ich dagegen bin noch so heiß und feurig wie eine Gulaschkanone.«

»Frau Lindholm, wir glauben Ihnen, dass Sie Ihr Leben in vollen Zügen genießen«, ging Hinnerk dazwischen, da er spürte, wie sehr sich Georg Lindholm schämte, dass seine Frau derart aus dem ehelichen Nähkästchen plauderte.

»Wieso ausgerechnet unser schwuler Friseur, der meiner Mutter und mir regelmäßig die Haare gemacht hat?«, klagte Georg. »Hast du ihn bekehrt?«

Sigrid winkte lachend ab. »Von wegen schwuler Friseur. Der tut nur so, das ist seine Masche, um bei den wohlhabenden Kundinnen besser anzukommen und ihr Herz durch tiefgründige Gespräche zu erobern. Nee, nee, Bernd steht ausschließlich auf Frauen. Zu einhundert Prozent.«

Nach dieser Wendung drängte Hinnerk zum Aufbruch. Er wollte Lügenbaron Bernd umgehend zur Rede stellen, denn der Friseurmeister hatte plötzlich jede Menge handfeste Motive, Fernanda und Herta zu ermorden. Die eine wegen Erpressung, die andere wegen Behinderung seines Liebesglücks.

Als das private Ermittlerduo nach draußen eilte, kam Sigrid ihnen hinterhergewackelt. »Käthe, Käthe, sag dem Bernd einen schönen Gruß von mir, obwohl ich nie verliebt in ihn war«, brabbelte sie. »Weißt du, er war für mich so eine Art Toy-Boy, der mich ein bisschen von meinem langweiligen, frustrierenden Leben abgelenkt hat, aber dann kam Romeo, der ist der Beste.«

»Für Romeo zahlst du, bei Bernd hast du deine Streicheleinheiten gratis bekommen«, erinnerte Käthe sie.

»Der Bernd bumst aber nicht so gut«, antwortete sie trocken.

»Du bist besoffen«, erwiderte Käthe kopfschüttelnd.

»Wenn man wie ich im goldenen Käfig sitzt, greift man halt zur Flasche, um sein beschissenes Leben zu vergessen. Aber zum Glück gibt es ja jüngere, gut aussehende Männer wie Romeo«, brabbelte sie und hielt sich an Käthes Schulter fest, damit sie nicht umfiel. »Weißt du, was der Romeo sogar für mich getan hat?« Sie schlug sich verlegen die Hand vor den Mund und kicherte.

»Deine schmutzigen Phantasien interessieren mich nicht.«

»Er hat für mich anonym bei der Polizei angerufen mit dem Hinweis, dass sie den Leichnam von meinem Schwiegermonster mal gaaanz genau untersuchen sollen.« Sie ruderte mit den Armen und fuhr mit gelöster Zunge fort: »Ich war so sicher, dass mein Georg ihr einen ordentlichen Schubser verpasst hat, aber er war ja sogar zu feige, ihr bloß mal Kontra zu geben, statt immer Männchen zu machen, wenn die Mutti mit den Fingern geschnipst hat. Tja, Georg ist ein Weichei, Romeo ein Sexgott und Bernd ein Liebestoller. Du, der ist echt verrückt nach mir, das hat mir schon ein wenig Angst gemacht. Der würde wirklich alles für mich tun.«

»Wie kommst du darauf?«

Sigrid schluckte. »Er hat mir mal im Bett ins Ohr geflüstert, dass er große Lust hätte, Georg mit Haarfärbemittel tödlich zu vergiften, weil er mich dann ganz für sich allein hätte.«

»Oh nein, wie schrecklich. Wie hast du darauf reagiert?«

»Na, falls Georg etwas zugestoßen wäre, hätte ich gewusst, wer der Übeltäter ist. Ich habe ihm klipp und klar gesagt, dass ich meinen Mann niemals verlassen werde, solange meine bekloppte Schwiegermutter unter uns weilt. Wegen dieses Knebelvertrages, durch den ich bei einer Scheidung leer ausgehe. Bernd wusste also, worauf er sich einlässt. Wenn ich eine offene Ehe führe, spiele ich mit offenen Karten.« Mit hängendem Mundwinkel schielte Sigrid auf ihr leeres Weinglas. »Jetzt verrate ich dir noch ein Geheimnis: Romeo heißt eigentlich Ronny und kommt aus Neubrandenburg.«

Käthe winkte ab, diese Info war völlig irrelevant, und da Hinnerk bereits hupte, schüttelte sie die Betrunkene hastig ab und rannte zum Wagen.

Hoffentlich würde Bernd Mattiesen genauso redefreudig sein wie seine Ex-Geliebte. Käthes Vorschlag, an einer Tankstelle sicherheitshalber ein Sixpack Bier zu besorgen, um Bernds Zunge zu lockern, lehnte Profi Hinnerk jedoch entschieden ab. Er brauchte die Antworten des dringend Tatverdächtigen nüchtern. Stocknüchtern!

Kapitel 29

Immer noch stinksauer über Ellens Klischeedenken und die abgeschnittenen Autogurte stapfte Bernd Mattiesen über die Treppe in den Keller. Unten angekommen bahnte er sich seinen Weg vorbei an allerlei Kartons und Gerümpel, bis er zu einem Bretterverschlag kam, in dem eine nackte Glühbirne unheimlich vor sich hin flackerte. Routiniert öffnete er das Vorhängeschloss mit der Zahlenkombination und zog quietschend die Tür auf.

»Es ist so weit, lass uns deine letzte Reise beginnen«, sagte er mit belegter Stimme.

Die Gestalt, die eingerollt in der Ecke lag, wimmerte nur vor sich hin, denn das breite Klebeband auf ihrem Mund machte jegliche klare Äußerung unmöglich. Ebenso aussichtslos war ein Weglaufen, da der Friseurmeister Hände und Füße seines Opfers mit dicken Seilen gefesselt hatte.

»Braver Junge. Ich verspreche dir, dass du nicht groß leiden wirst, aber dafür musst du ein bisschen mithelfen, machst du das?« Sanft strich Bernd dem Ängstlichen über das lange schwarze Haar, das ihm strähnig ins Gesicht hing. »Ich habe dich wirklich gemocht, du warst wie ein Sohn für mich, trotzdem muss ich dich leider umbringen, was ich echt nicht gern tue. Warum musst du auch in meinen Angelegenheiten rumschnüffeln? Das mag ich überhaupt nicht.«

Mit weit aufgerissenen Augen starrte Massimo Cupelli seinen Chef an, dabei zitterte er am ganzen Körper. Mit letzter Kraft versuchte er zu schreien, doch das Klebeband saß bombenfest, und je mehr sich Massimo anstrengte, umso mitleidiger blickte Bernd auf seine Geisel herab. Schließlich flüsterte er dem Gefesselten ins Ohr: »Wir zwei werden jetzt wegfahren, und weil unser Auto keine Gurte mehr hat, werde ich dich dabei auf die Rückbank legen müssen. Tut mir wirklich leid, dass du deine letzte Reise auf so unbequeme Art antreten musst, mein kleiner Massimo. Wenigstens wirst du bald bei deiner großen Liebe Fernanda sein. Das ist doch ein Trost, nicht wahr? Ich verspreche dir sogar hoch und heilig, dass du nicht lange leiden wirst, es wird sehr schnell gehen.« Mit diesen Worten zerrte er Massimo vom Boden hoch und durchschnitt mit einem Taschenmesser die Fußfesseln.

»Na komm, beweg dich«, forderte er und schob ihn den schmalen Gang entlang durch den Keller. »Glaub mir, mein Lieber, ich will das hier auch schnell hinter mich bringen, also trödel nicht so.«

Massimo tappte zitternd voraus, die gefesselten Hände zum Gebet gefaltet. Hatte jetzt sein letztes Stündlein geschlagen oder gab es noch ein Fünkchen Hoffnung?

Als Hinnerk einige Minuten später in die Wohnstraße einbog, in der sich der Friseursalon befand, musste er spontan auf den Bürgersteig ausweichen, um einen Frontalzusammenstoß mit einem weißen Opel Corsa zu vermeiden.

»Mensch, pass doch auf!«, schrie er wütend durch die Windschutzscheibe.

»Mein Gott, das war knapp.« Käthe hielt sich instinktiv am Armaturenbrett fest, da Hinnerk so abrupt abbremsen musste.

»Der fährt doch niemals dreißig«, schimpfte er und drehte sich wildgestikulierend um. »War das nicht der weiße Corsa von Herrn Mattiesen?«

Auch Käthe schaute nach hinten. »Bist du sicher? Er weiß doch gar nicht, dass wir kommen.«

»Vielleicht wurde er von seiner Ex-Flamme gewarnt?«

»Das glaube ich nicht, bei Sigrid hat es sich ausgeflammt, die hat nur noch Augen für ihren Romeo, für den blecht sie ordentlich.«

Ohne etwas zu erwidern, wendete Hinnerk seinen Wagen und nahm unverzüglich die Verfolgung auf.

An der nächsten Ampel gab er noch einmal kräftig Gas, um den Anschluss an den Opel nicht zu verlieren, obwohl das Lichtzeichen gerade auf Rot umgesprungen war. Zum Glück fuhren zwei andere Fahrzeuge vor ihm, sodass dem flüchtigen Bernd Mattiesen nicht sofort auffallen würde, dass ihm jemand auf den Fersen war.

»Wo will er nur hin?«, grübelte Käthe. Sie steuerten jetzt den Norden der Insel an.

»Wahrscheinlich nach List zum Hafen. Die letzte Fähre fuhr allerdings um 21:30 Uhr. Die hat er knapp verpasst«, sagte Hinnerk.

»Vielleicht will er zur Villa Lindholm und um die Liebe von Sigrid kämpfen? Oder sie sogar entführen?«, mutmaßte Käthe.

»Nein, es sei denn, er hat sich mit seiner Angebeteten in der Dunkelheit am Strand verabredet. Schau, er biegt Richtung Rotes Kliff ab.«

Käthe saß kopfschüttelnd da, die Hand fest um den Haltegriff der Beifahrertür geschlossen. Was hatte der Promifriseur um diese Zeit an dem imposantesten Wahrzeichen von Sylt zu suchen? Das Rote Kliff war eine beeindruckende Steilküste von circa dreißig Metern Höhe, die sich über etwa vier Kilometer zwischen Wenningstedt und Kampen erstreckte.

»Was will er da nur?«, sinnierte Käthe.

»Das werden wir gleich wissen.« Hinnerk schaltete die Scheinwerfer sicherheitshalber auf das Standlicht zurück, um nicht sofort von Bernd Mattiesen gesehen zu werden, gleichzeitig jedoch nicht irgendwo im Graben zu landen, da es mittlerweile stockdunkel war.

Nach einer Weile hielt der Opel am Straßenrand, die Lichter am Auto erloschen.

Hinnerk stoppte ebenfalls mit ausreichend Abstand und schaltete sofort die Scheinwerfer aus.

»Was machen wir jetzt?«, flüsterte Käthe.

»Öffne bitte mal das Handschuhfach«, forderte er seine Freundin auf.

»Du hast da eine zweite Pistole für mich drin?«

»Nein, aber eine Taschenlampe.« Er beugte sich vor und öffnete das Fach selbst.

»Dann sieht Bernd doch gleich, dass wir hinter ihm her sind. Lass uns lieber das Handylicht nutzen, das ist kleiner und wir verlaufen uns trotzdem nicht in den Dünen.«

»Stimmt. Wenn wir auf dem Holzsteg bleiben, wird uns aber eh nichts passieren. Vertrau mir.«

Leise öffneten sie die Türen des Autos. Im selben Moment ertönte ein lauter Schrei - und der stammte nicht von einer Möwe.

»Du sollst leise sein«, schimpfte Bernd seinen Angestellten aus. »Wenn du noch einmal wie ein Mädchen kreischst, muss ich dir das Messer sofort in die Halsschlagader stechen und dich verbluten lassen. Willst du das?«

»Es hat so verdammt wehgetan, als du mir das Klebeband abgezogen hast«, wimmerte Massimo. Er hielt sich am Heck des Autos fest und atmete schwer. »Was machen wir hier?«

»Pssst! Jetzt beweg dich. Na komm, wird's bald?« Unsanft schubste er Massimo zum Holzsteg, der einige Kilometer am Roten Kliff entlang durch das Naturschutzgebiet führte. In seiner linken Hand hielt er eine Taschenlampe, in der rechten sein Taschenmesser.

Nach ein paar Minuten befahl er dem verängstigten Gefangenen, in die hügelige Dünenlandschaft abzubiegen, um eine Abkürzung zu nehmen.

»Wohin gehen wir denn?« Massimos Stimme zitterte.

»Du hast die Qual der Wahl. Entweder springst du freiwillig von der Klippe oder ich helfe nach.«

Massimo schluchzte auf. »Warum machst du das nur? Wir können doch über alles reden«, klagte er in seiner Todesangst. »Ich verspreche dir, dass ich niemandem davon erzählen werde, dass du Fernanda und die alte Lindholm getötet hast.«

Bernd lachte. »Wieso sollte ich dir das glauben?«

»Weil ich dein Freund bin. Komm, vertrau mir, schneid die Fesseln auf und lass mich laufen, bitte, bitte«, flehte er und hielt seine Hände hoch.

Doch der Entführer blieb unerbittlich. »Hier entlang«, befahl er. »Es werden sowieso alle glauben, dass du die zwei ermordet hast, weil du das mir gegenüber gestanden hast. Außerdem gibt es noch deinen Abschiedsbrief.«

»Den ich schreiben musste, weil du mich mit dem Messer bedroht hast. Warum hast du mich nicht gleich umgebracht, als du mich als Geisel genommen hast?«

»Da wusste ich noch nicht, wie gefährlich du mir wirklich wirst, außerdem brauchte ich Zeit, um nachzudenken. Stell dir vor, da waren vorhin zwei alte Leute bei mir, einer davon unser alter Kriminalkommissar, die haben die Sicherheitsgurte aus unserem Auto abgeschnitten und mitgenommen. Das heißt, sie wissen, dass der Gärtner unschuldig ist, dieser Idiot, sonst würden sie nicht unseren Wagen checken. Die Spurensicherung wird schnell feststellen, dass Fernanda in unserem Corsa gestorben ist, aber wenn du den Freitod wählst, nachdem du mir ein Geständnis geliefert hast, ist der Fall klar. Na, ist dein Chef nicht verdammt clever?«

»Nein«, traute sich Massimo mutig zu widersprechen. Widerstrebend ging er auf den Abgrund hinter der Steilküste zu. Das Rauschen der Wellen kam immer näher, während sein langes schwarzes Haar wild im Wind wehte, da ihnen vom Meer eine frische Brise entgegen blies.

»Wieso bin ich nicht clever?«, erwiderte Bernd und fuchtelte hektisch mit seinem Messer durch die Luft.

»Wenn man mich morgen früh mit gefesselten Händen am Strand entdeckt, wird keiner an deine Theorie vom Selbstmord glauben.« Der zitternde Italiener stand jetzt nur noch etwa fünf Meter von dem Abgrund entfernt, der über Leben und Tod entscheiden sollte.

Bernd fluchte, drehte die Geisel zu sich um und schnitt die Fesseln auf.

Im selben Moment verpasste Massimo seinem Chef einen kräftigen Kinnhaken. Der Schlag traf ihn so heftig, dass er ins Taumeln geriet. Das Taschenmesser flog im hohen Bogen in die Dünen. Kaum war der Mörder entwaffnet, warf sich Massimo auf ihn und presste ihm mit bloßen Händen die Kehle zu. »Jetzt weißt du, wie es sich anfühlt, wenn man keine Luft bekommt, genau so, wie du es mit Fernanda gemacht hast, du ekelhaftes kleines Arschloch«, brüllte Massimo.

Bernd röchelte hilflos nach Luft, doch sein Angestellter drückte immer fester zu. Die Wut, dass der Chef seine Freundin erwürgt hatte, war so groß, dass Massimo ihm nun das gleiche Leid zufügen wollte.

Sein Bestreben war allerdings nicht von langer Dauer, denn plötzlich blendete ihn der helle Lichtkegel einer Taschenlampe.

»Aufhören, Sie bringen ihn ja um!«, rief Hinnerk, der trotz Käthes Einwand seine Taschenlampe eingesteckt hatte.

»Na und? Er wollte mich töten, ich verteidige mich nur.«

Kaum hatte er das gesagt, sprang Käthe hinter einem Busch hervor. »Massimo, wir haben alles mitbekommen. Du kannst wirklich loslassen, mein Freund war Polizist. Du bist jetzt in Sicherheit, dein Chef kann dir nichts mehr tun.«

Langsam hob Massimo die zitternden Hände von der Kehle seines Entführers, worauf Bernd sich hustend vom Boden aufrappelte. »Er wollte mich töten, so wie er es mit Fernanda und der alten Lindholm auch gemacht hat«, brachte er mit rauer Stimme hervor.

»Herr Mattiesen, hören Sie auf, Lügen zu erzählen. Sie sind es gewesen, der Fernanda erwürgt und Herta Lindholm die Treppe heruntergestürzt hat«, wagte Hinnerk einen Vorstoß, damit endlich der wahre Täter ein Geständnis ablegte.

»Wir waren bei Ihrer Freundin Sigrid, sie hat uns alles von der Erpressung und dem Schweigegeld erzählt, also lügen Sie uns nicht an«, ergänzte Käthe und legte den Arm um den bebenden Massimo, der anscheinend jetzt erst realisierte, wie haarscharf er dem Tod entkommen war.

Bei dem Stichwort Sigrid brach Bernd zusammen. »Ich habe meine Siggi wirklich geliebt«, schluchzte er wie ein kleiner Junge. »Ich musste Fernanda aus dem Weg räumen, weil meine Siggi sich aus Angst, dass sie uns bei der alten Lindholm verpetzen würde, nicht mehr mit mir treffen wollte.«

»Deshalb haben Sie sich mit Fernanda auf dem Parkplatz am Strand getroffen und sie in Ihren Wagen gelockt?«, schlussfolgerte Käthe.

»Ja, wir kannten uns ja wegen Massimo ganz gut. Ich habe sie angerufen und behauptet, dass ich die halbe Million für sie von Siggi hätte, da haben wir uns auf dem Parkplatz verabredet. Als sie zu mir in den Wagen gestiegen ist, haben wir uns heftigst gestritten. Sie hat mir vorgeworfen, dass ich sie reingelegt hätte, deshalb würde sie Herta Lindholm nun erst recht alles erzählen, weil sie von mir kein Schweigegeld erhalten hat. Da habe ich rot gesehen und sie halt gewürgt. Sie hat noch versucht, sich zu wehren, aber ich war stärker als sie und irgendwann war sie tot. Dann habe ich sie im Sand vergraben«, erklärte er emotionslos.

»Du Mörder! Ich habe Fernanda geliebt!«, brüllte Massimo, worauf er von einem Weinkrampf geschüttelt wurde.

»Unter den Fingernägeln des Opfers wurden Fasern eines Anschnallgurtes gefunden. Wahrscheinlich hat sie sich mit aller Kraft daran festgekrallt, um die würgenden Hände abzuwehren. Dieses Beweismittel aus Ihrem Auto haben wir bereits sichergestellt, außerdem wird sich Ihre DNA garantiert auf der Leiche finden«, meldete sich Hinnerk zu Wort. »Wieso haben Sie eigentlich noch den Gärtner kontaktiert?«

»Ich wusste von Massimo, dass der Typ scharf auf sie war wie Nachbars Lumpi und sie gestalkt hat, seit ihm gekündigt wurde. Als Fernanda tot war, habe ich mit ihrem Finger ihr Handy entsperrt und eine SMS an den Gärtner geschrieben.«

»Da hatten Sie ja einen tollen Sündenbock«, bemerkte Käthe tadelnd.

»Anschließend musste auch die alte Frau Lindholm sterben, weil Sigrid Ihnen klargemacht hat, dass sie sich erst wieder heimlich treffen können, wenn die alte Dame nicht mehr am Leben ist«, fuhr Hinnerk fort.

Bernd nickte. »Ja, ich wollte doch nur meine Siggi ganz für mich allein haben. Ich liebe diese Frau so sehr, sie ist einfach wundervoll, so vornehm, so eloquent, so sympathisch.«

»Moment mal, reden wir von derselben Person? Ich kenne

Sigrid komplett anders, beleidigend und ausfallend«, warf Käthe ein.

»Ach, wenn meine Siggi getrunken hat, hat sie oft Stimmungsschwankungen, aber wenn man einen Menschen so sehr liebt, nimmt man das in Kauf.« Bernd presste die Hände auf die Brust und senkte den Blick. »Ich bin einfach verrückt nach ihr, ich kann nicht ohne sie leben. Deshalb hatte ich auch die Idee, Georg als Auftraggeber für den Mord an seiner Mutter hinzustellen, damit er ins Gefängnis wandert. Dann hätte meiner gemeinsamen Zukunft mit meiner Traumfrau nichts mehr im Weg gestanden. Ich habe mich schon in der Villa im Pool schwimmend gesehen«, fügte er verträumt hinzu.

»Na, da bin ich mir nicht so sicher. Kennen Sie einen gewissen Romeo?«, versuchte Käthe, den krankhaft Verliebten auf den Boden der Tatsachen zu zwingen.

Bernd sah auf. »Nein, nie gehört. Ist er ein Kunde in meinem Salon?«

»Nein, er ist eher ein Dienstleister, also ein ganz spezieller ...« Käthe brach ab und Hinnerk räusperte sich.

»Herr Mattiesen, gehe ich recht in der Annahme, dass Sie Massimo Cupelli den Mord in die Schuhe schieben wollten, weil der Gärtner sich zum Zeitpunkt von Herta Lindholms Ableben in U-Haft befand?«, übernahm Hinnerk wieder die Befragung.

»Ja, aber warum ausgerechnet Ihr Lieblingsmitarbeiter? Sie haben ihn doch immer in den höchsten Tönen gelobt«, mischte sich Käthe ein.

»Er hat zu viele Fragen gestellt, er wurde mir gefährlich«, antwortete Bernd aufrichtig.

»Das stimmt. Ich hatte Verdacht geschöpft, weil ich von meinem Fenster aus beobachtet hatte, dass Bernd am Abend von Fernandas Tod nachts noch in die Garage gefahren ist, obwohl er abends eigentlich nie mehr ausgeht. Die Arbeit als Friseur ist nämlich ganz schön anstrengend. Dann haben Sie mir erzählt«, Massimo schaute Käthe an, »dass die Polizei nicht glaubt, dass der Gärtner sie umgebracht hat. Da habe ich eins und eins zusammengezählt.«

»Hat Ihre Freundin Ihnen also nicht gesagt, wen Sie auf dem Parkplatz treffen würde?«, vergewisserte sich Hinnerk.

»Nein. Sie sagte nur, dass sie optimistisch sei, bald das Startkapital für unser Geschäft mit Taschen und Modeschmuck zusammen zu haben, damit wir mit unserem Reich-und-Schön-Label durchstarten können. Wie und woher das Geld kommen könnte, hat sie nicht erzählt.«

»Warum haben Sie den Verdacht gegen Ihren Chef nicht vor der Polizei geäußert?«, fragte Hinnerk und schwenkte den Kegel der Taschenlampe auf das Gesicht des geständigen Mörders.

»Zuerst hieß es ja, dass der Gärtner meine Freundin getötet hat, daher habe ich Bernd geglaubt, dass er unschuldig ist. Es kippte bei mir erst, als ich die Info hatte, dass der Falsche eingebuchtet wurde«, antwortete Massimo. »Als dann plötzlich auch Frau Lindholm tot war, kam mir das schon sehr seltsam vor. Ich wurde Bernd gegenüber misstrauisch, habe Fragen gestellt und da hat er mich plötzlich in seinen Keller gesperrt.«

»Hat Frau Lindholm Ihnen am Abend ihres Todes eigentlich selbst die Haustür geöffnet?«, wandte sich die Ex-Haushälterin wieder an den Promifriseur.

»Nein, Fernanda hatte einen Zweitschlüssel in meinem Salon deponiert, weil sie sich schon mal ausgesperrt hatte und ihre Familie von ihrer Schusseligkeit nichts mitbekommen sollte«, erwiderte Bernd Mattiesen und berichtete anschließend, wie er eine Schnur gespannt habe, damit sein Opfer von allein die Stufen herabstürzte. Da sie nicht sofort tot gewesen sei, habe er ihr seine Hand auf Mund und Nase gelegt, um ihr Ableben zu beschleunigen.

Hinnerk hatte genug gehört. »Herr Mattiesen, ich nehmen Sie hiermit fest, weil Sie den Mord an zwei Menschen gestanden haben. Außerdem haben Sie Massimo Cupelli gefangen gehalten und versucht, ihn ebenfalls umzubringen beziehungsweise ihn in den Selbstmord zu treiben. Hinzu kommen zahlreiche Lügen, unter anderem, dass Georg Lindholm den Auftrag gegeben hätte, seine Mutter zu töten, das angebliche Geständnis von Herrn Cupelli sowie die Falle, die Sie dem Gärtner gestellt haben, weshalb er unschuldig festgenommen wurde. Habe ich etwas vergessen?« Er schaute zu Käthe, die weiterhin tröstend neben Massimo stand.

»Gelogen ist auch, dass er homosexuell ist«, ergänzte die Laienermittlerin.

»Ja, aber das interessiert den Haftrichter nicht«, gab Hinnerk zurück.

»Die Idee, dass wir nur so tun, als wären wir zwei schwule Friseure, kam von Bernd«, meldete Massimo. »Es ist damit so viel einfacher, einen guten Draht zu den Kundinnen aufzubauen, denn mit Damenhaarschnitten verdienen wir weitaus mehr als mit einem klassischen Herrenhaarschnitt.«

»Dann ist jetzt also gar keiner vom anderen Ufer?«, fragte Käthe beinahe enttäuscht. Sie war sich da so sicher gewesen.

»Tut mir leid, Frau Bohneberger, wir sind alle heterosexuell, außer der Ehemann von meiner geliebten Siggi - der will nur seine Ruhe haben. Ich glaube, ich habe ihm einen Gefallen getan, dass ich ihn von seiner dominanten Mutter erlöst habe.« Bernd brach in ironisches Gelächter aus.

Die anderen drei fanden das überhaupt nicht lustig, und auch dem Zweifachkiller blieb das Lachen im Hals stecken, als Käthe ihn darauf hinwies, dass das Fahren ohne angelegten Sicherheitsgurt ein Bußgeld nach sich ziehen werde. Hinnerk nickte schmunzelnd und verriet dem Kriminellen, dass dafür dreißig Euro fällig würden.

Nur Sekunden später ertönten aus der Ferne die Sirenen von mehreren Streifenwagen. Hinnerk hatte nämlich in weiser Voraussicht die Verstärkung seiner früheren Kollegen angefordert. Nur Sohnemann Nils hatte er außen vor gelassen, was sicherlich noch ein böses Nachspiel haben würde, aber das war dem früheren Kriminalhauptkommissar von Sylt egal. Dank des großartigen Einsatzes seiner Lebensgefährtin und Ex-Haushälterin der Lindholms war einem skrupellosen Killer das Handwerk gelegt worden. Seine geliebte Insel war endlich wieder sicher - wenn auch um einen Haarsalon ärmer. Aber damit konnte Hinnerk sehr gut leben. Käthe übrigens auch. Und Massimo ebenfalls, der nach dem heutigen Abend an einer Geschäftsübernahme keinerlei Interesse mehr hatte.

Kapitel 30

Am nächsten Morgen saßen Hinnerk und Käthe in der Küche beim Frühstück und Käthe leerte bereits die dritte Tasse Kaffee, denn sie wurde irgendwie nicht richtig wach. Sie hatte in der Nacht kaum geschlafen, da sie noch ewig mit Hinnerk darüber geredet hatte, was wohl passiert wäre, wenn sie fünf Minuten später am Haus von Bernd Mattiesen gewesen wären und damit nie die Verfolgung aufgenommen hätten. Nicht auszudenken, was dem armen Massimo widerfahren wäre.

»Gibt es schon eine spannende Schlagzeile über unseren Zweifachmörder?« Käthe zeigte auf das Sylter Tagblatt, das Hinnerk in der Hand hielt.

»Nein, darüber wird wohl morgen berichtet werden, da die Festnahme nach Redaktionsschluss stattfand. Aber hier steht auf Seite fünf, dass die Seniorchefin von Lindholm Cosmetics im Alter von fast fünfundneunzig Jahren verstorben ist.« Er legte die Zeitung so auf den Tisch, dass Käthe die Überschrift selbst lesen konnte: »Einsamer Tod der Grande Dame der Sylter High Society.« Darunter stand: »Hat sie den tragischen Mord an der Frau ihres Enkels nicht verkraftet und starb an gebrochenem Herzen?«

Käthe konnte sich ein Lachen nicht verkneifen. Von einem gebrochenen Herzen wegen Fernanda konnte nun wirklich nicht die Rede sein. In dem Artikel stand auch nichts über einen Oberschenkelhalsbruch, stattdessen wurde die Todesursache schlichtweg auf Altersschwäche geschoben. Herta Lindholm starb allein, während ihr Sohn in seinem Wohnflügel tief und fest schlief.

»Wirst du als gekündigte Haushälterin eigentlich an der Beerdigung teilnehmen?«, erkundigte sich Hinnerk.

»Ich denke schon. Bei der Gelegenheit kann ich noch mal allen Lindholms persönlich auf dem Friedhof Lebewohl sagen. Weißt du, irgendwie sind mir Muttersöhnchen Georg, Säuferin Siggi, der verliebte Jannis und Schwimmerin Jule ans Herz gewachsen. Die letzten Tage bei der Familie waren ganz schön intensiv. Ziemlich traurig, dass ich die eiskalte Strohwitwe Fernanda nur so kurz kennenlernen durfte und mich mit der ebenso eiskalten Oberfeldwebelin Herta nie richtig aussprechen konnte. Zu gern hätte ich ihr mal ordentlich den Marsch geblasen.«

»Du kannst sehr stolz auf dich sein, du hast den Mörder der beiden Frauen überführt.«

»Na, das waren schon wir beide«, korrigierte Käthe ihn lächelnd.

»Stimmt, wir zwei sind echt ein Superteam.« Hinnerk zwinkerte ihr zu. »Aber wenn du diesen Haushaltsjob in der Villa nicht angetreten und dich nicht so in den Fall hineingekniet hättest, würde mein lieber Herr Sohn noch immer im Dunkeln tappen, nachdem der Gärtner mangels Beweisen wieder auf freien Fuß gekommen ist.«

Käthe nickte. »Mein Glück war halt, dass ich einen guten Draht zu Massimo hatte und Bernd einen kapitalen Fehler begangen hat, indem er mir am Telefon von dem falschen Geständnis Massimos erzählte, sonst wäre der Stein gar nicht so schnell ins Rollen gekommen.«

»Korrekt. Herr Mattiesen hätte Massimo einfach töten, den Opel Corsa mit Benzin übergießen und ihn anschließend anzünden können, dann hätte jeder seinen Angestellten für den Täter gehalten, weil er diesen kryptischen Abschiedsbrief hinterlassen hat.«

»Den Massimo unter Zwang geschrieben hat«, ergänzte Käthe. »Wer weiß, ob die Spurensicherung jemals herausgefunden hätte, dass Herta Lindholm über eine am Treppenabsatz gespannte Schnur gestolpert ist und danach von Bernd erstickt wurde. Hätte Bernd nicht Georg als Auftraggeber des Mordes erwähnt, hätten wir die Lindholms ja gestern Abend gar nicht aufgesucht, hätten von Sigrid niemals erfahren, dass sie mit Bernd ein Techtelmechtel hatte und wir hätten Bernd niemals auf frischer Tat ertappt.«

»Hätte, hätte, Fahrradkette«, scherzte Hinnerk. »Fakt ist, dass wir diesen Mordfall ganz fabelhaft aufgeklärt haben. Deshalb sollten wir uns auch nicht weiter den Kopf zerbrechen, eine schlaflose Nacht reicht mir völlig.«

»Ich wäre niemals darauf gekommen, dass Bernd so liebesverrückt ist, dass er die Menschen tötet, die Sigrid gefährlich werden könnten, wenn ihre Affäre auffliegt«, sagte Käthe und rührte versonnen in ihrem Kaffee. »Wenigstens hat er Georg verschont, weil es ihm egal war, was seine Frau so trieb. Ist dir in deiner aktiven Zeit als Kommissar schon mal so ein kurioses Mordmotiv untergekommen?«

»Nein, das war wirklich ein sehr spezieller Fall von niederen Beweggründen. Aber da sieht man mal, was Gefühle mit einem Menschen anrichten können. Bernd muss so wütend gewesen sein, dass er seine große Liebe nicht mehr treffen konnte, dass er komplett ausgetickt ist. Liebestoll nennt man das wohl.« Er sah Käthe an und tätschelte ihre Hand. »So, nun schalte aber endlich deinen Kopf ab. Es gibt so viele Gründe, warum Menschen töten, das muss nicht immer Eifersucht sein und man muss es auch nicht immer verstehen. Aber eins ist jetzt wohl ganz deutlich geworden: Der Mörder ist nicht immer der Gärtner, sondern auch mal der Friseur.«

Käthe lachte.

In diesem Moment kam eine gut gelaunte Ellen ins Haus gestürmt und warf eine Tüte mit ofenwarmen Brötchen auf den Tisch. »Oh my God, in der Bäckerei gab es nur ein Thema: der bekannte Promifriseur Bernd als brutaler Mörder. Ich bekomme glatt wieder, na, wie sagt man das noch mal auf Deutsch ... Entenhaut am ganzen Körper, wenn ich daran denke, dass ich mich mit einem Kriminellen auf Anhieb so gut verstanden habe.«

»Gänsehaut sagt man hier in good old Germany«, korrigierte Käthe die Möchtegernamerikanerin genervt und kippte die Brötchen aus der Tüte in die leere Schüssel auf dem Tisch.

Ellen setzte sich und griff sich mit einer theatralischen Geste an ihr Dekolleté. »Ich stelle mir gerade vor, was mir alles hätte passieren können, und ich Dummkopf war gestern noch nichts ahnend bei diesem Killer zu Hause und wollte ihn zu einem Besuch in der Cocktailbar überreden. Ich könnte tot sein! Da denkt man, so einen Serientäter gibt's nicht auf Sylt, sondern nur in New York, aber so kann man sich täuschen. Und dass er gar nicht schwul ist, sondern nur so getan hat, ärgert mich auch. Man kann keinem Kerl mehr trauen.«

»Apropos New York, wann geht denn jetzt dein Rückflug?«, hakte Käthe sogleich ein.

»Gutes Stichwort. Ich wollte sowieso meine Agentin anrufen und mich erkundigen, ob der Vertrag für ein ganz neues, exklusives Zweipersonenstück endlich vorliegt, in dem ich die Hauptrolle übernehmen soll.« Sie schnappte sich ihr Handy, drehte sich zur Seite und führte ein extrem kurzes Gespräch auf Englisch. Anschließend wandte sie sich wieder um und erklärte strahlend: »Meine Agentin meint, der Vertrag lässt noch auf sich warten. Bis ich zur ersten Probe in Manhattan erscheinen muss, kann ich locker drei Wochen bei euch bleiben.«

Käthe verschluckte sich vor Schreck an ihrem Kaffee und hustete ein Paar Tropfen davon auf ihre Bluse. Hastig eilte sie zur Spüle, um den braunen Fleck auszuwaschen.

»Ich habe in meinem Koffer so ein Wundermittel gegen Flecken, warte, ich hole es dir«, sagte Ellen und ging hoch in ihr Gästezimmer.

»Na, schaffst du es noch drei Wochen mit meiner kleinen Schwester unter einem Dach?«, fragte Hinnerk vorsichtig.

»Sie lügt!« Käthes Augen funkelten.

»Wieso?«

»Ich wette mit dir, dass sie gar keine Agentin am Telefon hatte.«

Hinnerk verschränkte die Arme vor der Brust und lehnte sich auf seinem Stuhl zurück. »Für mich wäre es das schönste Geschenk, wenn ihr beide euch endlich verstehen würdet. Für dieses Gezicke in meinem Haus bin ich einfach zu alt. Wie kommst du bloß auf die Idee, dass sie uns wegen des Vertrags anschwindelt?«

»Weil es den gar nicht gibt, ebenso wenig wie die Agentin«, erwiderte Käthe. »Wir haben es jetzt 9 Uhr in der Früh, und wenn ich richtig informiert bin, liegt New York sechs Stunden hinter uns. Welche Agentin ruft man wohl nachts um 3 Uhr an, hä?«

Schweigend griff Hinnerk nach dem Handy seiner Schwester und wählte aus der Anrufliste die Nummer aus, die sie vor ein paar Minuten angerufen hatte. Es läutete. Einmal, zweimal. Dann meldete sich eine freundliche Stimme vom Band: »Herzlich willkommen bei Lufthansa. Für Deutsch drücken Sie die zwei, für ...«

Hinnerk legte auf, geschockt sah er Käthe an.

»So, hier ist das Fleckenspray«, sagte Ellen, die im selben Augenblick fröhlich in die Küche zurückkam. Als sie die erstarrten Gesichter von Käthe und Hinnerk bemerkte, stutzte sie. »Was ist denn bei euch los? Ihr zieht ein Gesicht wie Sieben Wochen Schneewetter.«

»Sieben Tage Regenwetter«, korrigierte Käthe entnervt. So langsam glaubte sie, dass Ellen die Redewendungen absichtlich falsch anwandte, um sie zu ärgern.

»Ellen! Es gibt überhaupt keine Agentin! Was für ein Theater spielst du hier mit uns?« Hinnerk sah seine Schwester streng an.

Nun entglitten der Musicaldarstellerin die Gesichtszüge, doch statt sich zu rechtfertigen, ließ sie sich wie ein nasser Sack auf den Küchenstuhl plumpsen. »Sorry, sorry, ich bin ... Ich bin ...« Plötzlich schluchzte sie so laut, dass Käthe ihr sofort ein Küchentuch reichte. »Ich bin von meiner Agentur gekündigt worden, weil ich keine Engagements mehr bekomme, ich bin zu alt für die Branche. Frauen ab sechzig sind in der Film-, Theater- und Musicalwelt einfach nicht mehr sichtbar. Das ist so unfair!«, plärrte sie.

»Na, aber es gibt ja noch diese Seifenopern wie ›Reich und schön‹?«, wandte Käthe ein.

»Nein, da bin ich doch erschossen worden. Nach läppischen acht Folgen hat man meine Rolle aus dem Drehbuch rausgeschrieben, weil ich mich geweigert habe, mit dem Kabelträger zu schlafen, der wiederum ein Schwippschwager des Produzenten war. Ihr in eurer heilen Welt habt ja keine Ahnung, wie diese Branche funktioniert.« Niedergeschlagen zwirbelte sie an einer Haarsträhne herum.

»Ellen, bitte sprich Klartext mit uns. Was ist mit deinem Rückflug nach New York?« Hinnerk schlug mit der Faust auf den Tisch.

»Es gibt keinen Flug! Ich bin arbeitslos, wohnungslos und die zwei neuen Implantate kann ich mir auch nicht mehr leisten«, jammerte sie.

»Deine Brüste sind ja wohl echt wurscht, du hast ganz andere Probleme.« Käthe schüttelte tadelnd den Kopf.

»Nein, es geht um meine Zähne. Ich habe immer noch so eine provisorische Bridge, ähm, Brücke im Mund, weil ich mir die teure Krankenversicherung in den USA gar nicht mehr leisten kann.« Demonstrativ riss sie ihren Mund auf und zeigte auf ihre unterbrochene Zahnreihe.

»Also bist du nicht nur pleite und obdachlos, sondern auch noch zahnlos«, bemerkte Hinnerk erschüttert. »Hättest du damals auf mich gehört und die Ausbildung bei der Bank angefangen, dann wäre das alles nicht passiert.«

»Die Sparkasse ist aber nicht der Broadway«, piepste Ellen.

»Och, bei der Sparkasse kann man sicher auch jede Menge Spaß haben, da hättest du wie am Broadway mit den Kollegen ›Money, Money, Money‹ oder mit den Kunden ›Voulez-vous Geld abheben‹ trällern können«, konnte sich Käthe einen Seitenhieb nicht verkneifen.

»Warum erzählst du denn die ganze Zeit nichts von deinen Sorgen?«, wollte Hinnerk wissen.

»Ich habe mich halt geschämt«, antwortete die glücklose Schauspielerin und Musicaldarstellerin, den Blick betrübt auf den Fliesenboden der Küche gerichtet.

Der Anblick dieser völlig niedergeschlagenen Ellen, die wie ein Häufchen Elend dahockte, schmerzte Käthe plötzlich, Hinnerks Schwester tat ihr mit einem Mal leid. Tröstend streichelte sie ihr über den Rücken. »Was bedeutet bei dir jetzt eigentlich wohnungslos?«

Schluchzend berichtete Ellen, dass sie zuletzt nur noch ein kleines WG-Zimmer in Manhattan bewohnt habe - dreizehn Quadratmeter. Aber da sie seit fünf Monaten mit der Miete im Rückstand gewesen sei, habe sie ihre Lebensversicherung gekündigt und mit dem restlichen Geld den Flug nach Deutschland bezahlt.

»Ich weiß wirklich nicht, was ich dazu sagen soll«, sagte

Hinnerk und stand schnaufend auf. »Ich muss erst mal eine Runde mit Oskar drehen, damit ich den Kopf freibekomme.«

»Bruderherz, bitte lass mich nicht hängen, ich will nicht auf der Straße landen«, rief Ellen und ließ sich dramatisch auf den Küchenboden fallen. Dabei streckte sie ihre Hände nach Hinnerk aus, während dieser völlig unbeeindruckt von der Darbietung den Raum verließ.

Käthe rollte mit den Augen. Auf sie wirkte diese Szene wie ein gut einstudiertes Theaterstück und sie fürchtete, dass ihre mittellose Schwägerin zur Krönung gleich noch »SOS« von ABBA zum Besten geben würde. Daher zerrte sie Ellen rasch auf ihren Stuhl zurück und versicherte: »Natürlich wird dich dein Bruder nicht einfach vor die Tür setzen, aber mal so unter uns: Wie stellst du dir deine Zukunft vor?«

»Bitte sprich nicht wie mit einer Sechzehnjährigen mit mir – ich bin über sechzig!«, beschwerte sich Ellen.

»Dann verhalte dich auch so und lüg uns nicht an, dass du bald heimfliegst, obwohl es für dich gar kein Heim mehr gibt.«

Bei diesen Worten steigerte sich Ellen in eine kreischende Klage, die zum Inhalt hatte, dass sie mit vier gescheiterten Ehen in Liebesdingen eben kein Glück gehabt habe und jetzt auch noch ihre berufliche Perspektive im Fiasko geendet sei. Kurzum: Sie sei die arme, bedauernswerte Pech-Ellen.

Ihr Ausbruch wirkte. Käthe hatte wieder Mitleid mit ihr und versprach, dass sie mit Hinnerk reden werde, damit sie selbstverständlich erst einmal hier wohnen bleiben könne.

»Thank you, thank you very much«, hauchte Ellen und wischte sich die Tränen aus den verweinten Augen. »Könnte ich dich vielleicht um einen weiteren Gefallen bitten?«

Käthe hob sofort abwehrend die Hände. »Tut mir leid, ich

werde definitiv nicht in deiner zusammengewürfelten ABBA-Musicalgruppe mitsingen, auf keinen Fall.«

»Ach nein, ich habe einen ganz anderen Wunsch. Könntest du ein gutes Wort für mich einlegen, weil ...«

»Natürlich rede ich mit Hinnerk, das hab ich doch eben gesagt«, schnitt sie ihr das Wort ab.

Aber Ellen schüttelte vehement den Kopf. »Ich meine, ob du mit den Lindholms sprechen könntest. Ich brauche wirklich dringend Geld, deshalb würde ich bei denen gern als Haushälterin anfangen, nachdem du gekündigt wurdest.«

Einen Moment war Käthe sprachlos. Mit dieser Bitte hätte sie nie gerechnet. Gleichzeitig musste sie bei dem Gedanken daran schmunzeln, wie Ellen ihrer Musicalleidenschaft auch beim Putzen in der Villa nachgehen würde. Vor ihrem inneren Auge sah sie, wie sie mit Georg alias Patrick Swayze im Fitnessraum die Hebefigur aus »Dirty Dancing« einstudieren, als Kindermädchen »Mary Poppins« ein Auge auf Jannis und Jule werfen und später als persönlicher »Bodyguard« die beschwipste Sigrid alias Whitney Houston zu ihrem Romeo kutschieren würde.

Schmunzelnd sagte sie Ellen zu, mit den Lindholms zu sprechen, denn die Drecksarbeit hatte sie ja bereits erledigt: den Mörder der zwei Oberdiven hinter Gitter bringen. Blieb nur zu hoffen, dass es keinen nächsten Mord und Totschlag geben würde, wenn Frau Hahnbeck zurück auf ihren Posten kommen wollte. Käthe ahnte nämlich, dass zwischen ihr und Ellen ordentlich die Fetzen fliegen würden, denn wie sagte man so schön: Nicht nur zwei Köche, sondern auch zwei Haushälterinnen verderben den Brei. Oder den Haushalt.

Ein paar Tage später

Auf der Terrasse von Ex-Kommissar Hinnerk Rasmussen spielte sich ein wahres Trauerspiel ab. Renate Hahnbeck hatte ihren Kopf in Käthes Schoß vergraben und weinte bitterlich. »Das können die doch nicht einfach so machen. Ich habe mein ganzes Leben für die Lindholms gearbeitet«, brachte sie hervor, während die Schluchzer sie schüttelten.

»Mach dir nichts daraus, mich haben sie auch fristlos gekündigt«, versuchte Käthe sie zu beschwichtigen. »Ich kaufe mittlerweile allein aus Prinzip nur noch Nivea-Creme und auf keinen Fall was von deren Kosmetikartikeln.«

Mit bebenden Händen hielt Renate das Schreiben hoch, aus dem hervorging, dass ihre Dienste nicht mehr benötigt würden. »Da bin ich nur ein paar Tage weg und prompt sterben zwei Familienmitglieder aus dem Haushalt meiner Arbeitgeber und ich verliere meinen Job. Warum?« Schniefend blickte sie zu ihrer Krankheitsvertretung auf.

»Sei doch froh, dass dich die alte Lindholm nicht mehr mobben kann, oder war es Fernanda?« Käthe sah sie nachdenklich an. »Oder Sigrid? Georg und Jannis schließe ich mal aus.«

Renate richtete sich mühsam auf. »Mobbing? Wie kommst du denn darauf? Ich wurde nie gemobbt.«

»Wir haben beim Blumengießen in deinem Haus im Altpapier zufällig eine Krankmeldung entdeckt, deshalb wissen wir, dass du gepiesackt wurdest. Du brauchst das nicht weiter zu vertuschen.« Sie sah Renate keck an und ahmte die Stimme der strengen Herta Lindholm nach: »Warum der ganze Schwindel mit dem Bänderriss, war das wirklich nötig, Frau Renate?«

Die Miene der gekündigten Haushälterin hellte sich auf,

sie lachte plötzlich. »Das Mobbing habe ich doch nur erfunden, damit ich von meinem Arzt krankgeschrieben werde. Den Lindholms habe ich zeitgleich die Geschichte mit dem Bänderriss aufgetischt. Weißt du, ich bin seit Jahren nicht mehr in Urlaub gefahren. Ich war immer für die Lindholms da - täglich rund um die Uhr.«

»Sylt ist doch nicht Bangladesch, solche Arbeitsbedingungen sind hierzulande gar nicht zulässig. Damit hättest du vors Arbeitsgericht ziehen können«, wandte Käthe ein.

»Päh!« Renate machte eine abfällige Handbewegung und verwies auf die verstorbene Familienälteste, für die Urlaubstage überhaupt nicht existiert hätten. »Und dann stirbt sie und ich werde einfach entsorgt wie ein alter Fernsehapparat. Unmöglich ist das.«

»Tja, Renate, da guckst du nun quasi in die Röhre. Kleine Lügen bestraft der liebe Georg halt sofort.«

»Heißt es nicht, kleine Sünden bestraft der liebe Gott?« Sie runzelte die Stirn.

»Ist doch egal, du musstest da schon mit den Konsequenzen rechnen. Nach deiner erfundenen Diagnose ist das Vertrauen zerstört, deshalb musstest du nun deine weiße Schürze an den Nagel hängen.«

Renate hob protestierend den Finger und erklärte, dass ihr Arbeitgeber keinerlei Kenntnis über ihre Notlüge gehabt habe.

»Es ist nämlich so, Herr Lindholm will nach der Beerdigung seiner Mutter nächste Woche nach Brasilien fliegen. Stell dir vor, er will dort eine Sambaschule besuchen und sich eine mehrmonatige Auszeit in Südamerika gönnen.«

»Hm, verstehe, da braucht er keinen, der sich um den Haushalt kümmert. Seine Frau könnte allerdings eine Aufpasserin gebrauchen«, spottete Käthe, ohne private Details preiszugeben.

»Die braucht mich auch nicht. Frau Lindholm hat einen Platz in einer Privatklinik in der Schweiz. Sie will ihre Sucht bekämpfen«, plauderte die Haushälterin aus.

»Bravo! Endlich hat sie verstanden, dass sie ihr Alkoholproblem in den Griff bekommen muss.«

»Alkohol?« Frau Hahnbeck blickte sie verständnislos an. »Ich habe die Klinik mal gegoogelt, die sind auf Sex- und Liebessucht spezialisiert. Komisch, ich hab in all den Jahren nie mitbekommen, dass es zwischen Herrn und Frau Lindholm so arg geknistert hat. Tja, so kann man sich täuschen.«

Käthe grinste und schwieg.

»Wie geht es eigentlich der Schwester von Hinnerk?«, erkundigte sich die Nachbarin. »Ich habe sie heute Morgen am Strand gesehen, umzingelt von einer Horde kleiner Kinder. Arbeitet sie jetzt als Kindergärtnerin?«

»Nein, um Gottes willen! Ellen leitet eine Theatergruppe in der Grundschule. Sie meinte, mit den aufgeweckten Schülern ›Hänsel und Gretel‹ einzustudieren, wäre tausendmal einfacher, als mürrischen Rentnern ›Mamma Mia!‹ nahezubringen. Die würden so grottenschlecht Englisch sprechen und wären auch nicht besonders gelenkig.«

»Ach, wie spannend, diese Version von Hänsel und Gretel kenne ich gar nicht. Als Hexe Ellen nämlich fragte: ›Knusper, knusper knäuschen, wer knuspert an meinem Häuschen‹, haben die Kleinen laut gebrüllt: ›You are the dancing Queen‹!«

Käthe schlug sich erschüttert die Hand vor die Stirn. »Diese Frau ist einfach verrückt. Na, so eine kreative Künstlerin kann wohl nicht aus ihrer Haut.«

Renate lachte herzhaft und vergaß für einen Augenblick ihre sofortige Kündigung. »Ach, das ist doch total süß für die Kleinen. Dann bleibt die Tante aus Amerika länger bei euch zu Besuch?«

Grummelnd nickte Käthe, denn sie und Hinnerk hatten sich darauf geeinigt, dass diese verarmte »Tante« tatsächlich erst einmal bleiben könne, solange sie sich um Arbeit bemühte und Geld verdiente. Da Sylt allerdings ein teures Pflaster war und Ellen unbedingt in der Nähe ihres allerliebsten Bruders sowie des Neffen Nils und dessen Frau mitsamt den Babys bleiben wollte, ging Käthe nicht davon aus, dass sich an der Wohnsituation kurzfristig etwas ändern würde. Mal abgesehen von ihrer eigenen.

Kurz darauf verabschiedete sich Renate mit den Worten, dass sie nun zum Arbeitsamt gehen wolle, und Käthe nahm sich vor, endlich ihre Tochter Inge daheim in Hirschweiler im Saarland anzurufen. Bis auf eine knappe WhatsApp in der vergangenen Woche, in der sie ihr mitgeteilt hatte, dass sie sich mit Hinnerk wieder vertragen habe, hatte es keinen Kontakt mehr gegeben. Denn nach dem unerfreulichen Telefonat mit Inge am Abend ihres ersten Arbeitstages bei den Lindholms hatte sie ihrer Tochter unmissverständlich vermittelt, dass sie keine Lust auf lange Gespräche habe. Ihr Haushälterinnenjob sei halt extrem anstrengend. In Wahrheit hatte sie es bei der Jagd nach dem Mörder einfach vergessen, dabei wusste sie, wie sehr Inge sich auf einen Anruf von ihr freute.

Also griff Käthe nach ihrem Handy, wählte die Nummer in Hirschweiler und wartete mit schlechtem Gewissen, bis am anderen Ende abgehoben wurde. Dann meldete sie sich mit gedämpfter Stimme: »Hallo, ich bin es.«

»Wer ist da?«, fragte Inge Backes.

»Na, ich, deine Mutter!«

»Sie meinen die Mutter, die sich tagelang nicht meldet, weil sie lieber bei fremden Leuten saugt, Staub wischt und Essen kocht?«, kam die beleidigte Antwort.

»Nein, ich wurde fristlos entlassen. Der Job ist futsch!«

»Was? Warum das denn? War das Essen so ungenießbar?«

»Ich habe ein paar goldene Löffel mitgehen lassen und wurde leider dabei erwischt«, log Käthe grinsend.

»Wie bitte? Sylt hat aus dir wirklich einen anderen Menschen gemacht. Bei uns bist du nie straffällig geworden. Ich dachte, der Hinnerk hätte einen besseren Einfluss auf dich.«

Hastig klärte Käthe ihre Tochter auf, dass sie sich einen Scherz erlaubt habe. Inge machte sich viel zu schnell unnötigerweise Sorgen. Das war übrigens auch der Grund, warum sie ihr nichts von den Morden erzählen würde, die sie mit Hinnerk zusammen aufgeklärt hatte. Deshalb wechselte sie gekonnt das Thema und erkundigte sich, wie es Schwiegersohn Jupp gehe.

»Ach, der macht mich wahnsinnig, der ist nebenan nur noch am Werkeln. Den ganzen Tag höre ich bloß Hämmern, Bohren und Wände rausreißen«, beschwerte sich Inge.

»Wände rausreißen?«, wiederholte Käthe schockiert. »Wieso weiß ich davon nichts?«

Nach dem Tod ihres Nachbarn, mit dem sie gemeinsam eine Frühstückspension in Hirschweiler betrieben hatte, war Käthe nämlich Alleinerbin seines Hauses geworden. Da Enkelin Eva jedoch mit ihrem neuen Partner und dessen Sohn von Berlin berufsbedingt zurück in die Heimat ziehen wollte, hatte Käthe zugunsten der jungen Patchworkfamilie auf ihr Eigentum verzichtet. Wegen ihrer Fernbeziehung pendelte sie ohnehin ständig zwischen Sylt und dem Saarland, daher waren alle mit dieser Lösung einverstanden. Von den erheblichen Baumaßnahmen im Haus, die Inge hier aufzählte, hatte ihr allerdings niemand etwas gesagt.

»Du, frag den Jupp doch selbst, er kommt gerade zur Tür rein«, schlug Inge vor und reichte den Hörer weiter.

»Was veranstaltest du mit meinem Haus?«, fragte Käthe ohne einleitende Worte.

»Tach, Käthe, lebst du also auch noch? Jetzt, wo du in der High-Society-Welt verkehrst, will die Großgrundbesitzerin anscheinend nichts mehr mit ihrer Familie zu tun haben«, ätzte Jupp.

»So ein Quatsch, ich führe nun mal ein neues Leben auf der Insel. Verrate mir lieber, was du für merkwürdige Umbauarbeiten in meinem Haus durchführst.«

»Ah, das ist ein gutes Stichwort. Sag mal, wo ich dich gerade am Telefon habe, ist die Wand von Karl-Heinz' Wohnzimmer eine tragende Wand oder nicht? Ich will da einen Durchbruch machen.«

»Woher soll ich das wissen?«

»Du bist die Besitzerin, nicht ich. Wo hat der Karl-Heinz denn seinen Bauplan abgeheftet? Auf dem Grundriss ist so was zu erkennen.«

Käthe schluckte. Sie ahnte Böses. Wenn Schwiegersohn Jupp sich mit einem Presslufthammer seinen Weg durch ihr Erbstück bohrte, würde kein Stein auf dem anderen bleiben, daher verlangte sie, sämtliche Baumaßnahmen mit sofortiger Wirkung zu stoppen. Die Gefahr, dass sie heimkäme und ihr hübsches Haus ein einziger Trümmerhaufen wäre, weil Jupp nun mal ein begnadeter Grobmotoriker war, war viel zu groß.

Als sie gerade laut stöhnend auflegte, kamen Hinnerk und Oskar von ihrer Gassirunde um die Ecke gebogen.

»Alles in Ordnung bei dir, du zitterst ja?«, stellte ihr Lebensgefährte sogleich fest.

»Ich muss heim nach Hirschweiler. Sofort«, sagte Käthe tonlos.

»Ist was mit Inge oder Jupp passiert?«

»Das kann man wohl sagen. Der Jupp reißt mir die Bude

ab, weil er keine Ahnung hat, wo sich der Bauplan meines Häuschens befinden könnte. Ich muss deshalb umgehend in den Ordnern vom Karl-Heinz danach suchen, die stehen ja alle auf dem Dachboden. Fährst du mich zum Bahnhof?«

Hinnerk sah sie unglücklich an. »Gibt es keinen Plan B?«

»Nein, denn bei meinem Schwiegersohn gibt es nur Plan A und der steht für Abreißen, wenn er nicht weiter weiß.«

»Aber du kannst nicht jetzt sofort die Koffer packen und mich mit meiner Schwester allein lassen.«

Doch Käthe blieb unerbittlich. Sie müsse schleunigst ins Saarland abreisen, um eine Katastrophe in ihrem geerbten Haus zu verhindern. Aufmunternd klopfte sie ihm auf die Schulter und meinte: »Macht euch mal eine schöne Zeit unter Geschwistern, aber wenn ich wiederkomme, will ich dich nicht mit einem Besenstiel in der Hand und ›Mamma Mia‹ singend sehen, weil Ellen dir eine Gehirnwäsche verpasst hat. Bitte versprich mir das!«

»Keine Sorge. Vielleicht werde ich nur ›Mamma Käthe‹ für dich performen, oder sogar ›Oma Käthe‹, in einer ganz speziellen Version«, reagierte er schmunzelnd.

Käthe lachte. Irgendwie war es beruhigend, zu wissen, dass nicht nur ihre eigene Familie anstrengend war, sondern auch die von Hinnerk, und die Lindholms hatten sowieso den Vogel abgeschossen. Daher schloss sie einmal wieder das allgemeingültige Fazit: Familie kann man sich nicht aussuchen. Leider!

ENDE

Danke

Ein großes Dankeschön an die treuen Leserinnen und Lesern, die seit 11 Jahren den Geschichten der Familie Backes folgen. Dies war übrigens der zwölfte Teil, allerdings der erste, in dem Jupp und Inge Backes nicht mehr live anwesend sind, sondern nur noch am Telefon eine kleine Rolle spielen. Warum?

Ich finde, dass Oma Käthe auch ohne ihren motzenden Schwiegersohn und ihre besorgte Tochter einen Mordfall lösen kann. Mit Lebensgefährten Hinnerk und Schwägerin Ellen hat sie nun ihre eigene kleine Familie auf Sylt, die sie genug herausfordert. Nicht, dass Käthe noch einen Nervenzusammenbruch erleidet, wenn alle Personen aufeinandertreffen. Das wäre nun wirklich unverantwortlich von mir :-)

Apropos Familie: Käthes Enkelin Eva lasse ich mit ihrem vietnamesischen Partner und dessen Wunderkind von Berlin ins Nachbarhaus von Jupp und Inge einziehen. Damit wird die junge Generation etwas frischen Wind ins Saarland bringen, während (Ur)-Oma Käthe die frische Brise an der Nordsee genießt.

Im Namen der Familie Backes würde ich mich sehr freuen, Sie dann auch bald wieder im Saarland begrüßen zu dürfen. Da Käthe eine Fernbeziehung führt, wird sie garantiert öfters mal „daheim“ vorbeischauen, erst recht, wenn Ellen mal wieder mit ihrem Gesinge nervt und Hinnerk seiner kleinen Schwester alles durchgehen lässt.

Eine kleine Bitte noch:
Ich würde mich sehr freuen, wenn Sie eine Rezension oder eine Kundenbewertung für »Die eiskalte Strohwitwe« auf den bekannten Webseiten hinterlassen würden. Denn das motiviert enorm, ein neues Buch zu schreiben.

Beste Grüße

Dany R. Wood

PS: Schreiben Sie mir jederzeit bei Fragen und Anregungen zu meinen Büchern und besuchen Sie meine Homepage. Folgen Sie mir auf den sozialen Kanälen oder abonnieren Sie meinen Newsletter, um keine Neuveröffentlichung zu verpassen!

Kontaktdaten
Newsletter-Anmeldung unter: www.arturo-verlag.de
E-Mail: info@arturo-verlag.de

Bei Facebook folgen:
Dany R Wood - Autor

Bei Instagram folgen:
dany_r_wood_autor

Der 1. Band mit Oma Käthe:

»Der tote Kurschatten von Sylt«

<u>**Klappentext**</u>

Oma Käthe hat die Schnauze gestrichen voll. Sie braucht dringend Erholung von den Männern und von ihrer Familie sowieso. Eine Kur auf Sylt muss her, um die lädierte Seele baumeln zu lassen und beim Wellness neue Kraft zu tanken.

Doch von wegen! Gerade an der Küstenklinik angekommen, stolpert Käthe über einen toten Patienten, der sich angeblich vom Balkon gestürzt hat. Weil die Klinikleitung den Vorfall unter den Teppich kehren will, schlägt Käthes Krimi-Instinkt sofort Alarm. Wurde der Kurgast etwa absichtlich über die Brüstung gestoßen?

Zusammen mit dem pensionierten Inselkommissar Hinnerk stochert sie im Leben des Verstorbenen herum, der scheinbar kein Kind von Traurigkeit war. Einige von Käthes Mitpatienten sind deshalb überhaupt nicht gut auf den Hallodri zu sprechen. Könnte eine verhängnisvolle Kuraffäre schuld an seinem tragischen Ende sein? Und wieso verhält sich Oberschwester Gundula, eine echte Oberzicke, so seltsam, als wollte sie etwas verheimlichen?

Kapitel 1 (Leseprobe)

»Die Oma muss an die frische Luft. Basta! Ich will meine Schwiegermutter nicht eines Tages blutüberströmt in der Badewanne vorfinden, nur weil sie in ihrer Verzweiflung mit den messerscharfen Rasierklingen rumgespielt hat. Ich rede dabei übrigens nicht vom Beinerasieren, sondern von ihrer angeknacksten Psyche. Schauen Sie sich die Frau doch mal genauer an, die ist doch ein absolutes Wrack.« Jupp schüttelte energisch den Kopf, weil er sich komplett unverstanden fühlte, und fauchte den unkooperativen Kundenberater der Krankenkasse weiter an: »Herrschaftszeiten, Servicewüste Deutschland. Die Oma hat noch nie was von euch gekriegt, nicht mal ein billiges Blutdruckmessgerät. Da wird sie doch wohl mal ein paar Wochen wegfahren dürfen. Wo ist denn das Problem?«

»Das Problem ist, dass wir kein Reisebüro sind«, antwortete der Mitarbeiter ungerührt, er hatte seine Hände noch immer ruhig vor der Tastatur gefaltet.

»Ja, das ist mir schon klar, aber verstehen Sie doch, so ein Tapetenwechsel tut der Seele grundsätzlich gut, um wieder auf die richtige Spur zu kommen. Mensch, jetzt geben Sie sich endlich einen Ruck. Wenn Sie weiter so sturköpfig sind, will ich auf der Stelle mit Ihrem Vorgesetzten sprechen. Und zwar ganz flott, Herr Lehmann.«

Oma Käthe, um die sich hier alles drehte, verfolgte den Schlagabtausch mit gesenktem Blick. Die Geduld ihres Schwiegersohns war so langsam am Ende, das merkte sie genau, denn er diskutierte nun schon seit einigen Minuten mit dem Herrn von der Krankenkasse herum. Dabei fuchtelte er so wild mit den Händen umher, dass sie sich immer wieder ducken musste, um nicht versehentlich einen Kinnhaken abzubekommen.

Allerdings gab der Krankenkassenmann keinerlei Signal,

dass ihn Jupps motzige Art umstimmen könnte, daher beugte sich dieser ein letztes Mal auf seinem Stuhl weit nach vorn und schaute Herrn Lehmann mit bitterbösem Blick an.

»Die Angelegenheit ist für einen guten Zweck - die Oma muss weg!« Um seinem Anliegen den nötigen Nachdruck zu verleihen, schlug er fest entschlossen mit der Faust auf den Schreibtisch und stampfte wütend mit dem Fuß auf den Boden auf.

»Mit Gewalt erreicht man bei mir gar nix - außer Hausverbot«, erwiderte der Angestellte und rollte mit den Augen. Der Mann mit dem lichten blonden Haar und dem blütenweißen Hemd war das fordernde Verhalten von Angehörigen gewohnt, das konnte ihn nicht aus der Fassung bringen. Skeptisch blickte er auf die Person, für die sich der aufgebrachte Kunde hier so sehr einsetzte und geradezu in Rage redete.

Auf dem weißen Besucherstuhl, zwischen dem aufgeregten Herrn in den besten Jahren und dessen schweigsamer Ehefrau, hockte zusammengekauert und wie ein Häufchen Elend der Hauptgrund für das ganze Dilemma: Katharina Bohneberger, einundachtzig Jahre alt und in seinen Augen komplett geistesabwesend. Es schien, als würde sie gar nicht begreifen, dass es hier um ihre Zukunft ging, nämlich um die Genehmigung einer mehrwöchigen Rehabilitationsmaßnahme für die gesetzlich Krankenversicherte. Bei ihrem niedergeschlagenen Anblick kam ihm sofort in den Sinn, ob hier nicht ein Altenheim die bessere Alternative wäre.

Was er nicht wusste: Der Auftritt des Trios war von allen Beteiligten, Jupp Backes, seiner Frau Inge und natürlich deren Mutter, genannt Oma Käthe, komplett einstudiert worden. Es war ihre persönliche Antwort als Familie auf die schriftliche Kurabsage, die vor ein paar Tagen für Ratlosigkeit, Frustration und einen schiefen Haussegen gesorgt hatte.

Dabei handelte Jupp, seines Zeichens Dorfpolizist in Hirschweiler im Saarland, nicht ganz uneigennützig. Er und die in Wahrheit sehr wohl rüstige Rentnerin, die in der oberen Etage seines Hauses lebte, lagen sich ständig in den Haaren. Schon häufig hatte er der Schwiegermutter mit fristloser Kündigung wegen Eigenbedarfs gedroht, falls sie sich nicht an seine Hausordnung halten würde. Daher legte er sich für drei Wochen omafrei jetzt mächtig ins Zeug, denn laut Krankenkasse war eine stationäre Reha medizinisch überhaupt nicht notwendig.

Während sich Jupp also wie das Rumpelstilzchen höchstpersönlich aufführte, starrte Käthe weiter wie im Vorfeld besprochen reglos auf die Schreibtischplatte.

Ihre Tochter Inge, die sich bisher nur durch stummes Kopfnicken an dem Gespräch beteiligt hatte, hob jetzt schüchtern die Hand, als wollte sie sich melden. »Entschuldigen Sie bitte, dass mein Mann etwas überreagiert, aber wenn man bei der Polizei arbeitet, können einem schon mal die Gäule durchgehen, nicht wahr? Also nehmen Sie das bitte nicht persönlich.« Sie lächelte verlegen. »Wissen Sie, auf einem Polizeirevier hat man ja tagtäglich mit Arschlöchern zu tun, so was härtet ab, gell.«

»Wie bitte?« Der Kundenberater verschränkte die Arme vor der Brust und zog irritiert die Augenbraue hoch. »Wie war das denn jetzt gemeint?«

»Oh, nein, nein, ich meine doch nicht Sie«, ruderte Inge hastig zurück, um es auf die verständnisvolle Tour zu versuchen. »Sie machen nur Ihren Job und den machen Sie wirklich verdammt gut. Ich weiß, dass Sie sich auch nur an Ihre Vorgaben halten. Es wäre ja nicht rechtens, wenn sich hier jeder Hinz und Kunz auf Kosten der Allgemeinheit für ein paar Wochen irgendwo massieren und aufpeppen lassen wollte.«

Bei den Proben für die Szenen in der Filiale der Krankenkasse hatte Inge ihren Jupp bereits im Vorfeld gewarnt, dass er mit seinem aggressiven Verhalten und dem forschen Tonfall nichts erreichen würde.

Käthe war das nur recht, sie kannte ihren Schwiegersohn nicht anders, der nahm kein Blatt vor den Mund und wurde auch mal ruppig. Wie Inge das schon so lange mit ihm aushielt, war ihr immer wieder ein Rätsel. Eigentlich müsste sie ebenfalls zur Kur, um sich von ihm zu erholen.

Mit stoischer Miene verfolgte Oma Käthe, wie ihre Tochter es jetzt mit der Vergabe von Komplimenten versuchte, damit der Sesselpupser nicht mehr ganz so arg an den gesetzlichen Regelungen klebte.

»Übrigens, hübsche sympathische Tochter haben Sie«, meinte Inge und zeigte auf das gerahmte Bild, das schräg auf dem Schreibtisch stand. »Das Lächeln hat sie von Ihnen, die ist dem Herrn Papa ja wie aus dem Gesicht geschnitten. Kinder sind wirklich das Beste, was einem im Leben passieren kann, nicht wahr?«

»Das ist meine Frau«, knurrte Herr Lehmann gereizt.

Inge wurde knallrot und schaute hilfesuchend zu ihrem schnaufenden Jupp. Der zog jetzt souverän eine Visitenkarte mit dem Logo der Polizei aus seinem Portemonnaie und warf sie zusammen mit seiner Dienstmarke auf den Tisch. Dabei sagte er mit sanfterer Stimme: »Also, wenn Sie mal irgendwelche Probleme wegen nerviger Nachbarn und Lärmbelästigung haben sollten, dann ... ähm, ja dann rufen Sie mich einfach an. Es schadet ja nie, jemanden von der Polizei zu kennen, denn eine Hand wäscht schließlich die andere.« Er zwinkerte dem Angestellten auffällig zu.

»Ich fasse es nicht. Wollen Sie mich gerade bestechen?«

Angewidert rollte Herr Lehmann mit seinem Bürostuhl ein Stück nach hinten, um auf Abstand zu gehen.

»Nein!«, riefen Inge und Jupp wie auf Knopfdruck, dabei schauten sie sich nickend an, denn nun war der Zeitpunkt gekommen, die allerletzte Möglichkeit zu nutzen, um die Kostenzusage zur Kur zu ergattern: die Mitleidsnummer!

Wie besprochen und bei der Generalprobe in der heimischen Küche mehrfach geübt, legte Jupp beide Hände vors Gesicht und wimmerte: »Ich will doch nur, dass die Oma wieder ganz die Alte wird, sie ist seit Wochen ein anderer Mensch. Gar nicht mehr wie mein Schwiegermons... ähm, meine liebe Schwiegermama.« Das stoische Auswendiglernen von Texten war noch nie Jupps liebste Beschäftigung gewesen.

»Ja, eine Kur könnte helfen, dass meine Mutter nicht in ein Seniorenheim umziehen muss, falls sich ihr Gesundheitszustand weiterhin verschlechtert«, fügte Inge hinzu. »Gestern musste ich ihr beim Anziehen ihres Schlafanzugs helfen, weil sie so antriebslos war.« Sie tupfte sich mit einem Taschentuch unter den Augen herum und fuhr fort zu erklären, wie rapide ihre Mutter in den vergangenen Wochen abgebaut habe.

»So ein Pflegeheim kostet die Kasse doch viel mehr als eine läppische Kur, die oft echte Wunder bewirken kann«, schlug Jupp im Anschluss in die gleiche Kerbe.

»Ja, ja, ich hab's verstanden«, stöhnte Herr Lehmann und legte die Stirn in Falten. »Laut dem Gutachten des medizinischen Dienstes müssen alle ambulanten Therapien vor Ort ausgeschöpft werden, bevor wir eine stationäre Maßnahme genehmigen können. Ich kann da nicht einfach eine Rehamaßnahme verschenken, auch ich muss mich an meine Regeln halten.«

»Vergessen Sie es! Die Oma muss fort!«, reagierte Jupp wieder energisch. »Bei uns im Saarland ist das Klima doch überhaupt nicht so schön wie zum Beispiel an der Nordseeküste.«

Inge ergänzte, dass ihre Mutter bereits zehn Kilo an Gewicht verloren habe und sie darauf hoffe, dass ihr Appetit bald zurückkehren werde.

Herr Lehmann blies die Backen auf und blätterte durch die Akte, in der sich der Antrag und das Gutachten befanden. »Frau Bohneberger, verstehen Sie mich?«, sagte er dann besonders laut in Käthes Richtung.

Die hob in Zeitlupe den gesenkten Kopf und nickte langsam.

»Ist es Ihr freier Wille, eine Reha weit weg von Ihren Liebsten zu machen?«, fuhr er noch ein bisschen lauter fort.

»Was soll die bescheuerte Frage«, mischte sich Jupp ein. »Natürlich will die Oma weg!«

Der Angestellte warf ihm einen strafenden Blick zu. »Sie glauben gar nicht, wie viele Angehörige ein nerviges Familienmitglied am liebsten auf den Mond schießen wollen. Aber da wir keine Kostenzusagen für Raumschiffe vergeben, sondern nur für Rehamaßnahmen zuständig sind, wird es halt dennoch oft bei uns probiert, damit da jemand für paar Wochen weg kommt.«

»Um Gottes willen! Wer macht denn so etwas Schreckliches«, gab Jupp entsetzt zurück und betonte, dass seine Schwiegermutter im Prinzip wie seine eigene Mama sei. »Die Oma und ich sind ein Herz und eine Seele«, fügte er hinzu. Dabei schaute er freundlich zu ihr rüber.

Ende der Leseprobe

Band 1 der Reihe »Familie Jupp Backes ermittelt«:

»Nur Gisela sang schöner«

Klappentext

Ach, du heiliger Bimbam! Dorfpolizist Jupp und seine Inge finden die Nachbarin in der Badewanne. Natürlich nackt - trotzdem kein schöner Anblick. Mausetot liegt sie in ihrer Schaumbrühe und für die Kripo ist alles glasklar: die Sängerin aus dem örtlichen Kirchenchor (erste Reihe, Mitte) wollte lieber mit den Engelchen im Himmel trällern - freiwillig!

Jupp nebst Gattin tippen jedoch auf Mord, und schnüffeln im Leben der Toten rum. Dabei kommen nachbarschaftliche Abgründe vom Allerfeinsten ans Licht. Und auch privat gibt es düstere Wolken: Inge drangsaliert ihn mit einer Paartherapie um die angeknackste Ehe zu retten. Und Schwiegermutter Käthe leidet unter chronischer Alterssturheit und macht mal wieder, was sie will.

Plötzlich fallen weitere Kirchenchorsänger um wie die Orgelpfeifen. Spürnase Jupp ahnt, dass hier etwas mächtig faul ist. Knallhartes Ermitteln bei Familie Backes ist gefragt - aber so was von!

Kapitel 1 (Leseprobe)

»Polizei Hirschweiler, Oberkommissar Backes am Apparat. Wer stört noch um diese Zeit?«, meldete sich ein genervter Gesetzeshüter.

Er stand an seinem Schreibtisch aus Mahagoni, in der rechten Hand hielt er den Hörer des grünen Tastentelefons, einem Relikt aus den Achtzigerjahren. In seinem Arbeitsbereich war equipmenttechnisch die Zeit stehen geblieben. Auch die Polizei musste schließlich sparen, erst recht bei den grünen Bullen auf dem Dorf.

»Hallo? Hallo?«, schrie Jupp in den Hörer, doch er bekam keine Antwort.

Am anderen Ende der Leitung hörte er nur ein lautes Schnaufen oder Keuchen. Gefolgt von einem Rascheln des Hörers.

»Aha, ein Perverser! Der hat mir jetzt gerade noch gefehlt«, sagte er laut, um den Anrufer zu verängstigen und zeitgleich in seine Schranken zu weisen.

Jupp knallte den Hörer auf die Gabel und schüttelte genervt den Kopf.

»Nur noch Bekloppte auf der Welt«, murmelte er und packte seine leere Thermoskanne gähnend in die Tasche.

Sein wohlverdienter Feierabend war damit eingeläutet, doch müde und geschafft war er keineswegs. Es war nämlich schlichtweg nichts zu tun in dem Bereich, für den er zuständig war. Der Einzige, der heute angerufen hatte, machte obszöne Geräusche und gab sich dann nicht zu erkennen. Dumm gelaufen für den Dorfpolizisten Josef Backes - genannt: Backes Jupp.

Das Beamtendasein in der Provinz konnte wirklich langweilig und trist sein. Keine Morde, keine Einbrüche, nicht mal

Gartenzaunkleinkriege unter Nachbarn. Oder wenigstens ein bisschen (softe) häusliche Gewalt, sodass man als Polizist dem Täter mal ordentlich die Hammelbeine hätte langziehen können.

Doch Fehlanzeige! Tote Hose und hochgeklappte Bürgersteige ab 18 Uhr standen in der Gemeinde Hirschweiler, für die Jupp Backes zuständig war, genauso auf der Tagesordnung wie sein pünktlicher Feierabend.

Als Jupp nun endlich heimgehen wollte und schon an der Bürotür stand, klingelte der Telefonapparat erneut. Einmal. Zweimal. Erst beim dritten Mal ging er pflichtbewusst zurück zum Schreibtisch und hob ab.

»Das hier ist keine ominöse Hotline, bei der man in den Hörer stöhnt, sondern eine anständige Polizeidienststelle. Ende der Durchsage!«, schrie er wütend in den Hörer.

»Jupp! Jupp! Warte mal, leg nicht auf!«, wimmerte und keuchte am anderen Ende das zerbrechliche, quietschende und helle Stimmchen eines alten Mütterchens.

»Marianne? Du schon wieder? Na, wo brennt es denn diesmal?«

Jupp erkannte seine anstrengendste Bürgerin, die einen ganz engen Bezug und Kontakt zum Gesetzeshüter pflegte. Er rollte genervt mit den Augen.

»Schnell, du musst ganz dringend kommen!«, japste Anruferin Marianne Müller aufgeregt.

»Ich bin eigentlich schon im Feierabend und habe keine Zeit für deinen Krimskrams«, versuchte er sie abzuwimmeln.

»Was? Wieso?«, hechelte Marianne kurzatmig.

»Na, ich bin mit einem Kollegen zum Bier verabredet«, sagte Jupp ausweichend.

Er wollte Marianne ganz schnell loswerden. Doch leider war ein marokkanischer Esel im Vergleich zu Müllersch Marianne eine echte Kooperationsgranate. Sie war bekanntlich stur und störrisch.

»Bitte, bitte, Jupp! Du musst vorbeikommen. Bei mir wurde eingebrochen«, flüsterte sie auf einmal.

»Ach, Marianne! Bei dir wird komischerweise ständig eingebrochen oder was geklaut. Da dürfte ja eigentlich gar nix mehr zu holen sein, so oft, wie da schon die Banditen ein und aus gegangen sind und dein Hab und Gut rausgeschleppt haben. Du hörst mal wieder die Flöhe husten.«

»Nein, Jupp. Diesmal bin ich mir ganz, ganz sicher, dass ...«, plötzlich hielt sie inne und piepste dann hysterisch weiter: »Hier ist jemand. Oh Gott, oh Gott, oh Gott! Ich höre Schritte über mir, eindeutig Männerschritte. Auf meinem Dach ... Jupp, ich habe Angst!«

Marianne klang verzweifelt und panisch.

Dorfpolizist Jupp seufzte nun auch in den Hörer. Er haderte mit sich. Zu oft schon hatte Marianne wegen Pillepalle falschen Alarm bei ihm ausgelöst. Er fragte sich ernsthaft, ob an diesem sommerlichen Donnerstagabend mal wieder nur eines ihrer Hirngespinste in ihrem faltigen Kopf rumspukte. Aber was wäre, wenn in der Tat ein Einbrecher in Mariannes Haus Unfug trieb?

Jupp würde es sich niemals verzeihen, wenn er nicht eingeschritten wäre, und wenn Marianne dann mittellos ohne Möbel in ihrem Bauernhaus hausen müsste.

»Marianne, wo bist du jetzt gerade?«, fragte er plötzlich diensteifrig.

Er brauchte eine genaue Standortbeschreibung, um sich »per Ferndiagnose« einen Überblick über die knifflige Lage zu verschaffen. Da war Jupp urplötzlich ganz der Profi. Grundsätzlich kannte er ihre vier Wände aus dem Effeff - von früheren dringenden »Einsätzen«, für die er hatte anrücken müssen.

»Ich krawwele (*krabbele)* auf allen Vieren durch den Flur«, keuchte sie.

Zum Glück entpuppten sich die obszönen Geräusche als altersbedingte Atemlosigkeit beim Seniorenbodenturnen.

»Marianne, jetzt bleib ganz ruhig! Versteck dich unter der Eckbank in der Küche und bleib, wo du bist!«

»Aber das Kabel reicht doch gar nicht bis zur Küche ...«, wandte Marianne ein.

Sie hatte den Hörer zwischen Kinn und Ohr geklemmt, um auf beiden Händen krabbeln zu können.

»Dann stell dich tot und leg dich im Flur auf den Bauch!«, befahl Jupp.

»Bist du wahnsinnig! Ich hab doch den Hund hier.«

»Na, und? Was ist mit dem Hund?«

»Der hat doch letztes Jahr meinen Mann tot auf dem Teppich gefunden ...«

»Ähm, und?«

»Herzinfarkt. Ganz plötzlich. Wenn der mich jetzt auch so dahingerafft sieht, dann ...«

»Aber wieso bellt denn dein Hund nicht, wie jeder normale Köter, wenn ein Fremder im Haus ist?«

»Vergiss es! Der Hund ist traumatisiert, seit der Sache mit meinem Mann bellt der nicht mehr. Der Tierarzt ist ratlos. Ich könnte ihn kaputt schlagen ...«

»Ach Gott, der arme Hund ... Aber der macht das ja nicht absichtlich«, meinte Jupp kopfschüttelnd.

»Nein, ich rede doch vom Tierarzt. Wenn die Ärzte nix finden, könnte man ausrasten. Ganz schlimm, wenn der Hund von einem Moment auf den anderen das Bellen einstellt. Angeblich wohl eine depressive Verstimmung ...«

»Aha, so was habe ich ja noch nie gehört. Aber trotzdem, bleib ganz ruhig dort, wo du jetzt bist! Jupp kommt!«

Und da war es wieder! Sein Verantwortungsbewusstsein. Das Gefühl für Recht und Ordnung sorgen zu müssen und für Fremde sein eigenes Leben zu riskieren. Polizist zu sein konnte man laut ihm nicht erlernen. Das war eine innere Einstellung, der Drang zu helfen. Und im vorliegenden Fall konnte Jupp nicht anders als Marianne Müller zur Hilfe zu eilen. Da hätte sie auch nachts um drei Uhr bei ihm anrufen, von Trippelschritten halluzinieren und sich gemeinsam mit dem Vierbeiner auf dem Arm vor Angst ins Hemd machen können. Wenn Not am Mann oder an der Marianne war, dann stand Jupp parat. Aber so was von!

Ende der Leseprobe

Bücher von Dany R. Wood

Die Backes:

Band 1: »Achtung Familienfeier - Betreten auf eigene Gefahr«
Band 2: »Urlaub! Wir sind dann mal fort«

Familie Jupp Backes ermittelt:

Band 1: »Nur Gisela sang schöner«,
Band 2: »Nur Uschi kochte schärfer«
Band 3: »Nur Rudi tanzte schräger«
Band 4: »Nur Helga schwamm schneller«
Band 5: »Nur Bärbel backte besser«
Band 6: »Nur Rita raste rasanter«
Band 7: »Nur Hilde küsste wilder«
Band 8: »Nur Norbert malte blauer«

Weitere Veröffentlichungen:

Band 1: »Limetten retten in Sydney«
Band 2: »Trauben rauben in Kapstadt«
Band 3: »Zitronen klonen in Barcelona«

Schweden-Thriller:

»Der Orchideenmörder«

Oma Käthe ermittelt, Küstenkrimi:

Band 1: »Der tote Kurschatten von Sylt«
Band 2: »Die eiskalte Strohwitwe von Sylt«